U0575495

清 馨 民 国 风

清馨民国风

艺术与美

梁启超 胡适等著 王丽华编

首都经济贸易大学出版社

Capital University of Economics and Business Press

图书在版编目(CIP)数据

艺术与美/梁启超,胡适等著,王丽华编. -- 北京:首都经济贸易大学出版社,2014.8

(清馨民国风)

ISBN 978 - 7 - 5638 - 2214 - 0

Ⅰ.①艺…　Ⅱ.①梁…②胡…③王…　Ⅲ.①散文集—中国—现代　Ⅳ.①I266

中国版本图书馆 CIP 数据核字(2014)第 046775 号

艺术与美

梁启超　胡适　等著　　王丽华　编

责任编辑　周　欣
封面设计　张弥迪
出版发行　首都经济贸易大学出版社
地　　址　北京市朝阳区红庙(邮编 100026)
电　　话　(010)65976483　65065761　65071505(传真)
网　　址　http://www.sjmcb.com
E - mail　publish@cueb.edu.cn
经　　销　全国新华书店
照　　排　北京砚祥志远激光照排技术有限公司
印　　刷　临沂圣贤印刷有限公司
开　　本　880 毫米 × 1230 毫米　1/32
字　　数　236 千字
印　　张　9.125
版　　次　2014 年 8 月第 1 版　2019 年 10 月第 2 次印刷
书　　号　ISBN 978 - 7 - 5638 - 2214 - 0/I · 22
定　　价　28.00 元

图书印装若有质量问题,本社负责调换
版权所有　侵权必究

前　言

这本书中的几十篇文字，都曾刊载于民国时期的出版物。其中一些篇目，近二三十年中曾经从繁体字变为简体字，或多或少为今人所知；但更多的篇目，似乎一直以繁体字竖排的形式，掩隐在岁月的尘埃中，直到我们发现或找到它们，再把它们转换为简体字，以现在这套"清馨民国风"丛书为载体，呈献给当今的读者。

收入这套"清馨民国风"丛书的数百篇民国时期的文字，堪称历史影像，也可以说是情景回放。它们栩栩如生、有血有肉，是近 200 位民国学人的集中亮相，也是他们经历、思考与感悟的原味展示——围绕读书与修养、成长与见闻、做人与做事、生活与情趣，娓娓道来。透过这些文字，我们既可以领略众多民国学人迥然不同的个性风采，更可以感知那个时代教育、思想与文化生态的原貌。

策划、编选这样一套以民国原始素材为主体内容的丛书，耗费了我们大量的时间、精力和心血。而今本套丛书即将分批陆续付梓，我们欣喜地发现，她已经有型、有范儿、有味道了。

需要特别说明的是,根据著作权法的规定,本书收选的作品,有一部分仍处于版权保护期。由于原作品出版年代久远,且难以查找作者及其亲属的相关信息和联系方式,我们未能事先一一征得权利人同意。敬请这些作者亲属见书后及时与我社联系,以便我社寄奉稿酬、寄赠样书。

目 录

黄忏华（1890—1977），著名佛学理论家，学习过梵文与藏语，对唯实学及印度哲学、藏传佛教皆有研究。1926年夏结识太虚大师，自此追随大师，为佛教事业而努力。曾任上海《新时报》与《学术周刊》编辑。抗战期间任教于厦门大学，写作大量佛学理论方面的书籍。所著《中国佛教史》成为我国学术界以西洋学术著作方式撰写佛教研究著作的先驱，被誉为"现代中国人撰写的第一部系统的中国（汉传）佛教通史"，被众多佛教院校用作教材。

什么叫作艺术

黄忏华

艺术（Art）的意义，有广狭数种。

最广义，指含有技巧和思虑（就是工夫）的活动和制作。在这里，艺术和别的东西有几种不同的地方：（1）艺术是活动或者制作，不是认识，和科学不同；（2）艺术和自然物不同，它的活动或者制作是含有所谓思虑工夫的；（3）其他一般的活动或者制作，虽也有思虑工夫，但艺术是巧妙的。在这样的意味，像机械师制作机械，瓦木匠建筑房屋，都是含有思虑、技巧的活动，也可以归属于艺术的部类。

第二，意义稍为狭点，不但含有思虑和技巧，而且有审美的价值。换句话说，是美的活动或者活动所产。在这里，艺术和美术（Fine Arts）同义。

第三种，意义更狭，只限于美术的一部，就是雕刻和绘画。

以上的三个意义之内，第三种用法最少，第一种通常叫它作技术，现在一般人所谓艺术多半是用作和第二种——美术——同样的意义。

(《学术丛话》)

张泽厚（1906—1989），艺术学学者，左联的重要诗人。毕业于上海艺术大学西画系。1930年执教于西南大学。先后主编过《文艺评论》《艺术周报》《文艺新地》等刊物。著有《伟大的政治》《花与果实》《旷野》《艺术学大纲》《青纱帐》《乡居杂感》《怒吼吧！中国》等诗歌、小说、专著以及教材等。其中，《艺术学大纲》是其代表作，是中国第一部艺术学著作，在中国现代艺术学学科发展史上有着重要的开创意义。

艺术的起源

张泽厚

人类在最初同自然接触的时候，是为了获得生活的物质对象。在人类的开始的交通①手段，必然地要以劳动为基础。于是在人类实行这种劳动时，无意识地放射出一种劳动的筋肉的弹力，将其努力地协调就反映在发音器官或是呼吸器官上，而发生出一种与他所行的努力相应的呼声。比方："哈"，这声音是樵夫挥动斧头时所发出的；"唉唉"，这声音是砌路的人举落重槌时所发出的；"呵"，这声音是船夫拖拉船链时所发出的。这些都是劳动的"叫绝"、劳动的"呼声"。

这种劳动呼声渐次地形成了单纯的语音，就构成了语言的

---

①"交通"，原文如此。旧时"交通"一词的含义，远较现今一般用法广。——编者注。

起源，人类也就有了最初的意识现象，而语言是同劳动有着密切的关系。以后，因为人类的生产成员常常得借赖一个血缘关系的集团，以实现他们的生产经营，或是扩张他们的生产经营，而这种劳动呼声又变成了一种说明生产行为和生产对象的手段，这样，语言就发达了，又复杂化了。

我们在这种原始的劳动过程中，还可以找到同劳动呼声同时发生的各种共同的协调事体。当人类去经营劳动过程时，应于劳动呼声而常给予一种节奏（Rhythm），去使共同劳动加添组织的力量或是规则的协同。这时候，他们就无意识地调整了一种音律的初级阶段的表现，以适应这劳动的过程。他们还每每地去追忆那过去的生产过程中的劳动状态及其他关联的事物，于是就发生一种记述或是表演的意识过程的机能。

这样，他们就能把一种过去的生产过程或是劳动过程所呈现的现象，由他们的言语或是动作表现出来，当他们用言语或是动作去描写生产过程中的当时的事态时，就必然地要引出方向、场合、周围的现象以及山川、树木或是人类的面貌、动作等，这种种现象的叙述就成为他们的描写时空或是姿势表演的基础。尤其是在他们最初表现这种事态的时候，都是一种生产经营的模仿，或是生产行为的指示，或是由于这个生产过程所反映出来的种种关联的事态。

人类常常围①于个人的记述或是表演，于是又用一种集团的记述或表演，在这中间，有的善于语言的模仿，有的善于动作的模仿，这样又成为一种优越记述和表演的基础。他们或是固定化下一种记述的言语符号，或者是固定化下一种表演的状态等。

在上面的叙述里，我们就探得了诗歌、跳舞、音乐、绘画和雕刻的根源了。这几种艺术原基的形态是由劳动过程发生出来的，而且是由生产过程分化出去的。K. Bucher说："劳动、音乐及诗歌在其起源的阶段上，大概形成一个融合体，但这三位一体的根本要素是劳动，反之，其他二要素只是有次要的价值。"

这就可以看到劳动和艺术的关系，同时，我们可以从这一个融合体观测到艺术和劳动的脱化的萌芽。

一、 跳舞与音乐

我们先讲跳舞和音乐吧：

跳舞和音乐差不多在人类还没有脱离动物的境界时就有了一个轮廓。它们是在劳动过程中获得的。前边我们曾说过去人类在他们进展到具有记述和表演的机能时，就大部分地能用一种单纯的动作去形容某一事物，或是模仿某一事物，这种筋肉

---

①"围"，原文如此。本文有一些现今已不用或用法与今不同的字、词，还有个别不合现今语法的句子，恕未一一标注。本书其他个别选文亦如此。——编者注。

上的动作表演，许多是因协同言语的记述而意识出来的，或是单用以代替语言的缺陷而意识出来的。这样，就必然地要手舞足蹈，做出种种的姿势。当他们为预备和追忆某种过程时，他们或是贯串他们自己的行动，或是贯串他人及更多人的行动。假设那事件曾经是集团的动作或是已经经验的动作，那么，就要引起一种集团的协调和个人的合则性，这样，对他们进行某件事体是最有利的。比方：一件战争的事情，恰恰地要开始，他们往往追忆起来那过去集团怎样斗争和攻击的样式，这个时候，曾经参加过的人们自然会引起他们的协调和合则性的联系，或者他们把经验的事实用手势等表演于未经参战的人们。又如：经过一种集团的生产经营，他们也往往地追忆起来，而做着同样的协调和合则性，以唤起生产过程中的组织经验和行为为联系，因而，这种协调和合则性就成为最利于预备的行动方式。这里，他们的大多数动作都是由于生产而直接或是间接积聚下来的表演，这一方面是可以用为追忆过去的动作，另一方面是可以用为指示将来的动作，这样就构成原始的跳舞的根源。所以，跳舞也是人类的为生产而组织的意识形态，就是协调和节奏①人类的生活活动的组织性和规则性，因之成为本能的原始的跳舞。

音乐是共同劳动中的协整的调子。它的最古的形式是歌谣。但这种歌谣并不是像有歌词和音乐那样有节奏的东西，它

① "协调和节奏"，原文如此。——编者注。

不过是表现一种本能的情感罢了。比方：铁匠在工作时常常把他的铁槌①的声音融解在他的劳动过程中，这由于工作自身所引起的音乐的音响，成为一种极适应于那劳动过程的性质的音响。我们能在各种不同的劳动过程中听到极合音律的声调，这种音律的声调就成为原始音乐的根源，这音乐的最单纯的要素，是要由于劳动过程和生产过程的生产条件和性质而规定的。

二、 绘 画

绘画的根源：

距今约五六十年前，西班牙有一贵族到其国的北部的 Altamira 山地的洞穴②里去探索古物，发现了许多画在石壁上的大小兽类，大小皆等身，有野牛、野马、赤鹿、野猪等，画法都用木炭作轮廓，而躯体上涂以赭土或黄土，均为画风颇现代的新倾向的作品，趣味都极清新。

这一发现引起了世界考古学者的注意，四方的考古学者群集到这地方来研究、讨论，结果确定了这是世界上最古而最优秀的壁画（Fresco）。这些壁画的形成，是当时的人为了记述他们日常所见的所需用的事物，而引起了他们的行为的关系。

---

①"铁槌"，今用"铁锤"。——编者注。
②即阿尔塔米拉洞窟。阿尔塔米拉洞窟中完整地保存着公元前 3 万年至前 2 万年间欧洲旧石器时代晚期的古老岩画，它被认为是史前原始绘画的代表和最早的艺术品。1985 年该洞窟被列入世界遗产名录。——编者注。

　　这样说来，则最古的绘画实乃壁画了。发生的根源，是说明生活的行为的，也即是从说明劳动过程的行为等描写而来的。

　　原来，原始人类要说明某件事物时，一定要用他的言语来说明的，有时那事物不能以语言表现，甚而以手势等也不能完全表现出来，于是他就蹲在地上或是沙上，将他所要描写的事物用一种轮廓表现出来，这样描写以后，就能把他的一切事物都尽情地吐露出来。上面所讲的壁画的形态、所有动物等，不是他们日常生活所需用为食物而必须要去猎取的，便是他们所畏惧的而必须避免的害人的猛兽。然而有了壁画的发生，这是他们要把劳动过程中的描写遗留为久远的记述。

三、雕　刻

　　雕刻是直接从生产技术而产生的。

　　在原始时代，生产的用具是异常单纯的或完全偶然的。但是，就这样单纯和偶然，也常常引起一种记述和教人们对于物质对象的努力，这时候，就会引起对于生产技术的不可思议的神经作用而感生了兴味。随着这种兴味的产生，就发生了同人们所想象的物质对象的拟造，于是雕刻始渐萌芽。

四、诗　歌

　　现在，来讲讲诗歌吧：

　　诗歌不外语言的发表事物，它的发生是基于劳动的呼声，那么，这劳动的呼声就是诗歌的根源，然而诗歌初具轮廓是在言语和思索密接的时候。

原始的语言因为语义的不明确和用原始的比喻，常把关于人类活动的概念移转给自然现象，所以在言语自身中便已含有诗的原始的要素①。而这与在原始时代成为模样的东西——神话或是传说，有很大的关联。

神话和传说虽然是代代相传下来，但是是极少数的了，留下的不过是不断地说明生活中的事物本身的实际法则和关于时常反复的日常事件的故事和传述。就是极显著的事件的记忆，被留下来的也已经极大地改变了，成为不明显的形象，不过是神话模样的；照现在的概念来说，在这里都是"诗"的模样的东西了②。

我们从上面的话考察，就理解诗歌的起源是在言语自身之中，它的发展和样式当然要以它的思维内容的如何而确定，而思维内容的扩大、复杂，又当以该生产关系和关系生产力以规定，这样，诗歌是随着一定生产力的发展而变化的，它的原基作用就成为一种为生产而组织的意识形态。在这里，我们不管诗歌以后进展到怎样的阶段，或是取了怎样不同的间接的社会形态而表现出来，但是，归根结底，依然是协助生产的一个契机。在上面曾说过，传留下来的神话模样的诗歌，只是不断地说明生活中的事物本身的实际法则，或是关于时常反复的日常事件的故事和传述，照这两句话的意义来推论，也就可以知道

---

①见青野季吉：《观念形态论》。——原注。
②见青野季吉：《观念形态论》。——原注。

诗歌——即使它是神话模样的诗歌——也是说明生活中事物的实际的法则或是日常的事体。这就是说明诗歌是直接作用于生产关系中的一个手段。所谓实际的法则和日常的事体,都是人类物质生活的一定关系。这样,我们就理解了诗歌的本质。

从上面几种艺术起源的考察可知,艺术不但是那些见地而发生①,并且还跑不出物质生活的圈子,更是装置在生产关系里,尽了一种为生产而组织的有机生产手段的机能,这样,艺术是最现实而最朴实的了。

(《艺术学大纲》)

---

①"见地而发生",原文如此。——编者注。

曹伯韩（1897—1959），当代著名语言学家。曾任香港《华商报》翻译、桂林《自学》月刊主编、昆明《进修月刊》编辑，后于桂林师范学院任教。著有 6 部语言学专著以及 20 余部历史、地理、国际关系、青年修养等人文社会科学方面的学术和文化普及读物，如《语法初步》《世界历史》《语文问题评论集》《中国文字的演变》《怎样求得新知识》《国学常识》《民主浅说》《通俗社会科学二十讲》等。

艺术的产生和发展

曹伯韩

艺术是怎样产生的？在古代，人们的答复是"神造"，希腊有九女神名"妙色"（Muses）[①] 者，就是艺术之神。我国人有一句流行的话说"文章本天成，妙手偶得之"，意义也相类似，还有"梦笔生花而能写好的文章""母亲梦长庚入怀而诞生的儿子则为天才诗人"等的故事，都好像是用"神造"来解释艺术的起源的。

到了科学产生以后，人们对艺术的产生就从自然环境与人的心理方面去寻找新的解释。比方说人有爱美的本能，因见有美丽的花鸟而绘画在自己的墙壁上或用具上面，因听得禽鸟的和鸣或风的怒号而创造音乐等。《礼记·乐记》篇说"凡音之

[①] 今译缪斯。——编者注。

起，由人心生也。人心之动，物使之然也"，这"物"字如仅作为自然环境解释，那就是上述的意思。

再进一步，人们对艺术的起源才从社会方面去探讨，于是发现了劳动和艺术的关系。不过人们不能正确地了解它们的先后，有人说艺术比实用目的的生产更早，即以为人类的本能是爱游戏的，游戏中的动作预先演习了生产劳动的动作，这是自然而然的——在这里，他们认为游戏是艺术的最简单的形式。

其实，这是把劳动与艺术的关系弄颠倒了。最新的观点是承认劳动先于艺术，因此，游戏的动作与生产劳动的动作相类似，应当解释为模拟生产劳动。当然，在模拟中是将这种动作练习得更纯熟了，其对于生产劳动的帮助是很大的。

"游戏的产生是想把由力的运用而产生的快乐再生起来。"（普列汉诺夫）在野蛮人的跳舞中，他们再现了打猎的动作，或其他生产的动作，或战争中的动作。如巴西土人的部落有一种跳舞，是表示受伤战士之死亡的。澳洲土人有一种原始的妇人舞，模拟从地下拔出植物根的动作。布须曼人喜欢画孔雀、象、河马、鸵鸟，这就使打猎再现于图画了。同样，野蛮人的戏剧也是表演战争、劳动和家庭生活的。

我国西南边疆有一种狮戏，模拟着猎人与狮斗的样子，可说是一种原始舞，至于各地流行的狮灯、龙灯，大约是这类原始舞的残余。我国古代衣服的装饰，也是绘画着鸟兽的图形在上面，如所谓"黼黻"，也可认为是原始艺术的残余。

艺术所包含的实用性，如生产劳动及战争的演习，是属于保存种族的。此外，还有属于繁殖种族的，如野蛮人装饰自己，他要装饰得使女性欢喜，或者使仇敌害怕。在前之一例，艺术是合乎传种的实用目的；在后之一例，则艺术是合乎保存种族的实用目的。我国苗、瑶民族现在仍然以唱歌、跳舞为男女结识的机会。《诗经·国风》所包含的民歌，如《桑中》《溱洧》诸篇，差不多写着同样的情形，可知当时汉族也保留了古时的艺术——歌舞的作用。封建道德所咒骂的桑间濮上，至资本主义社会则以新的姿态出现，如跳舞厅、公园都是，在这些公共的娱乐场所中，以跳舞、音乐等为男女交际的媒介与点缀，这也是证明艺术的实用性之一方面——繁殖种族。

跳舞与诗歌及音乐，在原始时是联结在一起的，它们都表现着劳动或战争中的节奏。歌舞中的拍子与抑扬，我们从劳动者的协力动作以及动作时的"杭育""亥育"的歌声，同样可以看到。有一个埃及歌，是从汲水劳动中产生的，它包含四段，第一和第三段都是简单的旋律，第二和第四段都是和旋律同样长久的休止。据一个法国音乐家研究，这歌的第一段表示劳动者举起水桶并倾倒一空的动作，那水桶是一个棕榈枝叶制成的篮子，里面垫着羊皮，以长绳系于竹竿上，而竹竿则搭在棚架上或树枝的杈桠上，使其平衡。第二段表示他们放篮子下去汲水。第三段，他们再举起篮子。第四段，他们又放篮子下去。这就是，当工作紧张时歌唱，不紧张时则休止，因为这时唱歌没有用处。劳动或行军时需要有韵律的歌伴随着，因为这可以减少疲乏。管仲使齐国的军队越过一个高山，拿破仑使法国的军队越过阿尔卑斯，都曾得过歌的帮助。

总而言之，艺术是人类社会生活的产物，主要的根源是生产劳动，其次是战争，再次是性的要求。这在原始的低级的艺术得了证明。可是艺术进一步的发展就具有相当的独立性。如有着专门的音乐家、雕刻师、画师、诗人、伶人等，而一般人很少有艺术上的贡献。艺术的内容渐渐表现着与生产无关的所谓纯粹的美，于是人们以为艺术是脱离尘俗、不染功利性的东西。实际上呢，无论什么艺术，都是反映着社会生活的。假使说艺术的创作者主观上反对艺术的功利主义，而努力制造其唯美的艺术品，这一件事实也就是艺术反映社会生活的凭据。为什么呢？因为当某一社会将近崩溃的时期，那没落的社会层必然是暮气沉沉，倾向于颓废浪漫，不敢正视现实，反而要逃避它，躲藏在"艺术之宫"去。或者那社会还没有临近崩溃，只是达到了向上发展的顶点，不能再前进了，在这种场合，那一行将没落的社会层也是要与现实生活脱离的，如我国辞章家的吟风弄月便是封建士大夫颓废意识的表现。

艺术与科学、哲学不同的地方并不在于前者是感情的而后者是理智的，因为不曾通过理智的感性是混沌的，它并不能产生艺术。艺术之所以能动人感情的缘故，是因为它有形象的认识或形象的思维之特点。每种艺术品包含一定的人生观，不过它不是用抽象的议论表示出来，而是用声音、颜色、动作等的具体形象来表现的。比方封建时代，臣民应该为君主而牺牲自己的一切，女子对于男子也是一样，所以在旧戏里面常常提倡女子尽节、臣子殉君，而贬斥篡夺皇位的曹丕等。旧小说、旧诗都是这样。至于现代，则反映资本主义拜金思想的艺术，如描写淑女绅士的恋爱、富商大贾的争利、寄生阶级的享乐等，都是赞美资本家崇拜金钱的人生观写照。另一方面则有掘开现在社会黑暗面的讽刺艺术，如写实主义的作品。再则有反映新社会的黎明的艺术，不但暴露资本主义的现实，而且暗示着改造现实的途径。这种种艺术的流派，无论是旧的、新的，如果在当时能够代表社会上多数人的意识而能以美妙的形象化表达出来，就必然成为名作。有时一种作品出于这一社会层的作者，而代表那一社会层的人生观，如在当时因为环境的关系不能普遍①到那一社会层去，而仍留在原社会层去欣赏，那就不免有"明珠暗投"的故事，但到了社会进一步发展的时候，这种被人湮没的名作又会被人珍贵起来。

在中国，过去有"载道"与"言志"两种文艺观，近年则有"为艺术的艺术"与"为人生的艺术"的争论。其实言志的艺术在无意之中也包含了"道"，而载道的艺术又何尝不是用言志的方式表现出来？作为纯艺术的艺术，不知不觉间也宣传了某种人生观，而作为宣传品的艺术，也要求巧妙地形象化，因为愈形象则愈能动人。所以我们不能把艺术的审美价值与社会

①"普遍"和后文的"珍贵"，原文如此。前者今似应为"普及"之意，后者今似应为"珍视"之意。——编者注。

价值对立起来，而应当把它们统一起来。

因此，我们对于艺术的评价不但注意它的内容，而且注意它的形式。新艺术的创造是在接受旧艺术的遗产及扬弃旧艺术的形式与内容的过程中去达到的。我们不但要求意识的正确，也要求形式进步。一切东西都是发展的，今天的艺术即使因为注重宣传的作用而采用了较粗野的形式，但随着就会看见那形式的蜕变与革新，而便利这种变化的物质环境也就日益具备了。

（《精神文化讲话》）

张泽厚（1906—1989），艺术学学者，左联的重要诗人。毕业于上海艺术大学西画系。1930年执教于西南大学。先后主编过《文艺评论》《艺术周报》《文艺新地》等刊物。著有《伟大的政治》《花与果实》《旷野》《艺术学大纲》《青纱帐》《乡居杂感》《怒吼吧！中国》等诗歌、小说、专著以及教材等。其中，《艺术学大纲》是其代表作，是中国第一部艺术学著作，在中国现代艺术学学科发展史上有着重要的开创意义。

艺术的意义

张泽厚

从前的艺术研究家、艺术学者所造作的艺术定义——艺术界说——实在是指不胜屈，但是那些界说都不见得在这里可以用得着，因为那些界说，差不多全部都可以说是，不过对于艺术反映了他们 Individualism① 主观的要求罢了。

我们从科学方法的立场看来，所谓艺术，不过是感情社会化的一种方法。我们以这种眼光来观察它，是最客观的、最妥当的，而且是很正确的一种方法。

我们曾经见到科学秩序化了人类的思想，而且从断片的知识与冲突的观念中，抽出了一条符合的②有系统的理论。可是在

---

①即个人主义。——编者注。
②"符合的"，原文如此。——编者注。

社会生活中的人类，不仅会思想而已，他们还要感觉，因为他们有时痛苦，有时快乐，今朝欲望，明天灰心……这些情感真可以无限地复杂和细腻。所以我们知道了，人类不仅是思维的动物，而且是感情的动物，我们应该说是思维与感情互重的动物。在此我们可以这样说了，基于人类心理的基础而发为情感时，则艺术就因以成立了；而以思维为基础而成立的，那就是科学了。

上面不是说过吗，社会生活中的人类，不仅会思想而已，他们还要感觉，因为他们有时痛苦，有时快乐，今朝欲望，明天灰心……也就是说，我们虽在一瞬一秒之间，我们的思维与感情绝没有停止的时候，而是随时都是在注意或者在想象于某一事与物的。无论我们所想的是甘是苦，是乐是愁，我们的思维绝不因为我们思其事之苦与愁而使其中止，同时，我们也不能因为思其事之甘与乐而使其永久地继续——也就成为无限复杂和细腻的了。所以我们日常生活，实际上说，不过是感情之无限连续，无限错综——无限复杂和细腻的罢了。因为，我们对于日常之事物，发而为哀为乐、喜与泣，都不外是感情的一种冲动。然而也只能说是感情在冲动，我们有了这样的生活罢了，还是没有艺术存在的。

要有艺术的存在，必得把那些无限复杂和细腻的感情，而加以一定的组织，并以一定的艺术的技术形态将它客观地表现出来。所以由言语之技术（Craft），遂将它表现为诗歌（Poem）、小说（Novel）、戏剧（Drama），以音律表现为音乐

（Music），以色彩表现为绘画（Painting），以运动表现为跳舞
（Dance），以其他物质的手段表现为雕刻（Sculpture）、建筑
（Architecture）之类。那以技术的形态来表现的方式，虽有极大
的不同，但是组织感情，并以技术的形态给它以一定的客观的
表现这一点，却是各种艺术之间并无何等差异的。

　　所以组织其感情而客观地表现出来的作用，就是感情社会
化的一种方法。换言之，就是一个艺术家，当把他个人内附的
感情而以个人为对象的时候，纵然把他的感情组织起来而以客
观的方法表现，这是不必要的。反之，凡是一个真的艺术家，
或者是努力于艺术的，他的感情必定要社会化，这才是一个真
的艺术家必要的条件，也才是艺术的感情社会化。所以在这样
的条件之下，一个艺术家，不单是凭他个人主观的思考，或者
是凭他个人一时的冲动而构成一些小说与诗歌，这是不行的。
真的艺术家必然是基于客观的环境，举出当时人所共践①的事
实，使一般的人们俱能普遍地了解与感化，并且都能予以相当
的同情，要这样才是忠实于艺术的，才有艺术上的意义——统
一（Unification）人群的气氛的意义。

　　一个艺术家，要把他的感情用特殊的技巧与形态以客观的
表现方法表现出来，使艺术以外的人无论是多数或少数，只要
一听见或看见这种艺术的组织品，能够具体地掀起他们的感情，
使他们深受着这种艺术品的感染。比方说：在听音乐的时候，

---

①"共践"，原文如此。——编者注。

谁都会被感动的，这就是说，这个曲子中所代表的情感状态感染到一般的听众，一般的听众的感情状态都是如那曲子中所代表的一样了。不仅是音乐如此，其他如绘画、雕刻、文学、跳舞也都是一样的。因为要这样，艺术才能成其为艺术，同时它的内在的包含也才充实。

艺术是"感情的社会化"的一种手段，这在艺术的意义我们已经明白了。艺术是感情——向着种种的——的组织，因此，社会上这些感情之社会化，作为其传播和普及手段之艺术的直接任务也明白了。然而，Plehkanov① 在他的《艺术论》里曾说过：

　　艺术说是只表现人们的感情，同样也是不正确的。否，艺术表现他们的感情，也表现他们的思想，不过不是抽象地而假借活着的形象，在这里有它的最主要的特质……

藏原惟人②在他著的《艺术和无产阶层》中也曾说：

　　艺术，无论在怎样的意味上，它是生活的组织，这件事对于有产的人们的艺术，对于无产的人们的艺术，都得

---

①普列汉诺夫（1856—1918），俄国马克思主义理论家，俄国和国际工人运动及社会主义运动的活动家，文艺理论家、美学家。——编者注。
②藏原惟人（1902—1991），日本文艺评论家、翻译家、社会活动家。——编者注。

以同样说的。有产的人们的艺术,是不管你艺术家愿否这样,它是要组织起来的,并且现在还组织着的,在它的影响之下的读者、观者、听众等到在有产的人们的意识形态的方向来,而无产人们的艺术是以结合现代被压迫大众的感情和思想、意志并且抬高它作为意识目的的。

我们认为艺术是一种集团的"感情的社会化",这是很真实的、有用的解释。而在生产关系的复杂化和社会生产部门的分离化的今日,这种社会化的感情更是重要的,并且能够最表现感情的社会化的艺术也随之而成为最需要的。这样我们才能理解艺术是人间社会的为生产而组织的有产的生产手段,它还能广泛组织化人间的各个分离的生产诸关系。至于 Plekhanov 所说的艺术不仅是表现人间的感情,还表现人们的思想,这就证明了艺术的广泛性和普遍性。艺术要捉到①思想的领域,它的表现力更要强化,它的作用于社会的意识更要扩大。现在我们说到这思想来,有连同说明藏原惟人之艺术观的必要。他说艺术是生活的组织,这更足以证明艺术的伟大,它所以要组织生活的原因,实因生产力的增大以及生产关系的复杂和必要,还有一点就是组织了整个的社会的活动体。这样,我们就可以想到了将来的社会,要是消灭了上层构造的权力关系,那艺术的任务更要广泛、伟大了。在这里,艺术带上了思想的色彩,完全是

————————————

①"捉到"和后文的"唆示""圆滑",原文如此。——编者注。

历史的进展，给予它的元素同时就成为它自身的要求，变成客观的必然性，这时就成为生活组织的基础。

思想原是一定生产关系的反映的意识形态，它含有强烈的生活的追求，还唆示下一种生产行动的进展，它的内容要是站在社会关系上来看，是一般生活组织的手段；要是站在生产关系上来看，是一种有机的生产手段。它的内容的组织是常常带着生产方法和生产样式的规范，所以它的意识形态是决定在一个生产关系的领域中，并且在那里成长、发展或消灭……

思想的成长常常是由于断片而全部的，由于简单而复杂的，更是由于分析而综合的，它一旦要成为社会的基础，就会马上跑进艺术的领域来。这是因为思想是具有感情的，而艺术又是要传播感情的，所以两者相互结合是必然的道理。并且思想进到艺术是更要广泛扩大的，以此就渐渐构成为生活而组织的活动体，最终帮助生产关系圆滑进行。

（《艺术学大纲》）

黄忏华（1890—1977），著名佛学理论家，学习过梵文与藏语，对唯实学及印度哲学、藏传佛教皆有研究。1926 年夏结识太虚大师，自此追随大师，为佛教事业而努力。曾任上海《新时报》与《学术周刊》编辑。抗战期间任教于厦门大学，写作大量佛学理论方面的书籍。所著《中国佛教史》成为我国学术界以西洋学术著作方式撰写佛教研究著作的先驱，被誉为"现代中国人撰写的第一部系统的中国（汉传）佛教通史"，被众多佛教院校用作教材。

我的艺术观

黄忏华

一

近日有几个朋友正忙着结婚，好像筹备什么大典似的，闹得乌烟瘴气，叫人头脑发昏。在我这种浪漫者看起来，简直是可笑得无以复加。我们人类不是自称万物之灵吗？那么，你必须有和别的动物迥然不同的地方，才配称呼这个"灵"字。也只有这种地方，才配祝贺，才配赞叹。譬如诗人、文人、画家、雕刻家、音乐家乃至一切的艺术家，他们创造出一种优美的作品来，把人生同自然美化，立时叫我们脏腑通明，立时把浊世变成净土。这是人类最大的成绩，真值得开音乐会、跳舞会热闹烘天地庆祝。什么缘故？这是动物所不能够的缘故。至于饮食男女，这是人类与动物同之的，是最低级的盲目冲动，难道人类会埋锅造饭乃至用饭碗、筷子等类肆筵设席，以及请客、奏乐、演说，穿几件华美的衣服，一鞠躬再鞠躬三鞠躬，便是万物之灵的标志吗？要知道听凭你怎样弄玄虚，兽性的本质并没有丝毫改变；粪土之墙，纵然加上许多层白垩，总归有点鸭屎臭。我们自称万物之灵的人类，不能把卑下的兽性铲削，被盲目的冲动所左右，这真是人类最大的耻辱。这还值得庆贺吗？

二

近日，我被人生之烦闷逼极了，想想消愁解闷的法子，于是乎考案出两句标语来，就是——以艺术度现在，以宗教度未来。

因此，我当时翻翻艺术、哲学一类的书，觉得"美是艺术的生命"这句话是非常对的。但是各人有各人的世界，所以艺术鉴赏的心理也人各不同。譬如乡下草台戏，用审美的眼光看起来，当然毫无价值，然而有成千成万的人们围着它看。那么，这种戏在这些人共同的世界里，美的价值已经成立了。又像过年的时候，乡下人家里墙上贴的侉画，门上贴的一团和气、推车进宝、麒麟送子，虽然不值得画家一笑，然而在他们，却以为好看得很，那就也有美的价值了。所以一种艺术，是专供一种人欣赏的，并没有绝对性、普遍性。《庄子》上不是说过吗：毛嫱、丽姬，是天下顶美丽的，然而鸟看见她飞了，鱼看见她沉了，这就是一个明证。下里巴人，阳春白雪，引商刻羽，杂以流徵。和的人数，虽然各有不同，却不能武断作和弥寡的便是弥高之曲。

三

我们看见一幅很好的美女画，或者看见一座很美丽的雕像，不由得就生出一种美的感情来，爱不忍释。我想大家都会相信这种美的感情是纯真的，是无关心的。然而这个不过是无情的物质。假设有一个姿态明秀的女郎，飘若神仙，姗姗而来迟，我们对于这种活色生香能够不生爱美心吗？但是，我敢说这是一种先天的美感，丝毫没有物欲夹在里头——也许有这种人，但是我请你不要以你之心度人之腹——这一点爱美心便是艺术的始源。中国古书上也说过，《国风》好色而不淫，好色就是爱美，不淫就是没有物欲的念头。

四

我忽然创造了一个名词，叫作艺术的感情。

恋爱发生于异性，有性的关系，是无可讳言的。我最佩服一个恋爱学者的说法，就是恋爱是性欲的醇化。所谓醇化，就是艺术化，就是汰芜存精。就像芬陀利花①，出水之后便亭亭净植，碧月婵娟，绿波浩渺，飘飘乎遗世独立。又像美丽的蝴蝶，从蛹里头飞出来，羽衣蹁跹，堪称凤子。所以纯真的恋爱可以叫作艺术的感情，又可以叫作超世间爱。

————————

①即大白莲花。——编者注。

五

我虽然非常爱好艺术，却始终是门外汉。对于艺术理论方面的研究，固然极其浅薄，讲到技术方面，就更手生荆棘了。然而我并不因此减少我对于艺术的美的兴味，我始终想挤进艺术之宫的门缝里去看看。这是什么缘故呢？因为我的秉性是很浪漫的，无论什么东西，凡是可以供我浪漫生活当中一刹那的消遣的，我都愿意去尝试尝试，何况艺术，它便是浪漫的盟主呢！

我真佩服叔本华！他说艺术是叫我们把现世的苦患忘记掉的一时的解脱剂。你想我们这种浪漫者，所谓富贵利达贫贱忧戚，当然不在心上，当然不会因此而有所苦痛。但是前不见古人，后不见来者，念天地之悠悠的时候，能够不独怆然而涕下吗？就连黄龙大师登峨眉绝顶的时候，还仰天长叹，说身到此间，无可言说，唯有放声恸哭，足以酬之耳。屈原也在他的《远游》里面说："唯天地之无穷兮，哀人生之长勤；往者余弗及兮，来者吾不闻。"所以我们偶然往古来今、上天下地地想它一想，便觉得浮生缥缈，就禁不住悲从中来。我们在这个时候，唯有借艺术的力量。

（《弱水》）

傅东华（1893—1971），作家、翻译家。1912 年毕业于上海南洋公学，次年进中华书局当翻译员。1932 年任复旦大学中文系教授。1933 年任《文学》月刊执行主编，同时为商务印书馆编撰《基本初中国文》《复兴初中国文》《复兴高中国文》3 套各 6 册。1935 年任暨南大学国文教授。著有散文集《山胡桃集》、评论集《诗歌与批评》《创作与模仿》等，译作有《飘》《红字》《琥珀》等。其译本《飘》在一代中国读者中影响深远。

讲　艺

傅东华

现在这一讲的目的，是要略略说明中国历来艺术观念的变迁及艺术与人生的关系，因而指出中国文学在艺术上的地位，以及文学修养的方法。

我们讨论一个题目的时候，往往要因所用的名词义界不清楚，以致引起观念上的纠缠，所以我们第一步，应该先把一些名词的意义弄个明白。

"艺"字有两个意义，其一作动词用，就是"树艺"的"艺"，又其一作名词用，就是"六艺"的"艺"。到唐朝的时候，这两个不同意义的"艺"字，分作了两种写法，树艺的艺写作"蓺"，六艺的艺写作"藝"。但在周朝的时候，却只有一个"埶"字。据《说文》①："埶，穜也。从丮坴。丮持穜之。"
这里的"丮"是用手拿住的意思，"坴"是土块的意思，"穜"
就是现在的"种"字。用手拿到土里去，就会意出一个"穜"
字来。不过《说文》的这个解说也还有点小小的错误，因为照
石鼓文的字样，"艺"本作"埶"，那么拿木插入土中的意义就
更加明白了。总之，"艺"字先有树艺的意思，是可以确定了
的。后来转成名词的六艺，据段玉裁的解释是："儒者之于礼、
乐、射、御、书、数，犹农者之树蓻也。"我认为这个解释很恰
当，而且这里面已经包含着中国艺术观念的萌芽了。

后来因了这个"艺"字的观念逐渐演变，就产生出许许多
多的习语来，如"艺文""文艺""艺术""艺人""技艺""道
艺""学艺""艺能""才艺"等。这些习语的本义，多与现在
通行的意义不同，如《尚书·立政》篇的"艺人"，和现在戏
剧界的所谓"艺人"意义相差简直十万八千里，《晋书·艺术
传》的所谓"艺术"，也和现在所谓"艺术"的含义完全不同。
所以现在我们要把这些观念理清楚，应该先有一点历史的考察。

《论语·述而》篇："志于道，据于德，依于仁，游于艺。"
注："艺，六艺也。"《礼记·少仪》篇："士依于德，游于艺；
工依于法，游于说。"郑注："六艺，一曰五礼，二曰六乐，三
曰五射，四曰五御，五曰六书，六曰九数。"司马相如《上林
赋》："游于六艺之囿。"李善注："六艺，《六经》也。"其后刘

---

① 即《说文解字》。——编者注。

歆总群书而奏《七略》，其中有六艺一略，就是《易》《诗》《书》《礼》《乐》《春秋》，方始明明以《六经》为六艺。照这么看起来，无论以礼、乐、射、御、书、数为六艺，或是以《六经》为六艺，总都是汉朝人的说法。这两种说法里面，后面的一种是跟我们现在的讨论根本不相干的。我们现在姑且假定六艺就是礼、乐、射、御、书、数，那么孔子心目中的所谓艺（其实也就是汉以前的一般所谓艺），约略相当于欧洲中古时代的"自由艺术"（Liberal Arts），与现在人专指美术（Fine Arts）而言的"艺术"是不同的。

在孔子及一般儒家的教育观念里，"艺"是一种重要的教育工具。因为孔子的教育原则是"知之者不如好之者，好之者不如乐之者"（《论语·雍也》）。所以他以"志于道"为教育的目的，"游于艺"为教育的手段。"道"是原理，"艺"是实习。孔子的意思，以为凡百学问不经过实习就不能得到原理；学问的原理应该由学者自己从实习里面去体会出来，不应该由教师用抽象的形式灌注进去；因为抽象的原理是干燥无味的东西，只有实践的学习方能引起学者的兴味。所以他又说："学而时习之，不亦说乎？"（《学而》）《礼记·学记》篇说："不兴其艺，不能乐学。故君子之于学也，藏焉，修焉，息焉，游焉。"这里的"兴"是欣喜的意思，言对于艺不知兴味，即对于学不感乐趣。"藏"是怀抱的意思，"修"是练习的意思，"息焉""游焉"就是说以学问为游息之所。这样，孔子已经指出了一般艺术（包括自由艺术与美术）本质上的一个重要因素，就是熟习，同时也就是兴趣，因为非到熟习的程度不能发生兴趣，没有兴趣也不能达到熟习的程度，这是一般艺术无不如此的。

在孔子心目中，艺术对于人生日用虽然不能直接发生效果，但他认为间接的效果却非常之大，因而虽在政治的工作，他也以为不能缺少艺术的因素。他的学生言偃做武城的县长，他有一次跑到那里，听见弦歌之声，便微笑说："割鸡焉用牛刀?"言偃说道："学生从前听见您先生说过，君子学了道就会得爱人，小人学了道就容易统治的。"孔子对其他的学生说："你们听着，偃的话是对的，我刚才不过说说笑话罢了。"

在这一点上，儒家和墨家的见解根本不同。墨家的实利主义流于机械化，因而根本否定了艺术的价值。例如《墨子·非乐》篇说："是故子墨子之所以非乐者，非以大钟、鸣鼓、琴瑟、竽笙之声，以为不乐也；非以刻镂华文章之色，以为不美也；非以刍豢煎炙之味，以为不甘也；非以高台、厚榭、邃野之居，以为不安也。虽身知其安也，口知其甘也，目知其美也，耳知其乐也，然上考之，不中圣王之事；下度之，不中万民之利。是故子墨子曰：'为乐，非也!'"对于这，儒家的荀子便作了一篇《乐论》予以驳斥，而特别指出了音乐之社会的功能。他说："夫声乐之入人也深，其化人也速……乐中平，则民和而不流。乐肃庄，则民齐而不乱。民和齐，则兵劲城固，敌国不敢婴也。如是，则百姓莫不安其处，乐其乡，以至足其上矣。"

但是道家的艺术观念却又不同了。在儒家，虽也承认"梓匠轮舆能与人规矩，不能使人巧"（《孟子·尽心下》），但是同时又相信"离娄之明，公输子之巧，不以规矩，不能成方圆"（《离娄上》）。这就是说，儒家虽然认出了艺术的本质在于熟习，同时却又主张在熟习的过程中不能没有一点知识的指导或帮助。比如学音乐，儒家虽然主张需要多练习，同时却又以为不能不晓得一点音乐的原理。换句话说，儒家对于学与艺两件东西是并重而不偏废的。所以虽在普通的工匠，儒家也以为"工依于法，游于说"。"依于法"就是循其所当然，比如钟表匠修理钟表，只需用他从机械师那里学来的一点经验和手法；"游于说"就是知其所以然，比如钟表匠也要懂得一点机械学的原理。因此，在儒家，道与艺是划然的两件东西，习艺的目的在于明道，便是所谓"下学而上达"（《论语·宪问》）。在道家，则道即是艺，艺即是道，所以在《庄子·养生主》篇的那个庖丁对文惠君说："臣之所好者道也，进乎技矣。""进乎技"就是过于技的意思，这不过是程度之分，并没有质的差别。这一层道理不大容易明白，且听我慢慢地讲来。

《庄子·天地》篇说："能有所艺者技也。"这个"技"是百工技艺的技，它的特色就是一种虽然熟练却机械的活动。《在宥》篇又说："说礼邪？是相于技也。……说圣邪？是相于艺也。"这里的"说"就是悦的意思，"相"是助的意思。这两句的意义是：你喜欢礼吗？那就是提倡技了；喜欢圣（聪明智慧）吗？那就是提倡艺了。礼是一种机械的活动，所以道家要排斥；而聪明智慧所得者也不过是一种小巧（就是艺），所以他们也要排斥。由技进乎道，就是由完全机械的活动进而为有意识的活动；由艺进乎道，就是由小巧进乎大巧。故《老子》说："大巧若拙。"(《老子》四十五章）在这里又要发生名词上的纠葛了，因为照《庄子》自己用这"艺"字的意义，固然是与道不同的，而实际上，则老、庄的所谓道，完全是艺术的性质。因为《老子》二十五章说"道法自然"，意即道为自然的模仿，这就是亚理斯多德①的艺术的定义。亚理斯多德曾拿实用的艺术来做例解，他说医学是一种艺术，但医学实不过是一种自然的模仿或自然的帮助，如外科医生替病人割去毒瘤，他的工作只不过使自然的好肌肉可以生长，他不能创造肌肉，不过顺着自然之道，让肌肉有生长的机会而已。明白了这点道理，就可以懂得老、庄所谓"无为"的真谛。因为外科医生对于肌肉生长的过程是无能为力的，所以也是"无为"的。既然无能为力，他就不能居功，所以《老子》也说："功成而弗居。"（二章）王弼注云："因物而用，功自彼成，故不居也。""彼"就是自然。《老子》又说"功成事遂，百姓皆谓我自然"，也就是这个意思。

懂得了道家的道即是艺，艺即是道，就可以把道家的艺术观略略加以分析。

道家所谓道（即艺）的第一因素就是"无为"。"无为"并不就是不动，只是顺着自然而动，不敢自作主张。故《老子》

---

①今译亚里士多德（前384—前322），古希腊哲学家、科学家和教育家。他是柏拉图的学生，亚历山大大帝的老师。——编者注。

说："道常无为而无不为。"（三十七章）又说："不可为也，
……为者败之，执者失之。"（二十九章）关于这，《庄子·应
帝王》篇曾有这么一段寓言的解释：

> 南海之帝为倏，北海之帝为忽，中央之帝为浑沌。倏与
> 忽时相与遇于浑沌之地，浑沌待之甚善。倏与忽谋报浑沌之
> 德，曰："人皆有七窍，以视听食息，此独无有，尝试凿之。"
> 日凿一窍，七日而浑沌死。

这个"无为"的观念当然在政治上特别可以适用。道家以
为治国也是一种艺术，所以《老子》说："治大国若烹小鲜。"
《韩非子·解老》篇解释这话很透彻：

> 工人数变业则失其功，作者数摇徙则亡其功。一人之
> 作，日亡半日，十日则亡五人之功矣；万人之作，日亡半
> 日，十日则亡五万人之功矣。然则数变业者，其人弥众，
> 其亏弥大矣。凡法令更，则利害易；利害易，则民务变；
> 民务变，谓之变业。故以理观之，事大众而数摇之，则少
> 成功；藏大器而数徙之，则多败伤；烹小鲜而数挠之，则
> 贼其宰；治大国而数变法，则民苦之。是以有道之君贵静，
> 不重变法。故曰："治大国者，若烹小鲜。"

但这并不就是主张绝对不改革，不过不主张由统治者一意

孤行地朝令夕改，所以《老子》又说："圣人无常心，以百姓心为心；善者吾善之，不善者吾亦善之，德善；信者吾信之，不信者吾亦信之，德信。"这才算是真正的民主主义，真正的自由主义。

若把这个无为的观念应用于文艺及其他艺术，那就是反对一切有所执着的公式主义。因为公式主义的基础就是《老子》的所谓"前识"。《老子》三十八章说："前识者，道之华，而愚之始。"《韩非子·解老》篇说："先物行，先理动，之谓前识；前识者，无缘而妄意度也。"凡是先抱定一个主义去进行艺术活动或其他一切活动，就都是"前识"的活动。前识活动的反面是物来顺应，物来顺应就是道家首要的人生观，也就是一切艺术活动的本质。

道家的道（即艺）的第二主要因素就是"不可名"。在儒家，道是可以叫得出名字来的，如仁、义、礼、智、信等。道家则说："道可道，非常道；名可名，非常名。"（第一章）道家所见的道是："有物混成，先天地生；寂兮寥兮，独立而不改，周行而不殆，可以为天下母；吾不知其名，强字之曰道，强为之名曰大。"（二十五章）

既然不可名，当然不可以教人，所以道家根本否定了教育的可能性，特别是艺术的教育。所以《庄子·天道》篇里那个斫轮老手，对桓公形容他自己的斫轮艺术，是"得之于手而应于心，口不能言，有数存焉于其间；臣不能以喻臣之子，臣之子亦不能受之于臣"的。因此，书本的价值也被道家否定了。《天道》篇说："世之所贵道者，书也；书不过语，语有贵也；

语之所贵者，意也，意有所随；意之所随者，不可以言传也。而世因贵言传书。世虽贵之，我犹不足贵也，为其贵非其贵也。故视而可见者，形与色也；听而可闻者，名与声也。悲夫！世人以形色名声为足以得彼之情！夫形色名声果不足以得彼之情，则知者不言，言者不知，而世岂识之哉？"

那么，道家的道是始终不可见的吗？那又不然。《老子》五十二章说："见小曰明。"所谓"见小"，就是随物而见，并非只见几个抽象的原则。例如画家画画、书家写字，画到哪一笔，写到哪一笔，以后应该怎样连下去，他们自己心里晓得，却是不能告诉人，即使拿原则告诉了人，人家也仍旧不能理会。画画、写字如此，其他一切的事情也莫不如此。这就是艺术上乃至政治上的现实主义的精髓所在。

道家的这种艺术观后来对于狭义的艺术（即美术与文艺）曾经发生很大的影响，特别是在批评上。例如批评的术语，有"得心应手""神来之笔""神奇腐臭""可以意会，不可以言传"等，完全是《老》《庄》书里出来的。但在政治上，则道家的影响完全被儒家压倒了。这，一来是由于道家的这种"政治的艺术"本身就不容易理会；二来，儒家的政治学说和教育学说对于统治阶级（无论是专制的或革命的）都比较便利。

现在站在文艺的立场来说，我觉得道家的艺术观我们现在应该加以一种批判的接受：对于它的"不可名"的部分，我们不妨略略加以一点修正，就是只要不妨碍学者对于艺术本质的认识，我们为便利教育起见，可以充分利用近代科学的知识，而企图予以一种说明；但是同时，道家的"见小曰明"那个原则，我们应该特别加以注意，以期可以挽救现代人过分重视社会科学的倾向。

至于儒家以熟习为"艺"的认识，那是当然可以全部接受的。

（《国文讲话概说辑》）

丰子恺（1898—1975），著名漫画家、散文家、文艺理论家和翻译家。1919年毕业于浙江省立第一师范学校。1921年获亲友资助赴日留学，10个月后因经济困难回国。先后在上海、浙江、重庆等地任教，曾任上海开明书店编辑、《中学生》杂志编辑。1924年在文艺刊物《我们的七月》上第一次发表漫画《人散后，一钩新月天如水》。1942年在重庆自建"沙坪小屋"，专事绘画和写作。

艺术鉴赏的态度

丰子恺

要讲艺术鉴赏，先须明白艺术的性状。人人都知道"艺术"这个名词，他们看见了关于画一类的事，就信口称赞为"艺术的"。可是所谓"艺术"的真意义，了解的人很少。我们的眼，平时容易沉淀于尘世的下层，固着在物质的细部，不能望见高超于尘俗物质之表的艺术。必须提神于太虚而俯瞰万物，方能看见"艺术"的真面目。何谓高超于尘俗物质之表？就绘画而说，画家作画的时候，把眼前的森罗万象当作大自然的一PAGE，而绝不想起其各事物的对于世人的效用与关系。画家的头脑，是"全新"的头脑，毫不沾染一点世俗的成见。画家的眼，是"纯洁"的眼，毫不蒙受一点世智的翳障。故画家作画的时候，眼前所见的是一片全不知名、全无实用而庄严灿烂的全新的世界。这就是美的世界。山是屏，川是带，不是地理上、

交通上的部分；树是装饰，不是果实或木材的来源；房屋是玩
具，不是人类的居处；田野是大地的衣襟，不是五谷的产地；
路是地的静脉管，不是供人来往的道，其间的人们的往来种作，
都是演剧或游戏，全然没有目的；牛、羊、鸡、犬、鱼、鸟都
是这大自然的点缀，不是生产的畜牧。——有了这样的眼光与
心境，方能面见"造型美"的姿态。欢喜感激地把这"美"的
姿态描写在画布上，就成为叫作"绘画"的一种艺术。所以艺
术的绘画中的两只苹果，不是我们这世间的苹果，不是甜的苹
果，不是几个铜板一只的苹果，而是苹果自己的苹果。绘画中
的裸体模特儿，不是这世间的风俗、习惯、道德的羁绊之下的
一个女人，而是一种造型的现象。

　　原来宇宙万物，各有其自己独立的意义，当初并不是为吾
人而生的。世间一切规则、习惯，都是人为了生活的方便而造
出来的。美秀的稻麦招展在阳光之下，分明自有其生的使命，
何尝是供人充饥的？玲珑而洁白的山羊、白兔，点缀在青草地
上，分明是好生好美的神的手迹，何尝是供人杀食的？草屋的
烟囱里的青烟，自己在表现它自己的轻妙的姿态，何尝是烧饭
的偶然的结果？池塘里的楼台的倒影自成一种美丽的现象，何
尝是反映的物理作用而已？聪明的听者悟到了这一点，即可窥
见艺术的美的世界的门户了。

　　要之，艺术不是技巧的事业，而是心灵的事业；不是世间
的事业的一部分，而是超然于世界之表的一种最高等的人类活
动。故艺术不是职业，画家不是职业，画不是商品。故练习绘

画不是练习手腕，而是练习眼光与心灵。故看画不仅用肉眼，又须用心眼。

用艺术鉴赏的态度来看画，先要解除画中事物对于世间的一切关系，而认识其物的本身的姿态。换言之，即暂勿想起画中事物在世间的效用、价值等关系，而仅赏其瞬间的形状色彩。我们必须首先体验造型美的滋味，然后进于情感美、意艺美①的鉴赏。这样才是对于绘画艺术的真的理解。见了关于画一类的事就信口称赞为"艺术的"的人，分明是误解艺术，侮辱艺术，是我们所要切戒的。

（十八年九月十日②为松江女子中学高一讲述）

（《艺术趣味》）

---

①"意艺美"，原文如此。——编者注。

②本书所选文章，篇末如有中文数字（均为民国原书所载），系指中国历法年月日，如本处即指民国十八年（西历1929年）九月十日；如为阿拉伯数字，则指西历年月日。特此说明，以后不再为此加注。——编者注。

夏丏尊（1886—1946），名铸，字勉旃，号闷庵，别号丏尊。浙江上虞人。著名文学家、教育家、出版家，新文学运动的先驱。1901年中秀才。1905年东渡日本留学，1907年辍学回国，先后在浙江、湖南、上海几所学校任教。1930年与叶圣陶创办民国时期在莘莘学子中颇有口碑的《中学生》杂志。1933年与叶圣陶合著出版小说体裁语文学习读本《文心》，其后15年间再版达22次。1936年任《新少年》杂志社社长，同年被推为中国文艺家协会主席。

艺术与现实

夏丏尊

看见一幅画得很好的花卉画，我们常赞叹了说，这画中的花和真的花一样。看见一丛开得很好的花卉，我们又常赞叹了说，这花和画出的一样。看小说时，于事情写得逼真的地方，我们常赞叹了说，这确是社会上实有的情形。在处世上，遇到复杂变幻的事情的时候，我们说，这很像是一篇小说。究竟画中的花像真的花呢，还是真的花像画中的花呢？小说像社会上的实事呢，还是社会上的实事像小说？这平常习用习闻的言说中，明明含着一个很大的矛盾。

这矛盾因了看法，生出了许多人生上重大的问题，例如王尔德①的认人生模仿艺术，就是对于这矛盾的一个决断。我在这

————

① 王尔德（1854—1900），诗人、剧作家。——编者注。

里所要说的，不是那样的大议论，只是想从这疑问出发，来把艺术与现实的关系略加考察而已。

真的花只是花，不是画，但画家不能无视现实的花，画出世间没有的花来。社会上的事象，只是社会上的事象，不是小说，但小说家不能无视现实的社会事象，写出社会上所没有的事象来。在这里，可以发生两个问题：（1）现实就是艺术吗？（2）艺术就是现实吗？这两句话，因了说法都可成立，问题只在说的人有艺术的态度没有。

那么，什么叫艺术的态度？我们对于一事物，可有种种不同的态度。举一例说，现在有一株梧桐树，叫一个木匠、一个博物学者、一个画家同时去看。木匠所注意的大概是这树有几丈板可锯或是可以利用了做什么器具等类的事项，博物学者所注意的大概是叶纹、叶形与花果、年轮等类的事项，画家则与他们不同，所注意的只是全树的色彩、姿态、调子、光线等类的事项。在这时候，我们可以说对于这梧桐树，木匠所取的是功利的态度，博物学者所取的是分别的态度，画家所取的是艺术的态度。

我们对于事物，脱了利害、是非等类的拘缚，如实去观照玩味，这叫作艺术的态度。艺术生活和实际生活的分界就是这态度的有无，艺术和现实的区别也就在这上面。从现实得来的感觉是实感，从艺术得来的感觉是美感。实感和美感是不相容的东西。实感之中，绝无艺术生活；同样，艺术生活上一加入实感，也就成了现实生活了。要说明这关系最好的事例，就是近年国内闹过许多议论的模特儿事件。

在普通的现实生活中，赤裸裸一丝不挂的女子，不用说是足以挑拨肉感——就是实感，有伤风化的。但对于画家，则不能用这常规的说法，因为既为画家，至少在作画的时候，是用艺术的态度来观照一切，玩味一切，不会有实感的。至于普通的人们，不但见了赤裸裸的女性实体起实感，即见了从女体临写下来的，本来只充满了美感的裸体画，也会引起实感。就画家说，现实可转成艺术；就普通人说，艺术可转成现实。

世间有能用艺术态度看一切的人，也有执着于现实生活的人。不，同一个人，也有有时埋头于现实生活，有时脱离了现实生活而转入艺术生活的事。画家、文学家除了对画布就笔砚以外，当然也有衣食上的烦恼和人间世上一切的悲欢；商店的伙计于打算盘的余暇，也可有向壁上的画幅或是窗外的夕阳悠然神往的时候。只是有艺术教养的人们，多有着玩味、观照的能力罢了。在有艺术教养的人，不但能观照、玩味当前的事物，且能把自己加以玩味、观照。譬如爱子忽然死亡了，这无论在小说家或普通人，都是现实的悲哀，都是一种现实生活。但普通人在伤悼爱子的当儿，一味没入在现实中，大都忘了自己，所以在伤悼过了以后，只留着一个漠然的记忆而已。小说家就不然，他们也当然免不了和普通人一样，有现实的伤悼，但一方却能把自己站在一旁，回着反省自己的伤悼，把自己伤悼的样子在脑中留成明确的印象，写出来就成感人的作品。置身于现实生活而能不全沉没在现实生活之中，从实感中脱出了取得美感，这是艺术家重要的资格。艺术中所表出的现实比普通人所经历的现实，往往更明白、更完善，因为艺术家能不沉没在现实里，所以能把整个的现实如实领略了写出。艺术一面教人不执着于现实，一面却教人以现实的真相，我们从前者可得艺术的解脱，从后者可得世相的真谛。这就是艺术有益于人生的地方。

西湖的美，游览者能得之，为要想购地发财而跑去的富翁，至少在他计较打算的时候是不能得的。裸体画的美，有绘画教养的人能得之，患色情狂的人是不能得的。真要领略糖的甘味与黄连的苦味，须于吃糖、吃黄连时把自己站在一旁，咄咄地鼓着舌头，去玩味自己喉舌间的感觉。这时吃糖和黄连的是自己，而玩味甘与苦的是另一个自己。摆脱现实，才是领略现实的方法。现实也要经过摆脱作用，才能被收入到艺术里去。

《创世纪》中有这样的一段神话：

> 耶和华上帝说，那人独居不好，我要为他造一个配偶帮助他。……耶和华上帝使他沉睡，他就睡了。于是取下他的一条肋骨，又把肉合起来。耶和华上帝就用那人身上所取的肋骨造成一个女人，领到那人跟前。那人说：这是我骨中的骨，肉中的肉，可以称她为女人，因为她是从男人身上取出来的。

　　这段神话实可借了作为艺术与现实的象征的说明。如果把男性比喻作现实，那么女性就可比作艺术。女性是由男性的部分造成，但有一个条件，就是先要使男性沉睡；男性醒着的时候，就是上帝，也无法从他身上造出女性来的。现实只是现实，要使现实变成艺术，非暂时使现实沉睡一下不可。使现实暂时沉睡了，才能取了现实的某部分做成艺术。因为艺术是由现实做成的，所以我们见了艺术，犹如看见了现实，觉得这现实的化身亲切有味，如同"那人说：这是我骨中的骨，肉中的肉"一样。

李金发（1900—1976），中国第一个象征主义诗人，中国雕塑的拓荒者。1919 年赴法勤工俭学，后就读于第戎美术专门学校和巴黎帝国美术学校。在法国象征派诗歌特别是波特莱尔《恶之花》的影响下，开始创作格调怪异的诗歌，被称为"诗怪"。1925 年回国，先后在上海美专、国立杭州艺术专科学校执教。1936 年任广州市立美术学校校长。著有《微雨》《为幸福而歌》《意大利及其艺术概要》《异国情调》《飘零阔笔》等。

艺术与宗教

李金发

一、 古代文明

说者谓古代艺术皆受宗教势力所支配，是说诚然。要知古代，非但艺术脱离不了宗教范围，即一切政治、道德等，亦为宗教所管辖。罗马教皇，威权赫赫，今则如何乎？旷观历史之陈迹，上源于埃及之文明，尼流河①畔，风物依稀。然尖塔石像，巍然犹存。后人凭吊，感伤民族之衰颓，瀚海无涯，浪沙淘尽矣。此种东方之文明，固可为惊骇，如建筑、雕刻、塑像、绘画，足为一代之信史，然不外表现神教及帝王之威严。但此种之作品，虽未脱迷信及恐怖之思潮，要知当时道德、科学、

---

①今译尼罗河。——编者注。

人情、风俗咸寓于其中。此种连带之关系，以表现人生命运之
颠连。如秦筑长城，万里朱殷；埃及古代之建筑，亦驱罪犯、
苦力为之奔走。今仅成为历史上之遗迹。旧信仰已死，旧情爱
已灰，旧艺术亦衰颓无生气矣！

　　地中海上，烟火明灭，有希腊之古岛，当时文物，雄视列
邦，临海风光，天气温和，民族之性质，温而健，喜团结，爱
自由，诗女之哀怨，烈士之战伤，人尚武功，雅好文物——艺
术如此，始有生机。然仍囿于神教思想及英雄主义。虽有鄂谟
（Homer）① 之慷慨悲歌，及亚历山大（Alexander）② 好逞雄武，
至盛世末年，渐呈沦落之象。在十七世纪，经土耳其之役，庄
严圣地，可怜焦土。纪元前之遗迹，仅存断碣残碑，泣对斜阳，
古国文明，烟消火灭矣。回想当年，金戈铁马，气吞如虎（亚
历山大征波斯及印度）。信与爱耶？今安在哉！

　　罗马文明，受希腊之影响，而有创造之色彩，如戏园、浴
堂、藏书楼、运动场，是艺术发展公共生活之引线。当卧居司
特（Sjeèled Auguste）③ 之时代，艺术之花播为茂盛，如峨鹤诗
（Horace）④ 及悦义纳（Virgile）⑤ 等之诗人，或以英雄主义唤

---

　　①今译荷马（约前 9 世纪—前 8 世纪），古希腊盲诗人。——编者注。
　　②亚历山大（前 356—前 323），古代马其顿国王，欧洲历史上最伟大的四大
军事统帅（亚历山大大帝，恺撒大帝，汉尼拔，拿破仑）之一。——编者注。
　　③今译奥古斯都（前 63—14），罗马帝国的开国君主，统治罗马长达 43
年。——编者注。
　　④今译贺拉斯（前 65—前 8），古罗马诗人，罗马古典主义的创始人、奠基
者。——编者注。
　　⑤今译维吉尔（前 70—前 19），古罗马诗人。——编者注。

醒爱国之情操，或以缠绵之情以求自然界之安慰。今欧西文明，即源于希腊、罗马之文明也。发展欧洲之新生命者以此，摧残欧洲之新生命者亦以此。至中世纪时代，蔓延宗教之战争，枕尸遍野，荼毒生灵，艺术之花忽经暴雨狂风，散落无人过问矣。

二、 文艺复兴

欧洲文化在十五世纪及十六世纪，为文艺复兴时代。古代艺术而仍流传于意大利者，或由富商大族之收藏，或由文学及历史上之创造，如枯瘦之枝，偶经雨润，复开憔悴之花，吐芳微笑，复苏之状，半酣半醒，亦耐人寻思也。此时艺术，仍不脱宗教帝王之范围，然个人发展之天才，每打破旧有之规律，如弥盖郎（Michelange）①之雕刻，鹤费尔（Raphael）②之绘画，一者独富筋力，发扬个性，一者诗意超然，潜入内心，此时人生之梦已含理性、美丽之花，而有科学之异彩。如万谢（Vinci）③等，皆科学家而兼艺人也。至如音乐、印刷亦进步，帝王之势已凌驾神教而上之。亲王贵族，竞尚奢华，风俗文物，顿为之一变矣。

----

①今译米开朗琪罗（1475—1564），文艺复兴时期杰出的雕塑家、建筑师、画家和诗人，与达·芬奇和拉斐尔并称"文艺复兴艺术三杰"。——编者注。

②今译拉斐尔（1483—1520），意大利著名画家，与达·芬奇和米开朗基罗合称"文艺复兴三杰"。——编者注。

③今译达·芬奇（1452—1519），意大利画家、雕刻家、建筑师、艺术家、工程师、数学家及发明家。——编者注。

法王佛兰梭弗第一（Francois Ier）① 嗜好意大利之艺术，于是建筑装饰皆含意大利之趣味。此时佛郎得（Flandre）② 之美术亦流传于法国及德意志，最著名之画家，如许潘司（Rubens）③ 绘神教帝王及历史风景之画，亦足以表示当时之思想复杂，然其个人创造之力，亦至伟也。乃时德国画家吕亥（Dürer）④ 有超人思想，而哀感沉闷，足以代表民族之特性。荷兰派如杭柏郎（Rembrandt）⑤ 之杰作，多在阴暗中表出光明，亦其境遇上所表现之生命也。西班牙人强悍而注重物质，故外拉司盖（Vélasquez）⑥ 之作品，丑庸而富生命之努力也。

就复兴时代以来，观察艺术之情绪，皆与历史、地理有关。各人有各人之天才，各民族有各民族之特性。意大利之艺术，实现其梦中之美，佛郎得之艺术尚真而超自然，即其义也。可见文艺复兴时代，艺术已由"神教之美"渐进于"人生之美"，而知颠连痛苦之人生，有持续不断之努力和创造。如弥盖郎所雕刻之"黎明"，启其含泪之目，而向光明之前途。吾知前途固光明，而伤心之泪终流不尽也。人生如是，艺术亦如是，岂迷妄、虚伪之宗教所能解决者哉？

---

①今译弗朗索瓦一世，法国历史上最著名、最受爱戴的国王之一。——编者注。

②今译佛兰德斯，欧洲历史地名。——编者注。

③今译鲁本斯（1577—1640），佛兰德斯最伟大的画家。——编者注。

④今译丢勒（1471—1528），德国画家、版画家及木版画设计家。——编者注。

⑤今译伦勃朗（1606—1669），荷兰历史上最伟大的画家。——编者注。

⑥今译贝拉斯克斯，西班牙画家。——编者注。

三、 近代思潮

十七世纪法国之艺术，受帝王之保护，而有官办之性质。此时古典派盛行，文人艺士多研究古代之英雄及神话，于是文艺上有崇古之现象。至十八世纪，文艺始有独立之精神，不甘受前代之束缚。当时科学、教育日臻胜境，如服尔泰（Voltaire）①及卢骚（Rousseau）②之流，倡自由平等之说。于是浪漫派之思潮，与德国诗人谢赖（Schiller）③、戈特（Gathe）④相和应，则磅礴哀怨之情绪，举世变成血海，人都化作鱼虾矣。革命风云，漫天起舞，古代遗规，扫地以尽。因而艺术上自由之花，亦灿烂齐发，帝王已授首矣，神教尚何言哉！

浪漫派既窥破希腊、罗马之文明，一扫古典派之积习。文人艺士均发展个性之自由和创造之勉力。十九世纪，法国写实派画家，如弥艾（Millet）⑤、戈拜（Gourbet）⑥，前者以深密

---

①今译伏尔泰（1694—1778），法国启蒙时代思想家、哲学家和文学家，启蒙运动公认的领袖和导师，被称为"法兰西思想之父"。——编者注。

②今译卢梭（1712—1778），法国伟大的启蒙思想家、哲学家、教育家和文学家。——编者注。

③今译席勒（1759—1805），德国诗人、哲学家、历史学家和剧作家。——编者注。

④今译歌德（1749—1832），德国思想家、小说家、剧作家、诗人、自然科学家、博物学家和画家。——编者注。

⑤今译米勒（1814—1875），法国现实主义画家。——编者注。

⑥今译库贝尔（1819—1877），法国写实主义绘画的重要代表人物。——编者注。

之心理写田庄之生活，如《樵夫之死》及《拾穗》、《倚锄之人》，皆人生之努力，亦人生之悲剧也；后者乃反对宗教之健将，力破迷妄之说，其创作如《传教归来》及《情神与心神》。戈氏画神女无两翼，彼以为绝未见有翼之人，可见其画注重考察也。其友蒲鲁东（Proudhon）[1]力辟神教之艺术，而倡"人之美"。蒲氏以为神话、宗教、战争、英杰皆非纯粹之人，乃迷信造孽之幻术家，此种虚妄伪造之艺术，离人生太远，无补救于社会也。居友（Gwyan）则谓最高尚艺术之目的含有社会性质之美学情绪，又谓最大之艺人乃指点群众之导师也。

现代艺术之进步，如印象派及深密派（Intimist），一则注重外物光色，一则注重内心情绪。前者因光学之发明，后者因心理学之进步。于是美术与科学、道德皆成连带之关系。因艺术须脱离宗教及国家之迷信，而不能脱离社会也。此种新艺术之生命，即新人道之生命，而为人类真理之信仰也。如深密派以简单素静之技能，表现社会最深之情绪、困苦颠连之命运。在艺术上，以短小时间给吾人莫大之教训，因而同情感受传达于群众，提高道德，不可谓细。蒲氏谓艺术是表现自然之意念，以求吾人类物质和精神上之健全。吾以为如此残缺不全之人生，处此残缺不全之世界，时时欲求满足其需要，时时感受莫大之痛苦。艺人、诗人，发愿补尽人生之缺憾。无奈杜鹃声声道苦，

---

[1]蒲鲁东（1809—1865），法国政论家、经济学家。——编者注。

因连带之同情而哀怨愈多。于是艺术有持续不断之创造，而人生亦有持续不断之努力，须知苦乐爱憎，即人生之彩色也。人生究竟为何？究竟即如是，宗教家欲牵强附会而解决之，非妄则愚矣！

黄道明（1917—　），书法家，现居汕头。6岁开始习字，至今翰墨近百载。其书法以楷书为主，兼擅行、隶。楷书得柳、颜体之流韵，自成秀雅一格，给人以温婉敦厚、沉着朴实之和谐美感。作为虔诚的基督教徒和传道先生，他以书法为载体和工具，写下了大量的古典诗词、美文和《圣经》中的金句。

艺术与人生

黄道明

记得德国浪漫派大诗人哥德①在其名著《浮士德》一书里，曾特别提出艺术的超时间性。他说："人生朝露，艺术千秋！"这的确是一针见血之名言。本来人生固无异于朝生暮死等的蜉蝣，正如曹操所指出："对酒当歌，人生几何？譬如朝露，去日苦多。"但我们知道，人的肉体是同其他动物、草木等有机物一样有生有灭，精神却可以不死，亘古长存，那是与蜉蝣、草木不一样的。何以故？因为人凭了他的独厚的天赋性美，能以妙绘天心，巧夺天工地创造卓越高超的艺术作品。同时，这种艺术作品是出于人的聚精会神的精神结晶，永远受着观赏者的击节同情，乃至引起观赏者的共鸣。所以，它不但是超时间超空

①今译歌德。——编者注。

间的，而且世代愈古远，出处愈荒渺，愈使考据家、搜集家、鉴赏家珍同拱璧，而绞尽脑汁，从事于提要钩玄，以发现它的可贵处。证诸大宋宣和以来，对于古代艺术如博古图、钟鼎彝器、泉布甲骨、字画等之考究风气，风行朝野，直到晚清，现在仍未稍替，便可思过其半矣。

　　按说一只古旧的破瓶子，一张破字画，几块破骨头，零铜碎铁，有何考究价值可言？用于陈列既不雅观，以之盛物，更不适用。但这些东西一被"识货"的人所发现，立刻不惜重金将它收留起来。无他，它代表着前人的精神而已。从这里可以寻找到前人的艺术技巧与独特处。试观埃及亡国几千百年了，而金字塔至今犹为人所盛道，就是因为它巍然表示着古代埃及民族的精神文明之故，让千秋万世的人们凭吊着它的伟大，景慕它的卓越，和中国的长城之震惊古今建筑术一样。此之谓"精神不死"，也就是人生之"不朽"。

　　反观近世物质文明的创造，局蹐"使用"价值之内，表面上是"人力胜天"了，实际上是缩短了人生的寿命，缩小了宇宙的范围，处处受着"时间""空间"的支配，而为"新陈代谢"作用的化身。当年克鲁伯炮厂出的大炮，虽威震殊俗，今则早成废物了，给巴黎、伦敦、柏林的博物院不过添了些历史参考的资料而已。比于艺术之表现人生、代表人生的终古长存的精神伟大，则不可以道里计。

　　　　　　　　　　　　　　　　　　（《文学丛话》）

李金发（1900—1976），中国第一个象征主义诗人，中国雕塑的拓荒者。1919 年赴法勤工俭学，后就读于第戎美术专门学校和巴黎帝国美术学校。在法国象征派诗歌特别是波特莱尔《恶之花》的影响下，开始创作格调怪异的诗歌，被称为"诗怪"。1925 年回国，先后在上海美专、国立杭州艺术专科学校执教。1936 年任广州市立美术学校校长。著有《微雨》《为幸福而歌》《意大利及其艺术概要》《异国情调》《飘零阔笔》等。

艺术的生命

李金发

我们到了夕阳西下的时候，树梢上反映了一点残霞，那时花园的景色已渐渐为黑纱笼罩了。不久的时光，又透出一点月色，好像美人微笑的样子，仅仅在黑纱里露出一点风姿。这个时候，花园里、音乐亭上，来了许多音乐家。因为法国风俗，夏天每星期中，总有这种会的。不多一会儿，男男女女，老的少的，来了好多，围绕这个亭子，一声儿不响。不久那些音乐家就把音乐奏起来，把我就醉沉在音乐声浪里，和大家的心情一样。那些音乐，时而起合悠扬，忽而愁惨欲绝，一丝奄奄仅存余韵，又骤然如狂风暴雨，奔腾而至，音乐佳处，合成天籁。这时我坐在树林里，一个大理石的塑像旁边，那声浪传来，好像和大家都沉醉的一样。到了音乐停息，人都散去，我还觉余音袅袅，默坐寻思，好像随这声浪漂泊到无涯海里去了。

我由此可知道，吾人的生命，断断不能单独存在，必与其他生命有连带的关系。这种哀怜的同情和这种情爱的表现，是诗人最注重的，因为诗人是个心琴的高妙技师，也是生命上特有的创造，和音乐有一般的情趣。我想这种音乐的声音能把我孤独的生命解放出来，和大家的生命成为一体。

大家的生命又与自然界和成①一致。这种和谐的力量真不为小，何处觅人，又何处寻我？由此可知美术能增进人类的道德，把人人性格提高到最高度。一切知识都从爱情里发出，好像花木从种子里生出一样，世界上还有什么虚伪的罪恶呢？诗中所说"明月是前身"，要知爱情也不外宇宙中一种力量。地质上可以分别人我，爱情是流通的，与宇宙和谐，成了生物的全生命。但是这个生命也因物质不能满足它的幸福，所以也有痛苦和哀怨。这种痛苦的现象也不外生命的力量。无论是天籁人声，一经这个力量，也发生一种美丽的和谐，把世界的缺痕补成满足。所以美术的发生不外生命创造的勉力。欲求满足其需要，美术也不外是真理。不过它不是直接表现，是从点、线、声、色、情感、意想、音调、姿态上，借各种自然物，表现各种的情绪。譬如我们颠倒梦想的人，一旦看见了，脚也跳起来，手也舞起来。这种举动，在学者眼光里，可说是无意识。要晓得这种举动自有一番真实充满的爱情，自然表现的，难道不是真理？

---

①"和成"和后文的"地质""勉力""意想""充富""独私"等，原文如此。——编者注。

所以跳舞，在姿态活动上，由参差离合、高下悠扬表现人类的情绪，在美术上也是很有价值的。凡高尚的美术，必要充富的爱情和意识，是属于社会性的及宇宙性的，不是一二人所能独私。自私自利的人绝不能享受美术上的幸福，世界上也没有自私自利的人能独存的。我以为我们一人的生命，和社会、宇宙均是一体的。

我们到孤独的时候觉胸中烦闷，要在自然界的面前申述我们的苦情。即使我们的痛苦哀怨到了心中如枯井一样，但是已涸的古井，若投一小石子，共声铮然，有如警钟，可见井虽枯，而情未死。我们的心，又如碎琴一样，只存独弦，弹之犹发哀音。可见得情是不死的，情绝不随我们人身一同死的。愈是不满足的世界，人愈要求满足，所以有不断的努力和创造。这是生物自然富有的发育之力。如同"衰草残花，偶经雨润，还吐芳微笑，露其延绵不绝之生命，与世间作最后握别"。可见生物都富有这种哀怜的同情。勒多纳（Letourneau）著的《社会风俗学》一书，上头有说动物哀怜的同情，较人类还发达。他说，有一群鹦鹉，有几个被打猎的杀了，那一群鹦鹉就围着死的，悲惨哀鸣，为之同死。又说，亚美利加的猿猴（名 Oustits）能服侍它的病猿。他举例很多，不必枚举。我确信一个生命不能单独存在，爱情就是混合世界成一个全生命的人。在这世界中，虽然是悲苦、幽怨，总是因为不能满足他的生命，才孤吟独啸，有身世凄凉之感；哪晓得在这痛苦、枯寂、哀怨中，已产生了不少的天才呢！天才是什么？就是最富于情爱而有健全之智识和意志的人。他在这不满足的境遇中要另创一个新世界，积恨愈长，哀怨愈多。世界上如醉如梦的同胞，被他那种凄惨的哀呼，唤醒了许多同情。所以艺术家、诗人的泪就是世界上共有同情的泪。这种泪，是自从人类有生以来，一直流到如今，也是流不尽的。所说的大音乐家、诗人，不过在人类生命最高度发点哀音，如同高山深处传来雅乐，为世外之玄音。所以诗人、音乐家如枯井碎琴，其身已凋，其情不死。我希望世上人，伤心的泪不要为自己流尽了！拿了为人类大家流吧！世上恨多得很，别专为自己填，也要为人类填呢！

刘海粟（1896—1994），现代杰出画家、美术教育家，中国流艺术家画派创始人之一。1912年创办现代中国第一所美术学校——上海国画美术院，任校长，招收徐悲鸿、王济远等高材生，首创男女同校，增加用人体模特和旅行写生。1919年到日本考察绘画及美术教育，回国后创办天马会。1929年赴欧洲考察美术。1931年在巴黎巴莱蒙画堂举办旅欧美展，法国政府买下了其杰作《卢森堡之雪》，珍藏在特巴姆国家美术馆中。

艺术与生命表白

刘海粟

炮火烽烟弥漫了的中华，沉闷而混浊的空气围绕着我们，以传统习惯做道德律的社会束缚了我们，残酷的物质主义压迫了我们的思想，黑暗的政治和法律桎梏我们的行为，军阀的专横、资本家的势利，把我们的血泪排压成红海一样的赤泛。

我们暴于这样的惨祸之下，我们就此息绝了吗？不！不！不！我们要击开瘴烟，喘求生命之泉。我们要在黑暗之中，发出神圣的光辉。我们试看古来许多伟大的艺人——贝多芬、米勒等，哪个不是经过不可名状的凄惨与耻辱，而他们在痛苦中不减其伟大，就是他们的生命成其伟大。从他们圣洁的心灵和不挠的生力迸出他们真生命的源泉，成功他们那伟大的艺术。他们是"人""神"境界的沟通者，他们是自然奥秘的发掘者，他们是征服一切的强力者。

我们所谓生命的意义，原只是作者内心的一种感应和表白，并不是生物学家所说的生命是细胞组合；我们所说的生命，就是我们伟大的心灵，是活动的，不是常住的。我们如果要创作伟大的艺术品，必定要有伟大的心灵的努力。

我们人类无时无刻不想把自己的生命表现出来，所谓超人、哲人，大概也是能表现他的生命就是了！只图生命表现，就顾不得什么道德律之制裁或物质之束缚，完全脱了利害关系，不论一切都不能阻挠他了！释迦、耶稣、孔丘、老聃、苏格拉底，都是努力表现生命的大哲；米克朗启罗①、贝多芬、但丁、米勒、泰戈尔，也都是努力表现生命的大艺术家。自从有了他们，人类增加了不少荣光。所以他们的人生就是表现，他们的人生就是艺术。他们伟大的生命，实在把全人类的心灵提起了。他们有伟大的心灵，而能以人生为艺术，他们就成超人，他们人而神了。我们表现艺术品呢？尤其是真生命的表现！因为我们觉了自然界的百般，或从"个性欲求"生起感应，或从"情感冲动"生起情绪，所以不知不觉地要表白；不能畅快表白，就觉得苦闷欲死！从前者说：个性刚强的人，他看了苍劲的老干、巍峨的峻岭、崇闳幽邃的宫殿、浩荡的奔涛、衔山的落日，他内心就潜跃着禁不住要表现。个性温静的人，他看了优柔的花草、清澄的倒影、明媚的春光、和悦的朝曦，他自我活动的境地也禁不住要挥发。就是两个个性不同的人，拿同一的对象去

①今译米朗琪罗。——编者注。

表现，他俩所表现的，也是绝对不同，万万不能强使一致的。倘若强制他们划一了，就是剥夺他们的生命呵！从后者说：人们也并不是一定要见着山明水媚的景色，或听到温和合拍的歌声，再起了一种快感，看到如火如荼的落日、强烈奋激的音调，也能有种快活的同情；甚至悲哀的哭声和惨淡的颜色，也可以引起我们的同感。这都是感情移人，所以生起种种情绪，美感不一定是简简单单的一样快感。所以美学者也将美的种类分别种种，譬如崇山峻岭、飞瀑惊涛、暴风骤雨，那样雄壮的景象，我们感到了异常兴奋，那就叫"庄严"的美。嫠妇之泣，暗淡之色，我们感到了也异常刺激，那就叫"悲壮"的美。优柔的花朵，快乐的鸟语，我们感了也异常悦适，那就叫作"优雅"的美。画家、诗人或音乐家感应了诸种的现象，就要表白。倘若抑压他们的表白，比宣告他们的死刑还难过。

总之，艺术品的表白，就是艺术家生命的表白，不能表白生命的，就不是艺术家！或曰：我们天天想表现生命的事，却事实偏偏来压抑我们，不让我们尽量表现，这是怎样好呢？不过我们受了事实或社会的抑压，我们想表现的热望和努力是一定不会减少的！这正是人生最有价值和意义的地方！所以真实的艺术家，也常常和当代的社会分离，度他孤独的生活。当代的社会对于真实的艺术家，也常常有种误解，有种压抑。罗丹①说得好："作家天才愈大，受着误会愈深。"我也要说：生命伟

———————————

①罗丹（1840—1917），法国雕塑艺术家。——编者注。

大的作家，受着社会的压抑愈深，因为有生命的作家绝不会去苟同"社会"趣味，创作"流行艺术"，忘却他自己，切断他心灵的伟力！清贫一世，终身与田园为友的米勒，发狂自杀的谷诃①，独到野人岛上过一生的高更②，出世入山的石涛③、八大④，死而不能具丧之白云外史⑤，都是为着生命表白与社会或事实奋斗的作家⑥。虽然压迫到万分，他们是不肯牺牲他们的艺术生命，方才能够成就他们那不朽的作品！不但是因为他们的作品，实在也因为他们伟大的心灵使他们生活伟大，才能有伟大的生命流贯人间。

真的艺术家只是努力表现他的生命，他的信条是即真即美即善。他实无希求，名利不能动他的心，更不足引他追逐。他绝不是没入于人生的黑海而随波逐流，他们是自己建设自己，自己创造自己，自己表现自己。所以他们的艺术是生命的艺术，他们以为人生就是表现（Life is expression）。

倘若受了社会或事实的压抑，就顺从着社会或事实习惯去

①即凡·高（1853—1890），荷兰画家。其作品有《星夜》《向日葵》《有乌鸦的麦田》等。——编者注。

②高更（1848—1902），法国后印象派画家、雕塑家、陶艺家及版画家，与塞尚、凡·高合称后印象派三杰。——编者注。

③石涛（1641—约1707），本姓朱，名若极，字石涛，又号苦瓜和尚、大涤子、清湘老人、清湘陈人等。清代画家，中国画一代宗师。——编者注。

④即朱耷（1626—约1705），字雪个，号八大山人等。明末清初画家，中国画一代宗师。——编者注。

⑤即恽青平（1633—1690），初名格，字寿平，又字正叔，别号南田，号白云外史等。清代著名画家。——编者注。

⑥"作家"，原文如此。此处应理解为画家。——编者注。

描写，那就成了一种流行的艺术。流行的艺术，就是虚伪的技巧化；技巧化的艺术，就是无生命的艺术。这种艺术都是没有感觉而强作感觉，实在是空无所有的。拿虚伪的技巧化来使俗人佩服，那更是艺人人格的堕落！这样的艺术，就是害人的艺术。害人的艺术是艺术吗？

我常常看见了一种瞬息的流动，灿烂色彩，心弦不息的潜跃，自己只觉得内部的血液要喷出来的模样，有时就顷刻间用了色彩或线条表白出来；表白出来了，自己真觉得生趣盎然，异常高兴。但是自己也不知道那时如何画法，才能够这样；再临摹一张，那就无论如何都做不到了！有时候很郑重想制作一张画，很精密地去找对象，再三考虑去构图，再四打量去描写，那画的结果倒反失败！因此，我晓得画纯是创作的，纯是直觉，一任生命表白。倘使拿理智来分析、排列，表面上大规模铺张起来，除使人迷离、摇动外，没有别的了。所以艺术的根本错误，就在找个好方法来打量，去描写——若是打量、计算好歹去描写，无论怎样都描写不好；你不打量去表现，就通通对了。觉自会觉到的，原不须如何打量、计算的；觉了对象，便当下随感而应而表现，通是对的，要于此外求对的是没有的了。依情绪而感应，就是变化，就是调和，故其所应无不恰当；只要一任直觉，艺术家的艺术品是他伟大的心灵表现，是他的真情生活，真是为无所为，一任生命之流露！所以雪雷①将艺术当作导人独立的手段，也是因为艺术能使人超脱一切支配。艺术之超脱一切支配，就是因为艺术的表现没有打量、计算的。所以艺术能使人类从束缚的状态升到自由的状态，这是毫无疑义的。因为人生的真义，也应该一任自然的生活，返于人的天真，自会生趣盎然，不拘于物质与利害关系，根本没有计较、打量之心，也没有好的、歹的，善的、恶的，哪里还有不平等、不自由种种的痛苦呢？生活的源泉，就是生命的表白！

常常有人驳我说："画，绝不是一任直觉表白的，绝不是全从情感发出的，总有些科学的精神包含在里面，总有些理智的作用；否则，何以要天天去研究，刻刻去练习呢？"我也常常直截爽快回答说：画的表白，就是要将情感发挥，不加反省，不打量；非特是画，在那一切美的创作的时候，非将科学的兴味牺牲不可。因为科学是理智的，艺术是情感的，艺术的表白绝不是像研究化学那样轻二养（H_2O）②成为水，数学那样五加五成为十，所以理智与艺术是反背的，一偏于理智，就把生命切断。何以呢？因为知识是后来加增的，是输入的，并不是自己于此的，可以灌来灌去，是打量、计算来的，是假的，所以艺术绝对不含有知之作用，知的艺术就非艺术了！

---

①今译雪莱（1792—1822），英国浪漫主义民主诗人，第一位社会主义诗人，小说家、哲学家、散文随笔和政论作家、改革家，柏拉图主义者和理想主义者。——编者注。

②今表述为"一氧化二氢"。——编者注。

至于艺术家个人的作品有先后之不同，那是本能与修养的结合的一种变态，自然会来的，作者也不能自知其所以变，即泰戈尔所谓靠着它自己的冲动而生长的意思。所以这种变态也就是艺术品的生长，自然的进程！绝非从知上面去使它变的。高冈①尝给他朋友一封信，里面有几句说："人类的制作，都是个人生命的表示，真正的艺术品，便是表示它，和机械的技巧无关系，常识和物质的知识都要妨害它的发达，模仿自然的外表便是减少自然的本能。"他这几句话也都是很彻底的。譬如有人来问我："你为什么拿很粗的线条，大红大绿的色调堆在画面上？"我也要说：这是我的心像②叫我这样的，我也不知其所以然。倘有人来模仿我这样地在画面上涂着，我是很反对的，我并断定他一定学不好。因为他来模仿我已经是用知的分析了，如何得好呢？像小孩子所作的自由画，原始的艺术品，都是感应物像的表现，绝无知的作用，所以最美。塞尚③、谷诃、高冈、清湘④、八大诸人，都是感情发达的人，他们的作品都是表白他们伟大的心灵，是表白他们美的本能，所以他们的制作与小孩的作品相近。

总括一句说，近代新艺术的趋于主观主义者，都是他们透

---

①今译高更。——编者注。

②"心像"和后文的"物像""深讨"，原文如此。——编者注。

③塞尚（1839—1906），法国著名画家，是后期印象派的主将，从19世纪末便被推崇为"新艺术之父"。——编者注。

④即前文所提的清代画家石涛。——编者注。

彻深讨的结果，我们应该知道近代艺术各种主义之出发点，我们应该知道一般思想之所以然，更应该先明白自己的立脚点。要明白自己的立脚点，非穷追艺术之所以为艺术不可！否则奢言主义终盲于主义，奢言新旧必迷于新旧，终必茫然一物不知！艺术云乎哉？我述我所欲言，当否不敢自必，尚望共同探讨。

我现在还有两句结论，老实告诉大家吧！真艺术表现的原因，是表现的生命，仿佛妇女怀胎的原因是爱情！假艺术表现的原因，是利欲，正仿佛娼妓一般！

今年双十节，上海《时事新报》登出学术方面的特刊，征文于我，我就匆匆草了这篇东西，后来他们因为别种原因，没有出特刊，拿我这篇东西刊于《学履》，这实在非我所愿！现在《晨报》要刊六周纪念册，殷殷向我索文，我就将这篇文章的版权赠之《晨报》。

海附注

汪亚尘（1894—1983），画家、美术教育家。1911年毕业于杭州省立中学。1912年到刘海粟等创办的上海国画美术院任教。1915年与陈抱一等人组建中国第一个画会组织——东方画会。1917年考入日本东京美术学校西画系，1921年毕业回国，任上海美专教授兼教务主任。1928年年底赴法国学习三年。1947年赴美国考察美术，先后受邀于耶鲁大学、哈佛大学、哥伦比亚大学，教授花鸟鱼虫，介绍中国画。

艺术源泉的生命流露

汪亚尘

艺术是爱的使命，不是憎恶的使命！表现贫苦人的生活状态的时候，也不是为嫉妒有产阶级而生的一种刺激的手段。

米勒（Millet）是赞美劳动主义的一个民众画家，他当时的艺术生活可算得贫穷、孤独、冷淡，但是他在艺术以外并没有生起别种刺激的感情。所谓为艺术而求艺术，是有自身独特的个性！所以他一生的制作都充满着自己的人格在个性上的表现。反过来说，如果研究艺术的人受着了艺术以外感情的刺激，或者被他种感情所引诱而生起的艺术，这不是正当的道路。像这样的艺术，不能认为它是真的艺术。真的艺术，是从内部要求的冲动，有不得不表现的光景，万不可有他种不纯洁感情的分子混入。当拿画笔或雕刻刀的时候，就有像泉涌那样内心的激动，差不多把自己的灵魂溶化到材料中了。在这时候，既不能混入他种不纯洁的感情，而且还要把自己溶化在材料上去的灵魂溶解起来；自己的心灵不知不觉地入于神境，到这样光景，就有生命的作品出来了。

照上面说来，技巧成熟的艺术动机，全然是由纯洁的个性而起，在绘画与雕刻上，如果抹杀了个性，要像泉涌似的表现力就无从生起。但从个性受别的东西的刺激发生了动机直到表现成形，那表现力是有积极的和消极的两种。这都从社会的意识而来。再从个性四面围绕的"零围气"①"时代的思潮"上观察起来，也分有积极的和消极的两种。在个人性格上刺激，依着这性格的刺激，在深远广大上进行的，就是现代生活的要求。

受时代的思潮刺激的人们，都是从人与社会的自觉上而来。我们从各部分的生活上看来，个人对于社会，利己心对于利他心上，生出许多的藤葛。所以从生出藤葛的意识上推究起来，我们就晓得一个人从出世以来，就有种个人的"自独性"。这自独性因为围绕在社会的生活上，所以常常有种压制。依着个性前进的绘画、雕刻以及其他艺术等，要是被社会生活围绕而成功地制作，并不是自己的享乐。尊重个性，自身到享乐的艺术路上走的人，那么非脱离了社会的生活，单去做个人孤独的生活不可。照这样自己孤独求生活的艺术家，不但限于画家、雕刻家，就是古今中外的文学家，也有过许多。他们都是受时代

---

①"零围气"，原文如此。——编者注。

思潮的反拨，要同社会脱离直线的关系……他们并不是以艺术做生活战斗的武器，实在是被时代思潮刺激了，觉悟到自己的个性不能得社会生活的结果，所以隐避社会，专以艺术做隐遁的生活来安慰他们。

反过来说，在个性健全发达的社会生活之中，受了时代思潮的刺激，不管到压制个人"自独性"，专依个性内容深味上探求一切的艺术家，他们所取艺术方针，不是逍遥自在、为自己快乐的，他们是拿艺术做人类文化发展的工具，要把文化的价值归并在艺术上。他们受了时代思潮的刺激，立刻要吸收这时代的思潮，站立在社会的直线上。他们要做思潮的纛旗，而且他们还要把艺术做战斗时代的武器。前面所说以艺术做隐遁生活的，是死的艺术；后面所说以艺术做时代战斗武器的，是生的艺术。换一句来说，一个是过去的艺术，一个是将来的艺术。

用历史来说明以艺术表现社会生活，比较容易明了。希腊、罗马最早的艺术，有肉体的、享乐的、战斗的种种。在绘画和雕刻上的曲线、色彩，都是在肉体的、享乐的、战斗的上面存在。自从到了中世黑暗时代，都成了回避现世的、禁欲的、宗教的了。这时候的绘画，差不多统统是宗教画，雕刻亦都由宗教而存在。但是到了鲁纳桑司时期①，把这中世黑暗的幕帘揭开，绝叫解放人间性的艺术，仍旧复兴希腊的精神。密克朗极

----

①今译文艺复兴时期。——编者注。

鲁（Michelangelo）①、娄屋纳罗特（Leonardo Da Vinci）② 等名家次第出现，当时他们却做了时代文明的先驱者。再从另一个方面看来，就要简单地分作古代、中世、近代三方面来说。古代是贵族专制时代，中世是法王万能时代，近代是资本家横暴时代。这艺术不论在哪一个时代，都被时代支配的阶级所限制，艺术家因为拥护支配的阶级，所以艺术的形式逃不掉时代的支配。

艺术虽然逃不掉时代的支配，但是艺术的本身是有绝对价值的，所以艺术家受不着什么权威的冒犯。真的艺术作品，有超越时代的永久生命。不论是谁，当保护艺术的尊严。以自身自由的精神做时代的支配者，也只有艺术。

我们不论看到哪一代艺术生命的保存，在产生作品的时候，都同时代有绝大的关系，所以艺术的价值，不可不看作与时代是相对的东西。

艺术创作者都相信自己的创作品具有优秀的价值，也许在客观方面没有同样的感觉。虽然当时不能得他人的同感，常常到了后世，认为是极大的价值。反过来说，有的作品在一时代非常受客观的同情，到了后世，视为废物。从这种地方看来，艺术的作品完全是从个人而成立的。自己的人格反映到作品上去的时候，顾不到客观的同情与不同情。

---

① 今译米开朗琪罗。——编者注。
② 今译列奥纳多·达·芬奇。——编者注。

　　艺术是指导社会的原理，发展人类精神的要素。在时代的权力之下，虽然被时代思潮刺激，但是它的内容都由个性的胎内产生出来，同时在社会上有积极的使命！

　　我国的艺术向来是帝王式的艺术……贵族阶级的艺术……历朝的艺术品，大半是供给帝王和贵族当作娱乐的东西，对民众可说没有什么影响。现在却不是这样的时代了，大家都要打破这个迷梦来从事民众的艺术运动！我们总要做个"爱"的使命，谋人们的幸福、和平！

俞寄凡（1891—1968），又名义范。现代画家、美术教育家。早年毕业于南京两江优级师范学堂，曾任江苏省立第二师范学校教师。1915 年在上海加入东方画会。1916年赴日本留学，1921 年归国返沪。1926 年创办新华艺术学院（后先后更名为新华艺术大学、新华艺术专科学校）。著有《艺术概论》《近代西洋绘画》《人体美之研究》《水彩画纲要》《素描入门》《彩色学 ABC》《小学美术教育》等。

现代思潮和教育者之艺术修养

俞寄凡

我们要是把从十九世纪至现代的欧美思想的大潮流，用学术的眼光概观一回，再和欧洲哲学界的倾向相引征，便可以知道，支配十八世纪及十九世纪前半期的欧洲思想界的哲学倾向——主智主义、唯理主义的哲学——已渐次衰落，而主情意主义的哲学却次第地强有力了。这可以说是欧洲现代思想界的大概情形。明白地说，就是从来把人类精神的根本现象以为便是智力的解释，已渐次不能立脚。而它的反面，便有把"情绪""感情生活""欲望""愿望""意志"等诸作用当作人类精神的根本的主情意主义的哲学之兴起。像法国现代的培尔辩生便是倾向于主情意主义的一个大哲学者。他在"活动的意志"、"情的本能"及"直觉"等方面认识人格的中枢。想把这样意味的人格主义向各方面发挥，便是法国思想界的主要倾向。实在这种倾向，现在已不独行于法国，而已带有世界的意味了。例如美国的干梅斯、英国的希拉、德国的屋依根，也都把人格的中枢看作情意的生活了。至于最近几年的欧洲思想界，更盛趋于这倾向了，所以这倾向简直可说已成为世界的倾向。

这世界思想的倾向，在教育上看来，便生成和从来的意味不相同的"人格主义"的结论。

从前虽也把人格的陶冶当作教育的最高目的，然它的意味和现在所谓"人格主义"全然不同。因为从前的教育制度，是立足于主智主义的哲学和主知的思想上的。就我们中国的教育制度说，也很明了是立足于主智主义乃至唯理主义的思想上的。但是这种教育制度和现代的思潮已成为矛盾，所以我们从事教育的人，亦常常感到这矛盾的苦恼。因此，对于主智主义的教育制度便不能满足，而不得不提倡新意义的人格主义的教育了。这实在是因为教育原不得不依时代思潮而推移的缘故。所以我们只要把世界的思潮倾向研究一回便能知道，现代已是实行主情意主义的新教育学的时代了。

发达人类的智识，原是不差的，原是应该向各方面发达的。但是真的教育者，更不得不直接注意于儿童的感情生活、活动生活。换一句话说就是，要不是立足于感情生活的根底上的教育，总不得称为完全的教育，总不能说是真的教育。十八世纪末叶的罗骚①氏所以要著述《爱弥儿》，实在也为不堪耐主智主

---

①今译卢梭。——编者注。

义的弊，而欲把情意生活的陶冶当作教育的着眼点。罗氏的意见，真可说是千古之卓见。现在欧洲的教育界又不堪耐主智主义的教育之弊而在那里回顾"爱弥儿"主义，在那里盛倡教育不得不从情意生活出发的议论。

现在国民的向学心非常发达。无论哪一省，都觉得中学校、高等学校太少，对于来学的志望者不能完全收容。但是这样发达的向学心是不是就都是好学心，那还是一个疑问。

一般地观察起来，向学者多数是想靠托学校的教育得些智识，得些技能，以为将来换取金钱的预备。在教育者和当局者，起初绝不以这种思想而经营学校的；只因要求者是这样要求的，于是供给方面无形中亦渐渐变成这样的供给。而所谓学校教育，因此而变成预备换取金钱的机关了。这不是我国现代教育的实在情形吗？

这种教育的结果，便是科学进步，产业发达，"机械的人类"增多，并且因此更酿成物质主义、拜金主义的风潮。但要是由科学的生活、机械的生活、物质主义拜金主义的生活，把发于纯朴的本源冲动的人类生活的根蒂支配，自然人心分裂，社会各阶级之间失去调和。就国家方面说，失去国民精神的统一；就个人方面说，失去生命的统一感。结果便变成现在的世态——"憎恶""猜疑""嫉妒""欺瞒"等不德，好像长江中的狂风浊浪一般，环迫我们的四周。

所以我们从事教育的人，应速自觉自悟地来救这世态，来补充科学的生活、机械的生活、物质主义拜金主义的生活

的缺陷，使社会各阶级之间得以调和，国民的精神得以统
一，个人的生命的统一感得以丰富，而享用人生的趣味。明
白地说，就是我们更不得不热诚努力于新意义的人格主义的
教育。

所谓新意义的人格主义的教育，就是情意生活，就是教师
的人格和儿童的人格的接触。较详地说，就是经营情意生活的
教育者的人格和被教育者的纯真人格相接触，这一点便是这教
育的根本问题。所以情意修养，实在是我国现代教育者之重要
事业。要知道"智力"原是很足贵的，但是只以智识来解释人
生的一切，不独是不可能，并且还觉得太浅见、太薄识。

对于教育者的情意养成上可有什么方法？那么，最好的方
法就是接近古今有高尚意味的文学艺术。而现代的教育者对于
艺术的轻视，已昭然成为事实。甚者更以为"艺术足以使人不
善，所以亲近艺术的人，或成怠惰，或成柔弱，或堕于不道德，
或耽于空想而不适于现实生活，而禁止青年、少年之接近艺
术"。不过教育者所以要有这样的艺术观，确也有发生原因在。
所谓发生的原因，就是生徒们接近艺术后的态度和行动。由这
态度和行动，便触起教育者的反感。

因为儿童们接近艺术之后，态度、行动都有生气，更不像
没有接近艺术时的唯师命是听，而常实现批评的态度。于是教
育者便生出反感，而倡艺术的排斥论。不知道艺术的有意义价
值的作用，便在这个地方。

艺术有三大作用：（1）能增加鉴赏者的趣味；（2）能深远鉴

赏者的观察；（3）能革新鉴赏者的思想。

艺术为什么能增加鉴赏者的趣味？这是因为艺术上的作品，都是有趣味的艺术家的性质之表白。所以简直可说，艺术上的作品便是趣味。因为艺术家都是富有趣味性者，对于宇宙间的一切都能感觉到趣味，且能认识宇宙间的万物都是有趣味的，所以万物便都变为他们趣味之对象。艺术家对于只能感到万物的趣味的一点还不能满足，而想把这感到的趣味表白出来，于是便成就诗歌、小说、戏曲、音乐、绘画、雕刻等一切艺术上的作品。所以可以说，艺术品便是趣味的表白、趣味的结晶。

艺术家的作品，是因为艺术家的性质及时代、国家而生出不同。例如，有的是乐天的，有的是厌世的；有的是华美的，有的是素朴的；有的以优美胜的，有的以壮美胜的。米尔通（Milton）① 的作品和沙士比亚②的不同。法国的艺术和俄国的不同。古代的艺术和现代的艺术，到底亦不相混同。这种种艺术，颇各各不同，然从艺术家的趣味表白的一点说，却依然是共通的。所以这各种艺术上，还依然共通地充满着艺术家从自然和人生方面得到的趣味。又像呆推（Gaetle）的作品，是现实的；希尔来尔（Schiller）③ 的作品，是理想的。虽各不同，然前者

---

①今译弥尔顿（1608—1674），英国诗人、政论家。——编者注。

②今译莎士比亚（1564—1616），文艺复兴时期英国杰出的思想家、作家、戏剧家和诗人。——编者注。

③今译席勒（1759—1805），德国诗人、哲学家、历史学家和剧作家。——编者注。

是呆推的趣味之表白,后者是希氏的趣味的表白。从趣味的表白上说,不依然是相同的吗?所差异的,不过是趣味性,并不是有趣味和没趣味的差别。所以上面所述的种种艺术,不必问它是什么种类、什么性质,总之都是艺术家的趣味之表白。所谓能增加鉴赏者的趣味,就在这一点。而鉴赏者因鉴赏艺术的趣味而增加自己的趣味的道理,想可不待言而可知了。人们除了鉴赏艺术之外,虽或另有方法足以增加趣味,然从现代的思潮讲,从人类的生活讲,还应把鉴赏艺术当作趣味的第一良法。

艺术为什么能深远鉴赏者的观察?这也就是因为艺术上的作品都是艺术的性质之表白的缘故。艺术家之所以异于常人,就在能有深远的观察力的一点。所谓深远观察的意味,就是能彻底①事物。艺术家对于事物的表面绝不能满足,一定要探索到事物的内部而止。这就是常人所及不到的地方,也就是艺术家所以能产生艺术的原因。艺术家凡对于事物,均不肯忽略而仅注意于表面,所以能不为事物的表面所欺。艺术家处处要彻底事物,所以能得事物的真相,所以艺术家往往能在表面很小很丑的事物的内部,发现有价值的美,发现美丽的光彩。他们在无论怎样小的事物的内部,能认识宇宙人生的真相,而把它巧妙地表现。对于这件事,只要看古往今来被称为名作、杰作的艺术品所取的题材,便自然能明白。换一句话说,艺术家所以能把极小极丑的事物做成极优极美的艺术,便是因为艺术家有

---

①"彻底",原文如此,后文还有几处。——编者注。

深远的观察能力的缘故。一片木叶，一只小鸟，在艺术家的眼中均能彻底地认识其中的意味。至于常人，则仅能观察事物的表面，所以亦只能判断事物的表面，而断没有能力来发现事物内部的伟大的美的价值。但是事物的真相是绝不现于事物的表面的。伟大艺术之所以能成其为伟大，便在能有表现真相的力量，要是没有这彻底事物真相的能力，则哪能成为伟大作品呢？

艺术家把彻底所得的事物之真相，或用色彩，或用音响，或用言语来表现时，便成种种艺术。因艺术品的性质是这样的，所以鉴赏者能受其感化，即要是能时时亲近艺术，则不知不觉间，我们的观察力自然能渐渐变成深远，结果便能不为事物的表面所欺，而彻底事物的真相。这便是亲近艺术的大利益。换一句话说，就是艺术之所以能深远鉴赏者的观察的证明。

艺术为什么能革新鉴赏者的思想？这和上面的两个问题相同，也是因为艺术是艺术家表白自己性质的缘故。艺术大概是富有新思想的，这也可说就是艺术家之所以能成为艺术家的一个原因。艺术家要是没有新的思想，则他的艺术家的资格上，已有一大缺点了。这里所谓新思想，换一句话说，就是超越现代思想的思想。不管是全部的或一部分的，总之，只要是有新价值的思想，便是超越现代的思想。所谓超越现代的新思想，便是指导将来时代的思想。明白地说，就是艺术家富有指导将来时代的思想，而他们的作品，便是他们的新思想之最深的表白。并且因为他们的新思想是指导将来时代的思想，所以他们的艺术作品也可说就是将来时代之思想的表白。因此艺术家就可以称为将来时代思想的先进者、创造者，而在宇宙间想再寻到像艺术一般地表现将来时代思想的东西，可断言是不可能的事。所以我们要是能时时接近艺术，而受到艺术的感化时，则我们的思想亦自然能次第地新进，这就是艺术所以能革新鉴赏者的思想的证明。

上面所述三节，就是艺术的大作用。一方面说起来，因为艺术有这样的大作用，所以凡是人类，都应该亲近它的。要知道趣味的增加、观察的深远、思想的革新这三者，都是人类生活上的主要点。趣味要是不能与日俱进，则人愈活愈要觉得无趣了，到最后的干燥无趣的地步，还可说是人类的生活吗？还能勉强地生活下去吗？并且人生活一天，便免不得要和事物相接触一天，所以观察力要是不能深远，而天天为事物的表面所欺，绝不能捉住事物的真相，而不绝地发生悔怨，这又要不成人类的生活了。人生的未来是无限的，世界亦是无限的，要能有些超越现代的思想，才能认识、理解人生的所以。要不然，那一切的疑问，例如"生命是什么""生活是什么"等的疑问，便要来把我们紧紧地缠着。到这地步，还讲得什么人的生活和人类生活的乐趣吗？所以要说这艺术的三大作用，都是人生的主要点。不过这还是就一般的人们而说的，至于教育者和这三大作用的关系，则更属重要了。

教育的目的是什么？简单地说，是要使儿童的天生本能都得向上地自由发展，而得营完全的人的生活。而艺术的本能是人人都有的。教育者要是善事培养，则儿童心中的艺术萌芽，自然能次第长成而结成良好的果实。换一句话说，就是教师而能实行情意的生活，则儿童们好像吹着春风、被着时雨，自然地能欣欣向荣。

再从趣味的增加方面说，儿童好比是一朵趣味之花，趣味之外，什么亦不知道。而他们对于艺术，更常常好像兄弟姊妹一般。所以教育者要是自己先能明白艺术的意义、艺术的价值，时时去亲近艺术，更令儿童得到时时亲近艺术的机会，则儿童的趣味当然是能与日俱进，而成为趣味的完人。从这一点看，教育者比较一般人，更宜亲近艺术，以达自己的情意养成。

并且无论哪个教育者，对于儿童的态度行动，绝对须有深远的观察力，不然总不能成为优良的教育家。无论处于什么地位，不优良一定是不行的，而处于教育者的地位，更不得不谋成共为优良。因为不优良的教育者，不独对于教育上得不到什么效果，并且简直可说对于教育一定要发生危险、弊害的。所以世之教育者，不得不完全是优良者。因此，教育者当先谋自己有深远的观察力才行。艺术既有深远我们观察力的能力，则艺术修养的一件事，在教育者，比较一般人不更来得重要吗？

至于指导将来时代的思想，在教育者亦属绝对的必要。上面已说过，教育的目的是要使儿童们能各自营人的生活。但是儿童们的生活时代便是将来的时代，所以教育者不得不教儿童以生活于将来时代的思想，不然总不能达到教育的目的。从这一点看来，教育者之亲近表现着将来时代思想的艺术的一件事，比较旁的人不更来得重要吗？在这一节，更有一件应该了解的事，就是现在社会上，往往以为现代的艺术不及古代的艺术。我们须知道，这句话是不对的，因为从新思想的一点看来，现代的艺术多数是超越古代艺术、优胜于古代艺术的。所以我们要是想谋自己的思想之革新，极应该多亲近现代的艺术。

依据上面的几节，则凡是教育者，都须亲近艺术的理由，大概已可明了。总之，凡是艺术，都是情意的活动，都是情意的创作。换一句话说，就是依托动作、技能而表现情意，所以和现代的教育思潮有密切的关系。

我们倘使情愿营那破烂死去的教育事业，则什么亦不成问题。要是想依了世界的思潮而经营现代的世界的人类的教育事业，则快请注意有艺术的修养。

朱光潜（1897—1986），字孟实。安徽桐城人。现代中国著名美学家、文艺理论家、教育家和翻译家。先在香港大学学习，后留学英国、法国和德国，获文学硕士、博士学位。1933 年回国后，先后在北京大学、四川大学、武汉大学任教。朱光潜是继王国维之后的一代美学宗师，对中西文化研究都有很高的造诣，所著《悲剧心理学》《文艺心理学》等具有开创性意义。

无言之美

朱光潜

孔子有一天突然很高兴地对他的学生说："予欲无言。"子贡就接着问他："子如不言，则小子何述焉？"孔子说："天何言哉？四时行焉，百物生焉。天何言哉？"

这段赞美无言的话，本来从教育方面着想。但是要想明了无言的意蕴，宜从美术观点去研究。

言所以达意，然而意绝不是完全可以言达的。因为言是固定的，有迹象的；意是瞬息万变，缥缈无踪的。言是散碎的，意是浑整的。言是有限的，意是无限的。以言达意，好像用继续的虚线画实物，只能得其近似。

所谓文学，就是以言达意的一种美术。在文学作品中，语言之先的意象和情绪意旨所附丽的语言，都要尽美尽善，才能引起美感。

尽美尽善的条件很多。但是第一要不违背美术的基本原理，要"和自然逼真"（True to Nature）。这句话讲得通俗一点，就是说美术作品不能说谎。不说谎包含两种意义：（1）我们所说的话，就恰是我们所想说的话；（2）我们所想说的话，我们都吐肚子说出来了，毫无余蕴。

意既不可以完全达之以言，"和自然逼真"一个条件在文学上是做不到吗？或者我们问得再直截一点，假使语言文字能够完全传达情意，假使笔之于书的和存之于心的铢两悉称，丝毫不爽，这是不是文学上所应希求的一件事？

这个问题是了解文学及其他美术所必须回答的。现在我们姑且答道：文字语言固然不能完全传达情绪意旨，假使能够，也并非文学所应希求的。一切美术作品也都是这样，尽量表演，非唯不能，而也不必。

先从事实下手研究。譬如有一个荒村或任何物体，摄影家把它照一幅相，美术家把它画一幅图。这种相片和图画可以从两个观点去比较。第一，相片和图画，哪一个较"和自然逼真"？不消说，在同一视阈以内的东西，相片都可以包罗尽致，并且体积比例和实物都两两相称，不会有丝毫错误。图画就不然。美术对于一种境遇，未表现之先，先加一番选择。选择定的材料还须经过一番理想化，把美术家的人格参加进去，然后表现出来。所表现的只是实物的一部分，就连这一部分也不必和实物完全一致。所以图画绝不能如相片一样"和自然逼真"。第二，我们再问，相片和图画所引起的美感哪一个浓厚，所发生的印象哪一个深刻？这也不消说，稍有美术口胃的人都觉得图画比相片美得多。

文学作品也是同样。譬如《论语》"子在川上曰：'逝者如斯夫，不舍昼夜。'"几句话绝没完全描写出孔子说这番话时候的心境，而"如斯夫"三字更笼统，没有把当时的流水形容尽致。如果说详细一点，孔子也许这样说："河水滚滚地流去，日夜都是这样，没有一刻停止。世界上一切事物不都像这流水时常变化不尽吗？过去的事物不就永远过去决不回头吗？我看见这流水，心中好不惨伤呀！……"但是纵使这样说去，还没有尽意。而比较起来，"逝者如斯夫，不舍昼夜"九个字比这段长而臭的演义就值得玩味多了！在上等文学作品中——尤其在词诗中——这种言不尽意的例子处处可以看见。譬如陶渊明的《时运》"有风自南，翼彼新苗"，《读山海经》"微雨从东来，好风与之俱"，本没有表现出诗人的情绪，然而玩味起来，自觉有一种闲情逸致，令人心旷神怡。钱起的《省试湘灵鼓瑟》末二句"曲终人不见，江上数峰青"，也没有说出诗人的心绪，然而一种凄凉惜别的神情自然流露于言语之外。此外像陈子昂的《登幽州台歌》："前不见古人，后不见来者。念天地之悠悠，独怆然而涕下。"李白的《怨情》："美人卷珠帘，深坐颦蛾眉。但见泪痕湿，不知心恨谁。"虽然说明了诗人的感情，而所说出来的多么简单，所含蓄的多么深远！再就写景说，无论何种境遇，要描写得惟妙惟肖，都要费许多笔墨。但是大手笔只选择两三件事轻描淡写一下，完全境遇便呈露眼前，栩栩如生。譬如陶渊明的《归园田居》，"方宅十余亩，草屋八九间。榆柳荫后檐，桃李罗堂前。暖暖远人村，依依墟里烟。狗吠深巷中，鸡鸣桑树颠"。四十字把乡村风景描写得多么真切！再如杜工部的《后出塞》，"落日照大旗，马鸣风萧萧。平沙列万幕，部伍各见招。中天悬明月，令严夜寂寥。悲笳数声动，壮士惨不骄"。寥寥几句话把月夜沙场状况写得多么有声有色！然而仔细观察起来，乡村景物还有多少为陶渊明所未提及，战地情况还有多少为杜工部所未提及。从此可知，文学上我们并不以尽量表现为难能可贵。

在音乐里面，我们也有这种感想。凡是唱歌、奏乐，音调由雄壮急促而变到低微以至于无声的时候，我们精神上就有一种沉默渊穆、和平愉快的景象。白香山在《琵琶行》里形容琵琶声音暂时停顿的情况说，"冰泉冷涩弦凝绝，凝绝不通声暂歇。别有幽愁暗恨生，此时无声胜有声"。这就是形容音乐上无言之美的滋味。著名英国诗人溪兹（Keats）[1] 在《希腊花瓶歌》中也说"听得见的声调固然幽美，听不见的声调尤其幽美"（Heard melodies are sweet, but those unheard are sweeter），也是说的同样道理。大概欢喜听音乐的人都尝过此中滋味。

就戏剧说，无言之美更容易看出。许多作品往往在热闹场中动作快到极重要的一点时，忽然万籁俱寂，现出一种沉默神

---

①今译济慈（1795—1821），英国诗人。——编者注。

秘的景象。梅特林（Maeterlinck）① 的作品就是好例。譬如《青
鸟》的布景，择夜阑人静的时候，使重要角色睡得很长久，就
是利用无言之美的道理。梅氏并且说："口开则灵魂之门闭，口
闭则灵魂之门开。"赞无言之美的话不能比此更透辟了。莎士比
亚的名著《哈姆列特》② 一剧开幕便描写更夫守夜的状况，德
林瓦特（Drinkwater）③ 在其《林肯》中描写林肯在南北战争军
事旁午的时候跪着默祷，王尔德（O. Wiled）④ 的《文德米夫
人的扇子》里面描写文德米夫人私奔在她的情人寓所等候的状
况，都在兴酣局紧、心悬悬渴望结局时放出沉默神秘的色彩，
都足以证明无言之美的。近代又有一种哑剧和静的布景，或只
有动作而无言语，或连动作也没有，就专靠无言之美引人入
胜了。

　　雕刻塑像本来是无言的，也可以拿来说明无言之美。所谓
无言，不一定指不说话，是注重在含蓄不露。雕刻以静体传神，
有些是流露的，有些是含蓄的。这种分别在眼睛上尤其容易看
见。中国有一句谚语说："金刚怒目不如菩萨低眉。"所谓怒目，
便是流露；所谓低眉，便是含蓄。凡看低头闭目的神像，所生
的印象往往特别深刻。最有趣的就是西洋爱神的雕刻，他们男

①今译梅特林克（1862—1949），比利时剧作家、诗人、散文家。——编
者注。
②今译《哈姆雷特》，又名《王子复仇记》，是莎士比亚的一部悲剧作
品。——编者注。
③德林瓦特（1882—1937），英国剧作家及诗人。——编者注。
④王尔德（1854—1900），诗人、剧作家。——编者注。

女都是瞎了眼睛。这固然根据希腊神话，然而实在含有美术的道理。因为爱情通常都在眉目间流露，而流露爱情的眉目是最难比拟的，所以索性雕成盲目，可以耐人寻思。当初雕刻家原不必有意为此，但这也许是人类不用意识而自然碰的巧。

要说明雕刻上流露和含蓄的分别，希腊著名雕刻《拉阿孔》（*Laocoon*）[①]是最好的例子。相传拉阿孔犯了大罪，天神用了一种极残酷的刑法来惩罚他，遣了一条恶蛇把他和他的两个儿子在一块绞死了。在这种极刑之下，未死之前当然有一种悲伤惨戚目不忍睹的一顷刻。而希腊雕刻家并不擒住这一顷刻来表现，他只把将达苦痛极点前一顷刻的神情雕刻出来，所以他所表现的悲哀是含蓄不露的。倘若是流露的，一定带了挣扎呼号的样子。这个雕刻，一眼看去，只觉得他们父子三人都有一种难言之恫；仔细看去，便可发现条条筋肉、根根毛孔都暗示一种极苦痛的神情。德国蓝森（Lessing）[②]的名著《拉阿孔》就根据这个雕刻，讨论美术上含蓄的道理。

以上是从各种艺术中信手拈来的几个实例。把这些个别的实例归纳在一起，我们可以得一个公例，就是：拿美术来表现思想和情感，与其尽量流露，不如稍有含蓄；与其吐肚子把一切都说出来，不如留一大部分让欣赏者自己去领会。因为在欣赏者的头脑里所生的印象和美感，有含蓄比较尽量流露的还要

①今译拉奥孔，希腊大理石群雕，由阿格桑罗斯等创作，现收藏于罗马梵蒂冈美术馆。——编者注。

②今译莱辛（1729—1781），德国戏剧家、戏剧理论家。——编者注。

更加深刻。换句话说，说出来的越少，留着不说的越多，所引起的美感就越大越深越真切。

这个公例不过是许多事实的总结。现在我们要进一步求出解释这个公例的理由。我们要问，何以说得越少，引起的美感反而越深刻？何以无言之美有如许势力？

想答复这个问题，先要明白美术的使命。人类何以有美术的要求？这个问题本非一言可尽。现在我们姑且说，美术是帮助我们超脱现实而求安慰于理想境界的。人类的意志可向两方面发展：一是现实界，一是理想界。不过现实界有时受我们的意志支配，有时不受我们的意志支配。譬如我们想造一所房屋，这是一种意志。要达到这个意志，必费许多气力去征服现实，要开荒辟地，要造砖瓦，要架梁柱，要赚钱去请泥水匠。这些事都是人力可以办得到的，都是可以用意志支配的。但是我们想造一座空中楼阁，现实界凡物皆向地心下坠一条定律，就不可以用意志征服。所以意志在现实界活动，处处遇障碍，处处受限制，不能圆满地达到目的。实际上我们的意志十之八九都要受现实限制，不能自由发展。譬如谁不想有美满的家庭？谁不想住在极乐国？然而在现实界绝没有所谓极乐美满的东西存在，因此我们的意志就不能不和现实发生冲突。

一般人遇到意志和现实发生冲突的时候，大半让现实征服了意志，走到悲观烦闷的路上去，以为件件事都不尽如人意，人生还有什么意味？所以堕落、自杀、逃空门种种的消极的解决法就乘虚而入了，不过这种消极的人生观不是解决意志和现实冲突最好的方法。因为我们人类生来不是懦弱者，而这种消极的人生观甘心让现实把意志征服了，是一种极懦弱的表示。

然则此外还有较好的解决办法吗？有的，就是我所谓超脱现实。我们处世有两种态度。人力所能做到的时候，我们要竭力征服现实。人力莫可如何的时候，我们就要暂时超脱现实，储蓄精力待将来再向他方面征服现实。超脱到哪里去呢？超脱到理想界去。现实界处处有障碍、有限制，理想界是天高任鸟飞，极空阔、极自由的。现实界不可以造空中楼阁，理想界是可以造空中楼阁的。现实界没有尽美尽善，理想界是有尽美尽善的。

姑取实例来说明。我们走到小城市里去，看见街道窄狭污浊，处处都是阴沟厕所，当然感觉不快，而意志立时就要表示态度。如果意志要征服这种现实，我们就要把各种街道、房屋一律拆毁，另造宽大的马路和清洁的房屋。但是谈何容易？物质上发生种种障碍，这一层就不一定可以做到。意志在此时如何对付呢？它说：我要超脱现实，去在理想界造成理想的街道、房屋来，把它表现在图画上，表现在雕刻上，表现在诗文上。于是结果有所谓美术作品。美术家做成了一件作品，自己觉得有创造的大力，当然快乐已极。旁人看见这种作品，觉得它真美丽，于是也愉快起来了，这就是所谓美感。

因此美术家的生活，就是超脱现实的生活，美术作品就是帮助我们超脱现实到理想界去求安慰的。换句话说，我们有美术的要求，就因为现实界待我们太刻薄，不让我们的意志推行无碍，于是我们的意志就跑到理想界去求慰情的路径。美术作品之所以美，就美在它能够给我们很好的理想境界。所以我们可以说，美术作品的价值高低就看它超脱现实的程度大小，就看它所创造的理想世界是阔大还是窄狭。

但是美术又不是完全可以和现实界绝缘的。它所用的工具，例如雕刻用的石头，图画用的颜色，诗文用的语言，都是在现实界取来的。它所用的材料，例如人物情状悲欢离合，也是现实界的产物。所以美术可以说是以毒攻毒，利用现实的帮助以超脱现实的苦恼。上面我们说过，美术作品的价值高低要看它超脱现实的程度如何。这句话应稍加改正，我们应该说，美术作品的价值高低，要看它能否借极少量的现实界的帮助，创造极大量的理想世界出来。

在实际上说，美术作品借现实界的帮助愈少，所创造的理想世界也因而愈大。再拿相片和图画来说明。何以相片所引起的美感不如图画呢？因为相片上一形一影，件件都是真实的，而且应有尽有，发泄无遗。我们看相片，种种形影好像钉子把我们的想象力都钉死了。看到相片，好像看到二五就只能想到一十，不能想到其他数目。换句话说，相片把事物看得忒真，没有给我们以想象余地。所以相片只能抄写现实界，不能创造理想界。图画就不然。图画家用美术眼光加一番选择的功夫，在一个完全境遇中选择了一小部事物，把它们又经过一番理想化，然后才表现出来，唯其留着一大部分不表现，欣赏者的想象力才有用武之地。想象作用的结果就是一个理想世界。所以图画所表现的现实世界虽极小，而创造的理想世界则极大。孔子谈教育说："举一隅不以三隅反，则不复也。"相片把四隅通举出来了，不要你劳力去"复"。图画就只举一隅，叫欣赏者加一番想象，然后"以三隅反"。

流行语中有一句说"言有尽而意无穷"。无穷之意达之以有尽之言，所以有许多意尽在不言中。文学之所以美，不仅在有尽之言，而尤在无穷之意。推广地说，美术作品之所以美，不是只美在已表现的一小部分，尤其是美在未表现而含蓄无穷的一大部分，这就是本文所谓无言之美。

因此，"美术要和自然逼真"的信条应该这样解释：和自然逼真是要窥出自然的精髓所在，而表现出来；不是说要把自然当作一篇印版文字，很机械地抄写下来。

这里有一个问题会发生。假使我们欣赏美术作品，要注重在未表现出而含蓄着的一部分，要超"言"而求"言外意"，各个人有各个人的见解，所得的言外意不是难免殊异么？当然，美术作品之所以美，就美在有弹性，能拉得长，能缩得短。有弹性所以不呆板。同一美术作品，你去玩味有你的趣味，我去玩味有我的趣味。譬如《莎氏乐府》所以在艺术上占极高位置，就因为各种阶级的人在不同的环境中都欢喜读它。有弹性所以不陈腐。同一美术作品，今天玩味有今天的趣味，明天玩味有明天的趣味。凡是经不得时代淘汰的作品都不是上乘的。上乘文学作品，百读都令人不厌的。

就文学说，诗词比散文的弹性大。换句话说，诗词比散文所含的无言之美更丰富。散文是尽量流露的，愈发挥尽致，愈见其妙。诗词是要含蓄暗示，若即若离，才能引人入胜。现在一般研究文学的人都偏重散文——尤其是小说，对于诗词很疏忽。这件事实可以证明一般人文学欣赏力很薄弱。现在如果要提高文学，必先提高文学欣赏力。要提高文学欣赏力，必先在诗词方面特别下功夫，把鉴赏无言之美的能力养得很敏捷。因此，我很希望文学创作者在诗词方面多努力，而学校国文课程中诗歌应该占一个重要的位置。

本文论无言之美，只就美术一方面着眼，其实这个道理在伦理、哲学、教育、宗教及实际生活各方面都不难发现。老子《道德经》开卷便说："道可道，非常道；名可名，非常名。"就是说伦理哲学中有无言之美。儒家谈教育，大半主张潜移默化，所以拿时雨春风做比喻。佛教及其他宗教之能深入人心，也是借沉默神秘的势力。幼稚园创造者蒙特梭利①利用无言之美的办法尤其有趣。在她的幼稚园里，教师每天趁儿童玩得很热闹的时候，猛然地在粉板上写一个"静"字，或奏一声琴，全体儿童于是都跑到自己的座位去，闭着眼睛蒙着头，伏案假做睡的姿势。但是他们不可以睡着。几分钟后，教师又用很轻微的声音，从颇远的地方呼唤各个儿童的名字。听见名字的就要立刻醒来。这就是使儿童可以在沉默中领略无言之美。

①今译蒙台梭利（1870—1952），意大利幼儿教育学家，蒙台梭利教育法的创始人。——编者注。

就实际生活方面说，世间最深切的莫如男女爱情。爱情摆在肚子里面比摆在口头上面也来得恳切。"齐心同所愿，含意俱未伸"和"但无言语空相觑"，比较"细语温存""怜我怜卿"的滋味还要更加甜蜜。英国诗人勃来克（Blake）① 有一首诗叫作《爱情之秘》（*Love's Secret*），里面说：

> 切莫告诉你的爱情，爱情是永远不可以告诉的，因为她像微风一样，不作声不作气地吹着。
>
> 我曾经把我的爱情告诉而又告诉，我把一切都披肝沥胆地告诉爱人了，打着寒战，耸头发地苦诉，然而她终于离我去了！
>
> 她离我去了，不多时一个过客来了。
>
> 不作声不作气地，只微叹一声，便把她带去了。

这首短诗描写爱情上无言之美的势力，可谓透辟已极了。本来爱情全是一种心灵的感应，其深刻处老子所谓不可道不可名的。所以许多诗人以为"爱情"两个字本身就太滥、太寻常、太乏味，不能拿来写照男女间神圣深挚的情绪。

其实何止爱情？世间有许多奥妙，人心有许多灵悟，都非言语可以传达，一经言语道破，反如甘蔗渣滓，索然无味。这

---

① 今译布莱克，英国诗人，主要诗集有《天真之歌》《经验之歌》等。——编者注。

个道理还可以推到宇宙、人生诸问题方面去。我们所居的世界是最完美的，就因为它是最不完美的。这话表面看去，不通已极，但是实在含有至理。假如世界是完美的，人类所过的生活——比好一点是神仙的生活，比坏一点就是猪的生活——便呆板、单调已极，因为倘若件件都尽美尽善了，自然没有希望发生，更没有努力奋斗的必要。人生最可乐的就是活动所生的感觉，就是奋斗成功而得的快慰。世界既完美，我们如何能尝创造成功的快慰？这个世界之所以美满，就在有缺陷，就在有希望的机会，有想象的田地。换句话说，世界有缺陷，可能性（Potentiality）才大。这种可能而未能的状况就是无言之美。世间许多奥妙，要留着不说出；世间有许多理想，也应该留着不实现。因为实现以后，跟着"我知道了！"的快慰，便是"原来不过如是！"的失望。

天上的云霞有多么美丽！风涛虫鸟的声息有多么和谐！用颜色来摹绘，用金石丝竹来比拟，任何美术家也是作践天籁，糟蹋自然！无言之美何限？让我这种拙手来写照，已是糟粕枯骸！这种罪过我要完全承认的。倘若有人骂我胡言乱语，我也只好引陶渊明的诗答他说："此中有真意，欲辨已忘言！"

1924 年仲冬脱稿于上虞白马湖畔

徐庆誉（1898—1997），湖南浏阳人。1923 年赴英国牛津大学攻读哲学。20 世纪三四十年代从政，曾任国民党中央考试院编译局主任等要职。1947 年弃政从教，任长沙民国大学教授。后去香港，1950 年任香港大学教授。退休后赴美国纽约居住。著有《美的哲学》等，译有《基督教教义》等。

美的根本问题

徐庆誉

一、 美的起源

美术的起源、美的性质及其与人生的关系，为美学中三大问题。从来学者对于这三个问题的意见极不一致，在本书①的导言中可以窥其大较。

关于美术的起源一问题，有谓起于游戏者，有谓起于宴会者，有谓起于畋猎者，还有谓起于自炫的冲动者。这四种假定都不足以解决起源的问题，比较起来，"自炫冲动说"算是可靠。我们首先当分别美术与美的异同，当承认先有"美"，而后有"美术"，美是"因"，美术是"果"，欲明白其果的起源，

①即徐庆誉所著《美的哲学》一书，本文选自其第一章。——编者注。

绝不能就果论果，必须追考其因。这样看来，美术起源问题，其关键完全在"美"的本身上。如果明白美之所以生，自不难知道美术之所由起。人们为什么有美的观念呢？换言之，人们为什么爱美？我们马上要解决这个问题。爱美是人们的通性。古今中外，如出一辙。虽幼稚的小孩，便知道选择美的玩具和美的衣裳。虽赤贫的劳工，在他家里，必有一两幅图画，或用花纸裱墙，或用鲜花实瓶，不论怎样穷，必想法设计整理其家具，装饰其居宅。至如青年妇女，对于自身的服饰，尤为注意；在行走兴寝的时候，无一刻不力求其服饰之美，饭可牺牲不吃，而装饰不敢稍疏。不仅青年妇女如是，老年男女亦然。总之，凡是含生赋气的动物，都有好美的冲动。不仅人类如是，其他动物亦然。人的爱美，正如求食一般，这是天赋的本能，并不是由学习而来。从生物进化方面研究，这爱美的本能，更有深厚的趣味和意义。生物的繁殖，基于雌雄两性的调和，两性的调和又基于两性的吸引，而两性互相吸引的唯一工具，即是以"美的表现"（Expression of Beauty）为媒介。知道了这个奥秘，然后就知道花之所以美丽，雄鸟羽毛之所以夺目，雌鸟之所以善歌，以及男女青年之所以殷勤打扮，是怎么一回事了。总而言之，爱美是人的通性（生物的通性），这种冲动是先天的，在生物进化与种族繁衍上都有极大的价值。因先有了这热烈的爱美冲动，于是才逐渐进而为各种传美的美术，美术的根源就是在此。

二、 美的性质

现在研究第二个问题——美的性质。未谈美的性质以先，还有一个美的有无问题摆在前面，正待解决。宇宙间究竟有没有所谓美？怀疑美的存在者，颇不乏人，因为美的观念，每每受"时""空"的限制。

以"时间"而论，前代之所谓美者，现代未必为美。比方服装一项。维多利亚时代的女装，在当时大家都以为美，如果现在有一位少妇穿着那时候的古装在伦敦街上走，没有不以为丑者。我曾在牛津（Oxford）买一辆旧式自行车，系欧战前伯明汉（Birmingham）① 某公司制造，此刻该公司久已倒闭了，所以战前旧式的自行车将告绝迹了。凡牛津学生以及市民看见我的自行车，莫不窃笑，都以为我的自行车"不合时宜"（Out of Date），全无美感。这样看来，以"合时宜"（Up to Date）为美，以"不合时宜"为不美，那么，过去之所谓美，即现在之所谓丑；现在之所谓美，又是将来之所谓丑。美的观念，与时变迁，如此之速，在这迅速变迁之中，怎能够承认有真实的美？

再就"空间"而论，甲地所认为美者，乙地常以为丑。中国的音乐如琴、瑟、笙、箫等类，中国人莫不好之，若一旦搬到西方，西人闻之，未有不嫌其索然寡味者。德国华格纳②的音

①今译伯明翰，英国第二大城市。——编者注。
②今译瓦格纳（1813—1883），德国作曲家。——编者注。

乐风靡欧洲，欧洲人无不称道羡慕，若一旦搬到我们中国来，中国人听之，恐亦鲜有承认其美者。不仅音乐如是，人体美的观念亦因地域而不同。西方人以女人身材高大为美，中国人以轻小为美；西方人以黄发为美，中国人以黑发为美；西方人以女人的乳部突起为美，中国人以隐藏为美。中国的西施以欧洲人的眼光看来，不一定美丽；换言之，西方美人不免为东方丑妇。美的观念既因地域而生差异，虽谓天地间无美，亦无不可。人各美其所美，而非人之美。美的标准毫无定评。普通一班人之所谓美，不过一时一地之风尚习惯而已，岂真有所谓美之实在性耶？

怀疑美的存在，与怀疑道德的存在，是同为常识所蔽，只见到事物的一面，没有了解事物的全体。依常识说起来，道德也常受"时""空"的限制，古以尊君为德，今以爱国为德，恐数百年后，爱国也不是德，爱世才可谓之德。古以女子无才为德，今以女子有才为德；古之婚制以遵父母之命、媒妁之言为德，今以父母包办婚姻为不德；一夫多妻制为中国旧伦理所包容，却为今日的新道德所不许。足见从来无一成不变的道德，道德本身的兴废，常以时代为转移，其本身原无实质的存在。试再以空间证之。男女授受不亲，在中国为道德；男女握手接吻，在西方为礼仪。中国以几世同居为美谈，西方以兄弟各立门户为义举。中国人以祭祖为孝道，西洋以祭祖为迷信。举凡家庭和社会上一切道德的信条，彼此相冲突的地方很多，地域不同，道德的内容亦随之而异。所谓道德云者，亦不过一时一地之风尚习惯而已，岂真有所谓道德的实在性耶？以上两大疑问很有考虑的价值，如能证明道德的实在性，自不难证明美的实在性。这里先证明道德的实在。

宇宙事物有"原则"（Principle），亦有"例外"（Exception），有"同一"（Similarity），亦有"差别"（Difference），有"本体"（Reality），亦有"现象"（Appearance）。如从"原则""同一""本体"诸方面研究道德的实在，自然容易证明道德绝对存在，并不为时空所限。如单从"例外""差别""现象"诸方面立论，当然不能找出真实的道德。比方积极的道德，如爱人、助人、怜恤人等原理，并不以时代、地域之异而生等差，在古如是，在今如是，即在将来亦复如是；不论何时何地，断没有人能否认爱人、助人诸道德者。消极的道德如不杀人、不奸淫、不劫掠等原理，也不因时代、地域之异而生等差，在古如是，在今如是，即在将来亦复如是；不论何时何地，断没有人敢承认杀人、奸淫、劫掠等为道德者，如有之，必为未开化的野蛮民族（波罗洲土人以多杀人为荣耀，有以人骨为装饰者）。这样看来，道德因时空的变易而变易，乃道德的例外和现象，非道德的原则和本体，道德的原则和本体常超乎"时""空"限制之外。明乎此，然后可以证明美的存在。

从原理和本体上观察，美不受时空的支配，正如道德一般，其受时间支配的乃美的例外和现象。比方李白、杜甫、歌德和拜伦的诗歌，不论何时何地，凡读他们诗歌的人，未有不能领略其神情而赞叹其真美者，足见真美的实在，正如道德的实在一般，绝无怀疑的余地。如果还不十分明白，请再以"自我的实在"证之。"自我"（Ego）亦有本体和现象两面，现象的我不论何时何地，皆在变化转换中。婴儿时的"我"绝不是孩童时的"我"，孩童时的"我"绝不是成年时的"我"，成年时的"我"又将异于壮年时的"我"，逐渐变化，不可捉摸，我们能否以这与时俱变的"现象我"（体我）和那永远不变的"本体我"（灵我）相提并论？如果不能，那么，我们只能否认随时变易的"体我"，不能否认常住不变的"灵我"。同样，我们对于美的存在问题也当抱同一的态度。我们可以否认"现象美"的存在，不能否认"本体美"的存在。

美的存在既已证明，当申论美的性质。格罗遮（Benedetto Croce）① 在《美学原理》（*The Essence of Aesthetic*）中分析美的性质甚详，他说"美术是幻想或直觉" （Art is vision or intuition）。

第一，他不承认美术是"物质的事实"（Physical Fact）。美术是载美的工具，美的特性原与物质无关，所以载美的美术也必须建于精神的活动上，绝非物质的事实。其次，"美术是超越的实在"（Art is supremely real），反之，"物质的事实无实在性"（Physical facts do not possess reality）。关于此点，不能令人无疑。因为常识告诉我们，音乐的表现在"声"，声的寄托在"物"，

①今译克罗齐（1866—1952），意大利历史学家、哲学家。——编者注。

如钢琴、怀阿林（Violin）①、七弦琴以及其他乐器，无一不是"物质"。再以绘画而论，画的精神表现于画，画的成立又不能离乎纸与颜料及其他一切与画有关系的物质。诗歌亦然，不论诗人的天才怎样高，若没有笔墨，亦无由表现其诗的美。至如建筑、雕刻，完全以物质为基础，从常识方面看来，不能不承认美为物质的事实。然而常识的经验绝不足以援助我们解释精神界的问题。我们当然承认音乐与乐器，绘画与颜料，都有密切的关系，但请问乐器是不是音乐？颜料是不是图画？如果不是，又怎能够承认美术是物质的事实？

第二，他不承认美的观念与功利主义有混合的可能。他说"美术不能为功利行为"（Art can not be utilitarian act），因为功利行为的目的，在离苦得乐，美术是超乎苦乐之上的。换言之，美术不一定包含快乐，所以我们不能用快乐代表美的属性。虽然很多的时候，我们能在美术中得着许多快乐，但有时候我们也许在美术中得着许多痛苦。比方在巴黎蜡人馆中，我们游的时候，常不免苦乐交集：当我们看见水晶宫里的景象时，我们很愉快；若走到耶稣受刑、罗马斗兽场和悍妇杀夫等模型前，精神上很感痛苦。在幽暗、凄凉的境遇中，目睹蜡人形象，悲惨之念油然而生；若我们以快乐代表美术，那么，唯水晶宫及其他一切滑稽模型才可算是美术，其余那些令人生悲的蜡人形象皆非美术，有是理乎？又如我们或在野外游戏，或喝一杯柠檬水，或拍网球，无处不可

---

①今译小提琴。——编者注。

以发生快乐，难道柠檬水和网球也是美术吗？可见美术不一定包含快乐，而凡发生快乐的，也不一定是美术。

第三，格罗遮不承认美术与道德有不可分的关系。他说"美术不是道德的行为"（Art is not a moral act）。美术不能与道德生连带关系的原因有二：（1）美术是成于"幻想"与"直觉"，前已提及，"幻想"与"直觉"的性质正与"梦境"相同，离"实际的事实"很远。所谓离实际的事实很远者，并不是说美术的本身全非实际，乃是因它生于幻想与直觉，超乎实际的事实以上，不能以道德的规律而评定其价值。（2）美术的起源不是起于"意志行动"（Act of Will）。举凡一切道德行为，无不是基于"善的意志"（Good Will），道德家的资格，完全建筑于"善的意志"之上。"善的意志"为道德家所必具的条件，却与美术家毫不发生关系，从来美术家不一定个个都是道德家，然而其美术家的资格和价值绝不会因缺乏道德而贬损。古典派的宗教画家爱描写天堂的乐境、地狱的永刑①和末日审判的情况，画家的目的，除写美以外，尚含有劝诫的善意。像此类画家，若以道德的眼光观之，当然与道德相表里。反之，浪漫派的裸体画家爱描写人体的自然美，普通一班人以为裸体画近于诲淫，有伤风化，质言之，即是非道德行为。试问这种见解是否错误？平心而论，美术与道德究非全无关系，美术的魔力愈大，其刺激人们的情感愈深，但讲到美术的本身，当离道德而

---

① "永刑"，原文如此。——编者注。

独立，因美之所以为美，初不因是否合乎道德原理而生变化。庄严神圣的宗教画虽美，天真烂漫的裸体画又何尝不美？格氏以为美术的价值不因缺乏道德而贬损，正与几何学的价值不因缺乏道德而贬损相同。既不能以道德的责任加之于几何学，又何能以道德的责任加之于美术？总之，美术的责任，在乎传美，合乎道德与否乃另一问题，美术无顾及之必要。我个人对于此点不能完全赞同，美之为美，虽不以有无道德的价值而增减，但对于道德影响之大，无论何人，不能否认。请问郑、卫之音，能否与雅、颂之音并列？青楼的牙牌曲，能否与教堂的赞美诗并列？意大利古城内的春宫图，能否与美术学校的裸体写真并列？巴黎油画馆的普法交战图，描写战时血肉横飞的惨状及法兵战败的情形，无不毕肖，以美术的眼光观之，不能不承认其美；以道德的眼光观之，实为鼓励法人杀人的暗示，寓杀伐之意于图画之中，犹谓无伤于道德，未免不近情理。且美术为吾人理想的写真，亦即美术家自身人格的代表，道德的观念与浪漫的精神不但不相水火，且有调和的必要。美术家倘不能负天使的职责，亦毋庸为撒旦的先锋。

第四，格罗遮不承认美术含有高深学术的旨趣，换言之，科学是科学，美术是美术，彼此不但无结合的可能，且互相为敌。他说："诗歌与数学之两不相容，正如水之于火；数学的精神以及科学的精神，确为诗的精神之仇敌；风靡一时的数学和自然科学，对于诗歌，并不见得有何裨益。"（Poetry and mathematics appear to be as little in agreement as fire and water; the "esprit mathematique" and the "esprit scientifique" are the most declared enemies of the "esprit poetique"; those periods in which the natural sciences and mathematics prevails seem to be the least fruitful in poetry.）格氏此种见解殊欠正确。美术与科学的关系，正如哲学与科学的关系，各有各的专职，各有各的范围，彼此虽可分离独立，然相互间仍有密切的关系。美术与哲学皆尚"综合"，科学尚"分析"，单就这一点而论，似乎美术与科学诚有如水火之不相容，但美术有时亦不能不应用科学的方法及科学的知识，以竟其传美之功。比方建筑一项，无处不须用科学，尤以数学、物理为至关重要。试看意大利的大礼拜堂及埃及的金字塔，无一不是由科学方法构成的。不仅建筑有赖于科学，而绘画亦然。光线与距离为画家所最注意之点，而光线的测度与距离的远近又非借力于科学不可。不论任何浪漫派的画家，未有不注意光线距离、信手乱涂而可以成画者。这样看来，美术与科学彼此为仇敌乎？抑为朋友乎？

从来论"美的性质"的意见极其复杂，在导言中已述了一个大略。各家的主张有可采取者，有不可采取者，如伯拉图①、托尔斯泰、劳斯金（Ruskin）②诸人，以"快乐"和"道德"

---

①今译柏拉图。——编者注。
②今译拉斯金（1819—1900），英国作家、艺术家、艺术评论家。——编者注。

说明美的性质；康德、海格尔①和顾列里支（Coleridge）② 等，以"理想"说明美的性质；叔本华和尼采（Nietzsche）等，以"情感"说明美的性质；格罗遮以"直觉"说明美的性质。此外，尚有许多意见和派别，不胜枚举。我以为美的表现，即吾人"精神活动的表现"（Expression of Mental Activities），吾人的精神活动，即"知""情""意"三大心理作用的总称，美是心理生活全部的表现，若仅以"知"或"情"代表全部精神活动，未有不陷于错误者。谓美必基于"快乐"与"道德"，固非确论；谓美不容于科学的真理，亦非定评。总之，美是精神的产物和生命的本体，非物质，亦非现象；超乎"时""空"之上，而不受制于"时""空"；介乎"物"（Object）、"我"（Subject）之间，而又统一其"物"、"我"。

三、 美与人生的关系

美的性质既明，其与人生的关系更不难揣度了。关于此点，此处只提出大纲，不能涉及细目。以进化论的原理解释宇宙和人生，立刻要承认宇宙和人生是时时在进化的历程中。今日的宇宙和人生尚未达到"完全"的领域，在这不完全的状态中，自然有许多苦恼。但人生唯一的企图和唯一的欲望，是求"自我的实现"和"自我的发展"。申言之③，即是从"不完全"

---

①今译黑格尔。——编者注。
②今译柯勒律治（1772—1834），英国诗人和评论家。——编者注。
③即引申开来说，展开来讲。——编者注。

（Imperfect）达到"完全"（Perfect），从"有限"（Finite）进入"无限"（Infinite）。因此，对于这"不完全"和"有限"的苦恼人生，力求冲决，以完成其愉快、圆满的新人生。解决此问题的方法，原不限于一种人生哲学，宗教和美术都是人生问题的解答。人生哲学能领人们走上人生的正轨，并且积极地指示人们什么是好的生活，至于如何得着那好的生活的问题，人生哲学只能开示方案，叫我们自己寻找，能否找着，人生哲学概不过问。因此，宗教和美术便成为此问题的答案了。真实的理想生活，或愉快的圆满生活，只能在宗教和美术两者中寻找。宗教之于人生，正如望远镜之于天文家，显微镜之于自然科学者，能使人们在这纷纭扰攘之中，认识人生的真义和参透宇宙的本体。换言之，宗教对于人生最大的贡献，即是能将一切盲目和机械的物质人生予以"精神化"和"理想化"。美术与人生的关系，与宗教略同，都以"精神化"（Spiritualizing）和"理想化"（Idealizing）为改善人生的张本。富于"理性"和"情感"的人们，绝不会安于"衣架、饭囊"的生活——物质的生活，必定要以理想和精神为重心，宗教、美术两者中必求那"精神的粮食"（Spiritual Food），以维持其"精神生活"（Spiritual Life）。

卡理提（Carritt）① 在《美的理论》（*Theory of Beauty*）一书中，论美与人生的关系甚为中肯，他说："人生如不是从美中得

---

①今译卡里特，英国哲学家、美学家。——编者注。

着刺激与安慰，差不多是不可了解的。"（Human life with no stimulus or consolation from some supposed beauty is almost inconceivable.）又说："美并不是奢侈，乃是正确与严肃的理想；美是盐，若没有它，人生便无味了。"（Beauty is no luxury, but often an exacting and severe ideal. It is the salt without which life would be savourless.）我们不都是希望实现一个"美的宇宙"和"美的人生"吗？谁能创造这美的宇宙和美的人生呢？我记得在《菲斯特雷先生的十点钟》（*Mr. Whistler's Ten O'clock*）中有两句话说："世界不会美的呵！只有美术家能使它美。"（The world will not grow fair, and only the artist can make it so.）

　　　　　　　　　　　　　　　　　　　（《美的哲学》）

蔡元培（1868—1940），字鹤卿。浙江绍兴人。20 世纪中国杰出的教育家、思想家和民主主义革命家。1901 年出任中国教育会会长。1908 年赴德留学，1911 年回国。1912 年出任中华民国首任教育总长，同年 7 月辞职，9 月旅居德国。1916 年冬回国，出任北京大学校长。1928 年起任中央研究院首任院长。蔡元培先生毕生倡导教育救国、学术救国和科学救国，推动中国的思想启蒙和文化复兴。

以美育代宗教说

蔡元培

兄弟于学问界未曾为系统的研究，在学会中本无可以表示之意见。唯既承学会诸君子责以讲演，则以无可如何中，择一于我国有研究价值之问题为到会诸君一言，即"以美育代宗教"之说是也。

夫宗教之为物，在彼欧西各国已为过去问题。盖宗教之内容，现皆经学者以科学的研究解决之矣。吾人游历欧洲，虽见教堂棋布，一般人民亦多入堂礼拜，此则一种历史上之习惯。譬如前清时代之袍褂，在民国本不适用，然因其存积甚多，毁之可惜，则定为乙种礼服而沿用之，未尝不可。又如祝寿、会葬之仪，在学理上了无价值，然戚友中既以请帖、讣闻相招，势不能不循例参加，借通情愫。欧人之沿袭宗教仪式，亦犹是耳。所可怪者，我中国既无欧人此种特别之习惯，乃以彼邦过

去之事实作为新知，竟有多人提出讨论。此则由于留学外国之
学生，见彼国社会之进化，而误听教士之言，一切归功于宗教，
遂欲以基督教劝导国人。而一部分之沿袭旧思想者，则承前说
而稍变之，以孔子为我国之基督，遂欲组织孔教，奔走呼号，
视为今日重要问题。

自兄弟观之，宗教之原始，不外因吾人精神作用而构成。
吾人精神上之作用，通常分为三种，一曰知识，二曰意志，三
曰感情。最早之宗教，常兼此三作用而有之。盖以吾人当未开
化时代，脑力简单，视吾人一身与世界万物均为一种不可思议
之事。生自何来？死将何往？创造之者何人？管理之者何术？
凡此种种，皆当时之人所提出之问题，以求解答者也。于是有
宗教家勉强解答之。如基督教推本于上帝，印度旧教则归之梵
天，我国神话则归之盘古。其他各种现象，亦皆以神道为唯
一之理由。此知识作用之附丽于宗教者也。且吾人生而有生
存之欲望，由此欲望而发生一种利己之心。其初以为非损人
不能利己，故恃强凌弱、掠夺攫取之事，所在多有。其后经
验稍多，知利人之不可少，于是有宗教家提倡利他主义。此
意志作用之附丽于宗教者也。又如跳舞、唱歌，虽野蛮人亦
皆乐此不疲。而对于居室、雕刻、图画等事，虽石器时代之
遗迹，皆足以考见其爱美之思想。此皆人情之常，而宗教家
利用之，以为诱人信仰之方法。于是未开化人之美术，无一
不与宗教相关联。此又情感作用之附丽于宗教者也。天演之
例，由浑而昼。当时精神作用至为混沌，遂结合而为宗教。

又并无他种学术与之对，故宗教在社会上遂具有特别之势力焉。

迨后社会文化日渐进步，科学发达，学者遂举古人所谓不可思议者，皆一一解释之以科学。日星之现象，地球之缘起，动植物之分布，人种之差别，皆得以理化、博物、人种、古物诸科学证明之。而宗教家所谓吾人为上帝所创造者，从生物进化论观之，吾人最初之始祖，实为一种极小之动物，后始日渐进化为人尔。此知识作用离宗教而独立之证也。宗教家对于人群之规则，以为神之所定，可以永远不变。然希腊诡辩家因巡游各地之故，知各民族之所谓道德往往互相抵触，已怀疑于一成不变之原则。近世学者据生理学、心理学、社会学之公例，以应用于伦理，则知具体之道德不能不随时随地而变迁，而道德之原理则可由种种不同之具体者而归纳以得之，而宗教家之演绎法全不适用。此意志作用离宗教而独立之证也。

知识、意志两作用，既皆脱离宗教以外，于是宗教所最有密切关系者，唯有情感作用，即所谓美感。凡宗教之建筑，多择山水最胜之处，吾国人所谓"天下名山僧占多"即其例也。其间恒有古木名花，传播于诗人之笔，是皆利用自然之美以感人者。其建筑也，恒有峻秀之塔、崇闳幽邃之殿堂，饰以精致之造像、瑰丽之壁画，构成黯淡之光线，佐以微妙之音乐。赞美者必有著名之歌词，演说者必有雄辩之素养，凡此种种，皆为美术作用，故能引人入胜。苟举以上种种设施而屏弃之，恐无能为役矣。然而美术之进化史，实亦有脱离宗教之趋势。例如吾国南北朝著名之建筑，则伽蓝耳；其雕刻，则造像耳；图画，则佛像及地狱变相之属为多；文学之一部分，亦与佛教为缘。而唐以后诗文，遂多以风景、人情、世事为对象；宋、元以后之图画，多写山水、花鸟等自然之美。周以前之鼎彝，皆用诸祭祀；汉、唐之吉金，宋、元以来之名瓷，则专供把玩。野蛮时代之跳舞，专以娱神，而今则以之自娱。欧洲中古时代留遗之建筑，其最著者率为教堂，其雕刻、图画之资料，多取诸新、旧约；其音乐，则附丽于赞美歌；其演剧，亦排演耶稣故事，与我国旧剧《目莲救母》相类。及文艺复兴以后，各种美术渐离宗教而尚人文。至于今日，宏丽之建筑多为学校、剧院、博物院。而新设之教堂，有美学上价值者几无可指数。其他美术，亦多取资于自然现象及社会状态。于是以美育论，已有与宗教分合之两派。以此两派相较，美育之附丽于宗教者，常受宗教之累，失其陶养之作用，而转以刺激感情。

鉴刺激感情之弊，而专尚陶养感情之术，则莫如舍宗教而易以纯粹之美育。纯粹之美育，所以陶养吾人之感情，使有高尚纯洁之习惯，而使人我之见、利己损人之思念以渐消沮者也。盖以美为普遍性，绝无人我差别之见能参入其中。食物之入我口者，不能兼果他人之腹；衣服之在我身者，不能兼供他人之温；以其非普遍性也。美则不然。即如北京左近之西山，我游之，人亦游之；我无损于人，人亦无损于我也。隔千里兮共明月，我与人均不得而私之。中央公园之花石，农事试验场之水木，人人得而赏之。埃及之金字塔，希腊之神祠，罗马之剧场，瞻望赏叹者若干人，且历若干年而价值如故。各国之博物院无不公开者，即私人收藏之珍品，亦时供同志之赏览。各地方之音乐会、演剧场，均以容多数人为快。所谓"独乐乐不如人乐乐""与少乐乐不如与众乐乐"，以齐宣王之惛，尚能承认之，美之为普遍性可知矣。且美之批评，虽间亦因人而异，然不曰是于我为美，而曰是为美，是亦以普遍性为标准之一证也。

美以普遍性之故，不复有人我之关系，遂亦不能有利害之关系。马、牛，人之所利用者，而戴嵩所画之牛，韩干所画之马，绝无对之而做服乘之想者。狮、虎，人之所畏也，而卢沟桥之石狮，神虎桥之石虎，绝无对之而生搏噬之恐者。植物之花，所以成实也，而吾人赏花，绝非做果实可食之想。善歌之鸟，恒非食品。灿烂之蛇，多含毒液，而以审美之观念对之，其价值自若。美色，人之所好也，对希腊之裸像，绝不敢做龙阳之想；对拉飞尔①若鲁滨司之裸体画，绝不敢有周昉《秘戏图》②之想。盖美之超绝实际也如是。且于普通之美以外，就特别之美而观察之，则其义益显。例如崇闳之美，有至大、至刚两种。至大者，如吾人在大海中，唯见天水相连，茫无涯

---

① 今译拉斐尔（1483—1520），意大利著名画家，与达·芬奇和米开朗琪罗合称"文艺复兴三杰"。——编者注。

② 即唐代大画家周昉的《春宵秘戏图》。——编者注。

浃。又如夜中仰数恒星，知一星为一世界，而不能得其止境，顿觉吾身之小虽微尘不足以喻，而不知何者为所有。其至刚者，如疾风震霆，覆舟倾屋，洪水横流，火山喷薄，虽拔山盖世之气力，亦无所施，而不知何者为好胜。夫所谓大也，刚也，皆对待之名也。今既自以为无大之可言，无刚之可恃，则且忽然超出乎对待之境，而与前所谓至大、至刚者胖合而为一体，其愉快遂无限量。当斯时也，又岂尚有利害得丧之见能参入其间耶？其他美育中，如悲剧之美，以其能破除吾人贪恋幸福之思想。《小雅》之怨排，屈子之离忧，均能特别感人。《西厢记》若终于崔、张团圆，则平淡无奇，唯如原本之终于草桥一梦，始足发人深省。《石头记》若如《红楼后梦》等，必宝、黛成婚，则此书可以不作。原本之所以动人者，正以宝、黛之结果一死一亡，与吾人之所谓幸福全然相反也。又如滑稽之美，以不与事实相应为条件。如人物之状态，各部分互有比例，而滑稽画中之人物，则故使一部分特别长大或特别短小。作诗则故为不谐之声调，用字则取资于同音异义者。方朔割肉以遗细君，不自责而反自夸。优旃谏漆城，不言其无益，而反谓漆城荡荡，寇来不得上，皆与实际不相容，故令人失笑耳。要之，美学之中，其大别为都丽之美，崇闳之美（日本人译言"优美""壮美"）。而附丽于崇闳之悲剧，附丽于都丽之滑稽，皆足以破人我之见，去利害得失之计较，则其所以陶养性灵，使之日进于高尚者，固已足矣。又何取乎侈言阴骘，攻击异派之宗教，以刺激人心，而使之渐丧其纯粹之美感为耶？

（1917 年 4 月 8 日在北京神州学会演讲）

张正藩（生卒年月不详），知名教育史家、教育学家。江苏南通如皋人。早年（20世纪初）赴海外留学，回国后从事教育学研究。1949年后去台湾，曾任台湾大学教授。著有《近三十年中国教育述评》《实用小学行政》《最近之日本教育》《中国书院制度考略》《华侨教育综论》等。

美育与教育

张正藩

杜威（John Dewey）① 说："教育的进行最要紧的就是设备环境。"所谓环境（Environment），就是环绕一个人四围的东西，这些东西无论有生命与否，凡是影响一个人生活的，都可称为环境。杜威对于"环境"二字，曾有极明鲜的解释。他说："'环境'这名词通常用作科学上一个专门名词，在进化观念上很重要。凡属有机体——有生命的东西——一方面必须有环绕他四围的东西以维持他的生活；他方面，这些围绕生物的东西又能影响该生物之活动。人类既是生物之一种，也不能逃免环境之影响。"

从前有些教育很主张教育无效说，他们以为遗传的势力非

---

①杜威（1859—1952），美国教育家，实用主义教育思想的代表人物。——编者注。

教育所能改化。又有一派谓环境的势力极大，足以改化天性，故主张教育万能说。因此，各走极端，莫衷一是。近代教育家多主张两者——遗传和环境——对于一个人有同样的影响和铸造的势力。英国教育家斯宾塞（Spencer）在《社会的静止》（*Social Statics*）里说："只要人互有关系，虽则有阶级和贫富的差别，不能阻止他们的同化。倘使他和野蛮人住过了些时，他就成为野蛮人；倘使他的朋友是奸诈的，他就变成奸诈的人；倘使他的同伴都是很慈爱的，他就变成善人；倘使他住在文人中间，他就变成斯文了……"从这段话里我们可以认定环境对于人们的重要。但是怎样的环境才可以养成人们正当的有趣味的人生呢？不消说，优美的环境呵！

　　禽兽常以颜色、声音、臭味及合律的运动为修饰的工具以献媚于异性，这就是它们美情最早的发现！野蛮人好以羽毛、珠玉文饰他们的身体；稍进，装饰雕刻的武器和用具。这就是他们爱美的表现！达尔文（Charles Darwin）在他所著的 *Descent of Man*[①]里说得好，他说："美的感觉不仅人类所独有的，鸟类装饰它们的巢，辨别它们同类的美丽颜色，就是它们好美的表示。"他又说："修饰是人类的本性，初民的艺术是一修饰品。就是野蛮时代因为性交的缘故，美性也极发达。所以纯美的性质，无论何种人都是所同具的。"从达氏见解中可以看得出禽兽、人类均有爱美的倾向。我们再实地观察儿童爱美的心理吧。

----

　　①今译《人类由来》。——编者注。

小孩子坐在摇篮里，倘使看见周围悬有有颜色的东西，他们的一对小瞳仁儿就死盯在那件物体上，他们不独不想哭，大约一切的痛苦、孤寂也忘掉了！当他们欲睡的时候，若听见慈母的柔和的催眠歌，也就一枕黄粱了！

我们既知儿童有这种爱美的倾向，那么如何去造美的环境，满足他们美的要求呢？所以我们要利用他们这种天性——美的天性，使其沉浸于美的环境——家庭、学校、社会——中，使其承受美的醇化和美的陶醉，因此逐渐发展固有的美感，造成美化的人生。但是我写到这里，不觉很灰心地将笔搁下，我想：我们的环境哪一块是美的园地？

家庭——我们的家庭固谈不到什么美育，就是号称智识阶级的家庭恐怕也不见得怎样讲究！就一般家庭的设备——房屋、用具——说，全没有均齐、比例、调和、变化、统一美的要素。至于家人的种种行为——酗酒、赌钱、不清洁等，均足给儿童不良的印象！

学校——学校是个陶冶儿童的熔炉，当然要有建筑、音乐、色彩多种美去唤起儿童天赋的美感。但是有几处讲究的？校址不是在混浊空气的城市里，就是在那不毛之区；所有的设备，无非因陋就简！说到教师的言语、动作、服饰，恐也无美可言！教授方面固不想美的设计，恐儿童应享受的自然之美的幸福——旅行、郊游——也断送不少了。

社会——我们所处的社会差不多是个黑暗的舞台，至于所有的背景，老实说是丑恶罢了！

我们的环境——家庭、学校、社会——既如是恶劣，我们就不想法改造吗？华特在他的《应用社会学》（*Applied Sociology*）里说："我们不能增加遗传的才智，可以设法改良环境。"他又很勇敢地诏告我们说："环境可以说是一种抵抗，环境阻止生活的向上，它将天性压迫得很紧。生活力好像一个弹簧，被环境镇压了；只要把环境移去就自然而然地发展，把有机世界提高起来。人类有了生活力之外还有意志力，这两种力同时向目标做去，但环境阻止它们，所以我们要设法把这重牢门开了使它们自由！"因此，我们得了个教训，就是：不满意现状，就不妨鼓着勇气去冲决这重网罗——丑的环境，去造理想的境地——美的环境。

谈到造美的环境，蔡孑民先生的《美育实施的方法》一文可供参考。他的实施的方法，是从一个人未生以前说到既死以后，故有公立胎教院、公立育婴院、幼稚园、美术馆、美术展览会、音乐会、剧院、影戏馆、博物院、公园、公坟等组织。

总之，在这种恶劣环境里，教育无论是怎样万能，都不能收若何效果。我们虽不能以蔡孑民氏的美育代宗教的主张来倡以美育代教育，然而最低限度非倡美化的教育不可！归根结底一句话：先创造美的环境来！

但是创造美的环境，谁负这个使命呢？以学校教育为起点，当然自教师始！试观杜威说："……教育者，或成人之影响于幼年者之心灵的（Mental）生长，恰如一个艺花人设法使植物生长一样。……他们——教师——所当做的可以分两方面说：

（1）消除有害的（Harmful）环境——使社会上流行的不良习惯、风俗不致为儿童所沾染，妨害其生长。……（2）设备有益的（Helpful）环境——就是设备各种足以帮助、促进儿童智力上、身体上的生长之便利。……"

本篇可告一段落，但是还有些对于本题稍有关系而要说的，我想有写在后面的必要。

生物学家诏告我们说："美的鉴赏起于吾人内部活力有余裕之时。故生物所贮之内部活力，除费于生命维持外犹有余裕，若不以正当方法消费之，有害于生活。"因此，可以晓得美的鉴赏不仅消费我们的余力，且有沃润我们生活的可能。但是美的功能不仅在此，且能发生伦理上的关系，请观西洋诸哲的说话。柏拉图（Plato）说："美之所以为美者，善也，美待善而始成者也。"费德（Fichte）①说："美的价值不是美的可贵，是善的可贵。"其次，美尚有安慰的方便。我们试看太戈儿②的诗歌、罗丹的雕刻、米勒的绘画，或赏鉴自然之美，如蔚蓝色的天空、青青的山岳、莹洁的碧流，未有不发生快感的！所以斯宾塞对于美育问题，完全认为是安慰的方便。

在物质文明进步到高度的社会里，人们精神的生活早宣告破产。试观梦梦的群众，舍酗酒、赌钱、看野蛮戏以外，几无所消遣，无所安慰；但是他们这种行为，我们是不能非难的！古尔孟

---

①今译费希特（1762—1814），德国哲学家。——编者注。
②今译泰戈尔（1861—1941），印度诗人、哲学家。——编者注。

（Remy Te Gourment）说得很公平，他说："你们社会的状况，是狂愚的小影，罗马的奴隶比你们许多工人过的生活还好。……无论富的、贫的，你们都不晓得休暇的快乐。"（见《鲁森堡之一夜》①中）从他的话里可以看得出，他是个对工人表同情者，他悲悯工人只有劳动而无休暇的快乐。所谓休暇的快乐，就是美的鉴赏吧？（美的鉴赏可以说在休暇的快乐之领域里。）

谈到智识阶级，大半也是为烦闷之魔镇服住。他们既不肯享卑劣的安慰，而在现在文艺上、美术上又不易找到安慰的对象，所以愈感得生之烦闷。

我书至此，又不觉无聊地将笔掷下。我想：理想的环境——美的环境——何时才能实现，才慰藉我们已死的心灵？恐实现的时期，我们的生命之花已飘零多时了！但是，我们既是一个人，当不能从消极方面想，而且我们既相信美可帮助人们摆脱一切人生的桎梏，丰富人们的生活，那么在这种无情的、冷酷的环境里唯有提倡美育了！我再引蔡子民先生在《文化运动不要忘了美育》里说的一段话做我的结论。他说：

> ……不是用美术教育不足以引起超越利害的兴趣，融合一种划分人我的僻见；保持一种永久和平的心境；……文化进步的国家既然实施科学教育，尤要普及美术教育；……所以我很望致力文化运动诸君，千万不要忘了美育！

----

①今译《卢森堡之一夜》。——编者注。

丰子恺（1898—1975），著名漫画家、散文家、文艺理论家和翻译家。1919 年毕业于浙江省立第一师范学校。1921 年获亲友资助赴日留学，10 个月后因经济困难回国。先后在上海、浙江、重庆等地任教，曾任上海开明书店编辑、《中学生》杂志编辑。1924 年在文艺刊物《我们的七月》上第一次发表漫画《人散后，一钩新月天如水》。1942 年在重庆自建"沙坪小屋"，专事绘画和写作。

从梅花说到美

丰子恺

梅花开了！我们站在梅花前面，看到冰清玉洁的花朵的时候，心中感到一种异常的快适。这快适与收到附汇票的家信时或得到 full mark 的分数时的快适，滋味不同；与听到下课铃时的快适，星期六晚上的快适，心情也全然各异。这是一种沉静、深刻而微妙的快适。言语不能说明，而对花的时候，各人会自然感到。这就叫作"美"。

美不能说明，而只能感到。但我们在梅花前面实际地感到了这种沉静、深刻而微妙的美，而不求推究和说明，总不甘心。美的本身的滋味虽然不能说出，但美的外部的情状，例如原因或条件等，总可推究而谈论一下。现在我看见了梅花而感到美，感到了美而想谈美了。

关于"美是什么"的问题，自古没有一定的学说。俄罗斯文豪托尔斯泰曾在其《艺术论》中列述近代三四十位美学研究者的学说，而各人说法不同。要深究这个问题，当读美学的专书。现在我们只能将古来最著名的几家的学说，在这里约略谈论一下。

最初，希腊哲学家苏格拉底这样说："美的东西，就是最适合于其用途及目的的东西。"他举房屋为实例，说最美丽的房屋，就是最合于用途、最适于住居的房屋。这的确是有理由的。房子的外观无论何等美丽，而内部不适于居人，绝不能说是美的建筑。不仅房屋为然，用具及衣服等亦是如此。花瓶的样子无论何等巧妙，倘内部不能盛水、插花，下部不能稳坐桌子上，终不能说是美的工艺品。高跟皮鞋的曲线无论何等玲珑，倘穿了走路要跌跤，终不能说是美的装束。

前述苏格拉底的话，在建筑及工艺上固然讲得通，但按到我们的梅花，就使人难解了。我们站在梅花前面，实际地感到梅花的美。但梅花有什么用途与目的呢？梅花是天教它开的，不是人所制造的，天生出它来或许有用途与目的，但人们不能知道。人们只能站在它前面而感到它的美。风景也是如此：西湖的风景很美，但我们绝不会想起西湖的用途与目的。只有巨人可拿西湖当镜子吧？

这样想来，苏格拉底的美学说是专指人造的实用物而说的，自然及艺术品的美都不能用他的学说来说明。梅花与西湖都很美，而没有用途与目的；姜白石的《暗香》与《疏影》为咏梅的有名的词，但词有什么用途与目的？苏格拉底的话很有缺陷呢！

　　苏格拉底的弟子柏拉图，也是思想很好的美学者。他想补足先生的缺陷，说："美是给我们快感的。"这话的确不错。我们站在梅花前面，看到梅花的名画，读到《暗香》《疏影》，的确发生一种快感，在开篇处我早已说过了。然而仔细一想，这话也未必尽然，有快感的东西不一定是美的。例如夏天吃冰淇淋，冬天捧热水袋，都有快感。然而吃冰淇淋与捧热水袋不能说是美的。肴馔入口时很有快感，然厨司不能说是美术家。罗马的享乐主义者中，原有重视肴馔的人，说肴馔是比绘画、音乐更美的艺术。但这是我们所不能首肯的话，或罗马的亡国奴的话。照柏拉图的话做去，我们将与罗马的亡国奴一样了。柏拉图自己蔑视肴馔，这样说来，绘画、音乐、雕刻等一切诉于感觉的美术均不足取了（因为柏拉图是一个轻视肉体而贵重灵魂的哲学家，肴馔是养肉体的，所以被蔑视）。故柏拉图的学说仍不免有很大的缺陷。

　　于是柏拉图的弟子亚理斯多德①再来修补先生的学说的缺陷。但他对于美没有议论，只有对于艺术的学说。他说："艺术贵乎逼真。"这也的确是卓见。诸位上图画课时，不是尽力在要求画得像吗？小孩子看见梅花，画五个圈，我们看见了都赞道："画得很好。"因为很像梅花，所以很好。照亚理斯多德的话说来，艺术贵乎自然的模仿，凡肖似实物的都是美的。这叫作

―――――――――

　　①今译亚里士多德。——编者注。

"自然模仿说"，在古来的艺术论中很有势力，到今日还不失为艺术论的中心。

然而仔细一想，这一说也不是健全的。倘艺术贵乎自然模仿，凡肖似实物的都是美的，那么，照相是最高的艺术，照相师是最伟大的美术家了。用照相照出来的景物，比用手画出来的景物逼真得多，则照相应该比绘画更贵了。然而照相终是照相，近来虽有进步的美术照相，但严格地说来，美术照相只能说是一种准艺术，不能视为正当的艺术。理由很长，简言之，因为照相中缺乏人的心的活动，故不能成为正格的艺术。画家所画的梅花，是舍弃梅花的不美的点，而仅取其美的点，又助长其美而表现在纸上的。换言之，画中的梅花是理想化的梅花。画中可以行理想化，而照相中不能。模仿与理想化——此二者为艺术成立的最大条件。亚理斯多德的话偏重了模仿而疏忽了理想化，所以也不是健全的学说。

以上所说，是古代最著名的三家的美学说。近代的思想家对于美有什么新意呢？德国有真、善、美合一说及美的独立说，二说正相反对。略述如下。

近代德国美学家包姆加敦（Baumgarten，1714—1762）①说："圆满之物诉于我们的感觉的时候，我们感到美。"这句话道理很复杂了。所谓圆满，必定有种种的要素。例如梅花，仅乎五个圆圈，不能称为圆满，必有许多花，又有蕊，有枝，有

①今译鲍姆加滕。——编者注。

干，或有盆。总之，不是单纯而是复杂的。但一味复杂而没有秩序，例如在纸上乱描了几百个圆圈，又不能称为圆满，不成为画。必须讲究布置，而有统一，方可称为圆满。故换言之，圆满就是"复杂的统一"。做人也是如此，无论何等善良的人，倘过于率直或过于曲折，绝不能有圆满的人格。必须有丰富的知识与感情，而又有统一的见解的人，方能具有圆满的人格。我们用意志来力求这圆满，就是"善"；用理智来认识这圆满，就是"真"；用感情来感到这圆满，就是"美"。故真、善、美是同一物，不过或诉于意志，或诉于理智，或诉于感情而已——这叫作真、善、美合一说。

反之，德国还有温克尔曼（Wincklmann，1717—1768）和雷迅（Lessing，1729—1781）[1] 两人，完全反对包姆加敦，说美是独立的。他们说："美与真、善不同。美全是美，除美以外无他物。"

但近代美学上最重要的学说是"客观说"与"主观说"的二反对说。前者说美在于（客观的）外物的梅花上，后者说美在于（主观的）看梅花的人的心中。这种问题的探究很有趣味，现在略述之如下。

美的客观说始创于英国。英国画家霍格斯（Hogarth，1697—1764）[2] 说："物的形状，由种种线造成。线有直线与曲线。曲线比直线更美。"现今研究裸体画的人有"曲线美"之

---

①即莱辛。——编者注。
②今译霍加斯。——编者注。

说，这话便是霍格斯所倡用的。霍格斯说："曲线所成的物，一定美观。故美全在于事物中。"倘问他："梅花为什么是美的？"他一定回答："因为它有很好的曲线。"

美的客观说的提倡者很多。就中有的学者曾指定美的具体的五条件，说法更为有趣。今略为申说之：

第一，形状小的——美的事物，大抵其形状是小的。女人比男人，身体大概较小，故女人大概比男人为美。英语称女性为 fair sex，即"美性"。中国文学中描写美人多用小字，例如"娇小""生小"，称女子为"小姐""小鬟"，女子的名字也多用"小红""小苹"等，因为小的大都可爱。孩子们欢喜洋团团，大人们欢喜宝石、象牙细工，大半是因其小而可爱的缘故。我们看了梅花觉得美，也半是为了梅花形小的缘故。假如有像伞一般大的梅花，我们见了一定只觉得可惊，不感到美。我们看见婴孩，总觉得可爱。但假如婴孩同白象一样大，我们就觉得可怕了。

第二，表面光滑的——美的事物，大概表面光滑。这也可先用美人来证明。美人的第一要件是肌肤的光泽。故诗词中有"玉体""玉肌""玉女"等语。我们所以爱玉，爱宝，爱大理石，爱水晶，也是爱它们的光滑。爱云，爱雪，爱水，也是为了洁净无瑕的缘故。化妆品——雪花膏、生发油、蜜，大都是以使肤发光滑为目的的。

第三，轮廓为曲线的——这与霍格斯所说相同。曲线大概比直线为可爱。试拿一个圆的玩具和一个方的玩具同时给小孩子看，请他选择一件，他一定取圆的。人的颜面，直线多而棱角显然，不及曲线多而带圆味的好看。矗立的东洋建筑，上端加一圆的 dome，比平顶的好看得多。西湖的山多曲线，故优美。云与森林的美，大半在于其周围的曲线。美人的脸必由曲线组成。下端圆肥而膨大的所谓"瓜子脸"，有丰满之感；上端膨大而下端尖削的"倒瓜子脸"，有清秀之感。孩子的脸中倘有了直线，这孩子一定不可爱。

第四，纤弱的——纤弱与小相类似，可爱的东西大概是弱的。例如鸟、白兔、猫，大都是弱小的。在人中，女子比男子弱，小孩比大人弱。弱了反而可爱。

第五，色彩明而柔的——色彩的明，换言之，就是白的、淡的。谚云"白色隐七难"，故女子都欢喜擦粉。色的柔，就是明与暗的程度相差不可过多。由明渐渐地暗或由暗渐渐地明，称为"柔的调子"。柔的调子大都是美的。物体受着过强的光，或过于接近光源，其明暗判然，即生刚调子。刚调子不及柔调子美观。窗上用窗帷，电灯泡用毛玻璃，便是欲减弱光的强度，使光匀和，在室中的人物上映成柔和的调子。女子不喜立在灯的近旁或太阳光中，便是欲避去刚调子。太阳下的女子罩着薄绢的彩伞，脸上的光线异常柔美。

我们倘问这班学者："梅花为什么是美的？"他们一定回答："梅花形小，瓣光泽，由曲线包成，纤弱，色又明柔，故美。"这叫作"美的客观说"。这的确有充足的理由。

反之，美的主观说始倡于德国。康德（Kant，1724—1804）便是其大将。据康德的意见，美不在于物的性质，而在于自己的心的如何感受。这话也很有道理——人们都觉得自己的子女可爱，故有语云："癞头儿子自己的好。"人们都觉得自己的恋人可爱，故有语云："情人眼里出西施。"这种话中含有很深的真理。法兰西的诗人波独雷尔（Baudelaire）① 有一首诗，诗中描写自己死后，死骸上生出蛆虫来，其蛆虫非常美丽。可知心之所爱，蛆虫也会美起来。我们站在梅花前面而感到梅花的美，并非梅花美，正是因为我们怀着欣赏的心的缘故。作《暗香》《疏影》的姜白石站在梅花前面，其所见的美一定比我们更多。计算梅花有几个瓣与几个蕊的博物学者，对梅花全不感到其美。挑了盆梅而在街上求售的卖花人，只觉得重的担负。

感到美的时候，我们的心情如何？极简要地说来，即须舍弃理智的念头，而仅用感情来迎受。美是要用感情来感到的。博物先生用了理智之念而对梅花，卖花人用了功利之念而对梅花，故均不能感到其美。故美的主观说是不许人们想起物的用途与目的的。这与前述的苏格拉底的实用说恰好相反，但这当然是比希腊时代更进步的思想。

康德这学说，名为"无关心说"（Disinterestedness）。无关心，就是说美的创作或鉴赏的时候不可想起物的实用的方面，描盆景时不可专想吃苹果，看展览会时不可专想买画，而用欣赏与感叹的态度，把自己的心没入在对象中。

以上所述的客观说与主观说，是近代美学上最重要的二反对

---

①今译波德莱尔。——编者注。

说。每说各有其根据。禅家有"幡动，心动"的话，即看见风吹幡动的时候，一人说是幡动，又一人说是心动。又有"钟鸣，撞木鸣"的话，即敲钟的时候，或可说钟在发音，或可说是撞木在发音。究竟是幡动抑心动？钟鸣抑撞木鸣？照我们的常识想来，两者不可分离，不能偏说一边，这是与"鸡生卵，卵生鸡"一样的难问题。应该说"幡与心共动，钟与撞木共鸣"。这就是德国的席勒尔（Schiller，1759—1805）① 的"美的主客观融合说"。

融合说的意见：梅花原是美的，但倘没有能领略这美的心，就不能感到其美；反之，颇有领略美感的心，而所对的不是梅花而是一堆鸟粪，也就不能感到美。故美不能仅用主观或仅用客观感得，二者同时共动，美感方始成立。这是最充分圆满的学说，世间赞同的人很多。席勒尔以后的德国学者，例如海格尔（Hegel）②、叔本华（Schopenhauer）、哈特曼（Hartmann）等，都是信从这融合说的。

以上把古来关于美的最著名的学说大约说过了，但这不过是美的外部的情状，不是美本身的滋味。美的滋味，在口上与笔上绝不能说出，只得由各人自己去实地感受了。

（十八年岁暮《中学生》美术讲话）

（《艺术趣味》）

---

① 今译席勒。——编者注。

② 今译黑格尔。——编者注。

傅东华（1893—1971），作家、翻译家。1912年毕业于上海南洋公学，次年进中华书局当翻译员。1932年任复旦大学中文系教授。1933年任《文学》月刊执行主编，同时为商务印书馆编撰《基本初中国文》《复兴初中国文》《复兴高中国文》3套各6册。1935年任暨南大学国文教授。著有散文集《山胡桃集》、评论集《诗歌与批评》《创作与模仿》等，译作有《飘》《红字》《琥珀》等。其译本《飘》在一代中国读者中影响深远。

充实谓美说

傅东华

这次讲的这个题目，出在《孟子·尽心下》，那一章的全文是：

> 浩生不害问曰："乐正子何人也？"孟子曰："善人也，信人也。""何谓善？何谓信？"曰："可欲之谓善，有诸己之谓信，充实之谓美，充实而有光辉之谓大，大而化之之谓圣，圣而不可知之之谓神。乐正子，二之中，四之下也。"

这里，孟子分人为六等，便已构成一个伦理学上或是心理学上关于人格研究的题目；若要拿这章书的全文加以详细解释，当然是这里的篇幅所不容许的，而且也与国文讲座的本旨不符。

现在只能把"充实之谓美"一句单独摘出来讲一讲，虽然是断章取义，却与孟子的整个思想体系并不相违。至于我们所要着眼的一点，当然是在"什么是美"这一个问题。

我们先从常识来观察，似乎这个题目里面的字眼是没有一个需要解释的。我们常说一本书或一篇文章的内容充实或不充实，意思也就等于那本书或那篇文章美不美。那么，说内容充实的就是美的，内容不充实的就是不美的，似乎已经很明白，无须乎再加解释了。但经仔细一想，就要想起许多问题来，而且都是不容易回答的。比如：怎样叫作文章的内容？怎样叫作充实？怎样的内容才算充实？为什么充实就是美，不充实就不能美？而且，美到底是怎么一件东西呢？像《两京赋》《三都赋》那样堆满了许多山水草木、鸟兽虫鱼的名字，还有许多平常不经眼的字面，就能算是充实吗？或者必须要像《老子》或是《资本论》那样包含着许多深奥"思想"的著作才算充实呢？至如"举头望明月，低头思故乡"那样的小诗，似乎并没有多大内容的，又为什么向来人都承认它是美的呢？像这大串的问题，尽可以同抽丝一般愈抽愈远，又都不是三言两语回答得尽，就可见这"充实之谓美"五个字的意义，也绝不是单凭一点常识可以解释得尽了。

但是认真要把这句话解它一个彻底，那就简直要写出一部美学书来，或者至少得把历来的美学学说略叙一叙，这又都是这里的篇幅所不容许的。所以我们现在唯有采取快刀斩乱麻的办法，一面拿现代最新的美学学说做一个根据，一面拿孟子自己的话以及其他古书里跟这有关系的话，彼此参校印证起来，以期对于美学向来没有研究的人们，也可以从这句话里悟出一个关于美的明确的观念。

所谓现代最新的美学学说，是指现代英国批评家吕嘉慈教授（Professor I. A. Richards）①的学说而言。我所以不采别人，单采这人的学说，一来是因为他的学说已经成为现代西洋美学学说的权威，直到现在还没有另一个人的学说能够驾乎其上；二来因为他的学说取之于我们自己的《中庸》，最容易跟我们自己历来的见解相融洽。

吕氏学说的最重要一点，就是把向来人对于美的错误观念矫正过来。照向来人的见解，无论他是一个仅具常识的普通人，或是一个美学的学者，总都把美看成一种为美的事物所特具的品性，例如风景的美就是客观存在于那风景里的一种属性，人物的美就是那人物本身所具备的一种品德。吕氏独以为不然。他把美从客观方面移到主观方面来，以为美并不在事物身上，却在我们人自己身上；美只是我们人的一种特殊的经验，或一种特殊的心理状态。如我们看花，说花美，这"美"字所代表的是我们主观方面的情形，不是那花客观方面的本质。所以在吕氏的学说里，"美"（Beauty）这个字几乎已可废去不用，代替它的就是"美的经验"（Aesthetic Experience）这名词。关于美的观念，经过这一下地位迁移，一面是使西洋数千年来聚讼

———————

①今译理查兹，英国文学评论家、语言学家、诗人。——编者注。

不休的美学学说得到一个较可满意的解决，同时也使人类的艺术生活和其他一切方式的（如道德的、理智的、经济的等）生活发生比较密切的关系，不致独把艺术的活动幽闭在象牙之塔。吕氏学说的最大贡献就在于此。但其实，这种学说对于我们中国人的重要，倒不如对于他们西洋人的重要来得大，因为我们中国人根本不会企图建造一种美学的学说，所以根本就不会误认美是一种客观的品性。若说我们中国人也曾有过一点关于美的本质的思考，那倒是跟吕氏的学说比较相近的。

第一，从我们这个"美"字的语源上看，《说文》（四上）《羊部》说："美，甘也，从羊从大；羊在六畜主给膳也；美与善同意。"徐铉解云："羊大则美。"但是既有一个"大"字形容羊的客观的品德，为什么又要造出一个"美"字来形容呢？这就可见得"美"与"大"所代表的方面不同。羊大，吃起来才觉得美，"大"是羊的品德，"美"是吃大羊时的经验，故"美"训"甘"，而"甘"从口从一，这一条训说里当然是代表一块羊肉了。这样看来，岂不是古人造这"美"字的时候，早就明白它是我们人主观方面的一种经验了吗？

这个美的主观性，到了道家的哲学里就被特别强调起来，所以《庄子·齐物论》说："毛嫱、丽姬，人之所美也，鱼见之深入，鸟见之高飞，麋鹿见之决骤。四者孰知天下之正色哉？"而我们现在也有"情人眼里出西施"这句俗语。

后来三国时代的嵇康，做过一篇《声无哀乐论》，将这层道理开发得更是透彻。他说："夫会宾盈堂，酒酣奏琴，或忻然而欢，或惨尔而泣，非进哀于彼，导乐于此也；其音无变于昔，而欢戚并用，斯非'吹万不同'邪？夫唯无主于喜怒，亦应无主于哀乐，故欢戚俱见；若资偏固之音，含一致之声，其所发明，各当其分，则焉能兼御群理，总发众情邪？由是言之，声音以平和为体，而感物无常，心志以所俟为主，应感而发；然则声之与心，殊途异轨，不相经纬，焉能染太和于欢戚，缀虚名于哀乐哉？"嵇康的这种见解，显然是从道家传来的。至于儒家，并不把这种主观性看得很重，所以孟子说："目之于色也，有同美焉。"又说："不知子都之姣者，无目者也。"（并《告子上》）这是因为儒家要把"凡同类者，举相似也"一点做他们的教育学说和伦理学说的根据之故。但这跟我们现在的题目无关，可以无须加以详细解说。我们只消把日常文字所用的词面，如美色谓之"悦目"，美声谓之"悦耳"，美味谓之"悦口"之类，细细体味一番，也就可见吕氏的这种学说是早经我们承认的了。

所以我们其次就要问：所谓"美的经验"到底是怎样一种经验呢？它跟别种经验的区别在哪里呢？关于这，吕氏就引我们《中庸》里的两句话来回答了。《中庸》的开头就说："喜怒哀乐之未发，谓之中；发而皆中节，谓之庸。"吕氏将这"中"字译作了"Equilibrium"，"庸"字译作了"Harmony"，而以为凡是包含着"Equilibrium"的经验便是"美的经验"。

"Equilibrium"这词平常译作"平衡"，本是一个物理学的名词。凡是一种力或一种动作而有其他同量的力或动作和它对待而相消，便叫作"平衡"。比如天平，两端的重量相等，就成平衡状态了。近来几年中，方才有人把这名词搬到心理学里来，以为凡人身上有一个冲动（Impulse）起来的时候，便成不平衡的状态，必等那个冲动消止了，方才能恢复平衡。消止冲动的方式不外三种。其一是使冲动发为实际的行动，例如我们有时觉得苦闷极了，要大哭一场痛快，哭了那冲动就消止了。其二是冲动的制止（Inhibition），就是明知那冲动不便发为实际的行动，而将它硬压下去，例如在严肃的集会时压下要笑的冲动。显然，这种制止作用常要伴随着一种不快的情感，而且制止的次数太多了，或是太强烈了，很容易引起危险的反动。我们看见有些人向来循规蹈矩，到老年反而十分荒唐起来，以至于无法救治，便是平时对于冲动制止过度的结果。至于第三种消止冲动的方式，就是将同时发生的几个不同的或甚至于互相冲突的冲动用妥善的方法组织起来，而使它们成为一种平衡的状态，既无须发为实际的行动，也用不着将其中的某一部分硬加制止，却能使它们彼此和谐，各得其所。这样，就构成了"美的经验"了。因为心理的冲突便是丑恶，所以心理的平衡便是美。

这种平衡的心境，用我们平常说话里的字面描写起来，便只消用一个"安"字。我们做了一桩事，有时说自己已经"心安理得"，"心安"就是没有遗憾的意思，既然没有遗憾，就是自己的各种冲动都已在某一种组织之下得到满足了。有时我们说："我这碗饭吃得不安。"这就是说，吃饭的冲动固然已经满足，却还有和吃饭相关联的其他几种冲动（比如说自尊心之类）

被制止了得不到满足。《孟子·告子上》说："一箪食，一豆羹，得之则生，弗得则死。呼尔而与之，行道之人弗受；蹴尔而与之，乞人不屑也。"也无非为这"一箪食，一豆羹"吃了不能"安"，不能得到心境"平衡"的缘故。

在各种艺术（特别是文学）的批评文字里，也往往要用到这个"安"字。我们看见一个字定义下得不好，或是一条注解做得不好，常说"这字未安"或"于义未安"。这也就是描写我们的心境未能平衡。大凡读文学作品，如一首诗或一篇小说，我们并非单单用视觉，却是要运用全身的器官去反应的，因而在阅读的过程中，就要连续不断地发生各部分的冲动，而要求逐一满足（如读诗时一路要求着我们所期待的以下一个音节，读小说时一路要求着满足我们的好奇心）。若是有任何一个冲动未能满足，读完之后就不能得到心境的完全平衡，因而就认为那作品尚有遗憾。这些例子都足以帮助我们理解"平衡"一语的意蕴。

但是说了半天，还没有说到我们现在的题目上来，因为吕氏说的只是"心境平衡之谓美"，这跟"充实之谓美"又有什么相干呢？要回答这个问题，就须先懂得"平衡"一语的另一重要的含义。所谓"平衡"，并不是各种冲动的互相"消克"，乃是各种冲动的互相"组织"。倘使各种冲动互相消克了，那么我们的心境就要像一塘死水一般，绝不能构成美的经验。所以吕氏说："平衡状态并不就是被动、迟钝，或是过度刺激，或是互相冲突等的状态，因此，大多数人之不满于将涅槃

（Nirvana）、恍惚（Ecstasy）、升华（Sublimation）或与自然合一（Atoneness with Nature）等名称被误认为美，那是正当的。"（*The Foundation of Aesthetics*）反之，在美的经验之中，倒要把多数的冲动运用起来，而使之合一。所以吕氏又说："当我们认识到美的时候，我们所运用的冲动愈多，便愈成为我们自己。"（As we realize beauty we become more fully ourselves the more our impulses are engaged. Ibid.）将这句话改了一个方向，那就是说：我们的生活愈是充实，我们所经验到的美便愈丰富。经这一说，就已一鞭打到我们现在的题目上了。

于是我们只消问：为什么"我们所运用的冲动愈多，便愈充分地成为我们自己"呢？这也可用孟子的话来回答。《孟子·告子上》说："人之于身也，兼所爱。兼所爱，则兼所养也。无尺寸之肤不爱焉，则无尺寸之肤不养也。所以考其善不善者，岂有他哉？于己取之而已矣。"这就是说，我们人身上有五官百体，这五官百体都要求着我们去养它，便都要发生冲动，我们须要使各部分的冲动都能得到满足，不能够顾此失彼，以致有所偏枯。能够办到这样，当然浑身感到舒适了；即使有时办不到，也必须采取一种适当的组织，总期能使最大多数的冲动都来参加，而且都得到满足。吕氏的平衡说也就是这样的，所以又名"同感说"。同感就是使全身的各部分同时去反应一个刺激，而共同构成一个美的经验的意思。例如听音乐，好像只用耳官，其实当我们全神贯注进去的时候，就是我们全身的一切部分对那音调的刺激起了反应而得到平衡了的。

不过，在实际的生活中，为了生理的缺憾，或是环境的限制，如上所述的那种十全十美的境界，是我们人一生之中难得有几次碰到的，因此我们平时不得不讲求各部分的组织，不得不练习各冲动的调停。所谓人格修养就是这么一回事，所谓艺术修养也不外是这么一回事。多数人懂得这种道理，大都是头痛医头，脚痛医脚（就是穷则忙于救穷，富则劳于纵欲），而结果是一样也不能安置妥帖，以致一辈子都葬送在烦闷、冲突的心境之中，实在是再可伤心不过的事。关于这，孟子教给我们的方法是："体有贵贱，有大小。无以小害大，无以贱害贵。"（《告子上》）这就是说，当我们的各种冲动不能全部得到满足的时候，我们就须从中有个大小、贵贱的分等抉择。照孟子的意思，大的、贵的就是精神的生活，小的、贱的就是物质的生活；能够顾到大的、贵的而牺牲了小的、贱的，孟子算他是"大人"，反之便是"小人"。所以他说："饮食之人，则人贱之矣，为其养小以失大也。"又说："耳目之官不思，而蔽于物。物交物，则引之而已矣。心之官则思，思则得之，不思则不得也，此天之所与我者。先立乎其大者，则其小者弗能夺也。此为大人而已矣。"（并《告子上》）但是孟子这样区别了精神生活和物质生活的价值，还不算是他给伦理学的最大贡献，他的最大贡献在于他的主张"多官"的生活。因此，他的关于美的见解，已比孔子的更进一步了。因为在原始的时代，"美"与"善"当然不分，都属物质方面的满足（见前引《说文》"美"字训）。到了孔子手里，"美"与"善"方才分开来，但是孔子的

"美"还只是感官的满足，"善"总是纯精神的、纯道理的，因而在孔子心目中，"美"的价值不如"善"，所以"子谓《韶》尽美矣，未尽善也；谓《武》尽美矣，又尽善也"（《论语·八佾》）。孟子则发现了美的经验并不限于感官，这才把"充实之美"的价值抬高到"可欲之善"的上边去。他说乐正子只够得上说"善"，还够不上说"美"，意思大约是说乐正子不过能够循规蹈矩地做一个人，而在循规蹈矩做人的历程中，总难免有时要把自己认为不善的冲动制止住了，不敢发为实际的行为，这样，他的生活就不能完全充实了，因而就够不上说"美"了。

那么，一个人的生活怎样才能充实起来呢？孟子的回答是："人能充无欲害人之心，而仁不可胜用也；人能充无穿窬之心，而义不可胜用也；人能充无受尔汝之实，无所往而不为义也。"（《尽心下》）这也无非是他的"养吾浩然之气"的方法。但是寻常人看见这个"气"字，总要联想到空气上去，或是联想到橡皮车胎里的气或是皮球里的气上去，因而要觉得"养气"和"充实生活"是两件极不相干的事情。殊不知孟子的所谓养气，不外是增富精神的经验，所以和充实生活正是一件事。孟子教人养气的方法有两个要点：其一是教人知道气是"集义所生者，非义袭而取之也；行有不慊于心，则馁矣"（《公孙丑上》）。"集义"就是"充实"，"不慊"就是不安，不安所以要"馁"。他又说："气，体之充也。"岂不明明白白地指示我们，充实生活的方法就是养气吗？还有一个要点，就是"必有事焉而勿正"。"必有事焉"就是实际去体验，这不又是充实生活吗？懂得了充实的生活不外是养气，那么，充实的生活所以必美的道理也就不难懂得了。因为一个人在实际经验之中将这种"浩然之气"养成了之后，他就能够"弗受"、"弗屑"、"呼尔"或"蹴尔"之食，就能够"虽千万人，吾往矣"。即使退一步说，也总已能够"发愤忘食，乐以忘忧，不知老之将至"。你想一个人的生活还能有比这再美的境界吗？

不过这种"必有事焉而勿正"的养气方法，是不能够普遍适用的。因为在有些人的生活里，为了环境或职业的关系，那"所事"的范围难免要被限制得非常狭小，他们就没有很多机会可以充实自己的生活了。因此，这种"所事"范围的缺陷，必须有一种东西来弥补它，这种弥补的东西就是艺术。一个人每天清醒的时间，一部分被衣食住行四个字占据了去，其余则消磨在按部就班的做事或学习之中，所以从实际生活里可以得到美的经验的机会实在很少。唯有跨进了艺术之门，然后"清风明月不用一钱买"，要得美的经验就可以取之无穷，用之不竭。而且唯有在艺术的活动里，心境的平衡方能达到最圆满的境界，因为在真正欣赏艺术的顷刻，虽则你所运用的只是某一特殊的官能，但是那种一志凝神的心境（就是使你完全成为你自己的那种境界），是你在实际生活里无论什么地方都遇不到的。所以一个人若是希望自己的生活充实起来，至少得把一部分的时间分配给艺术的活动。

艺术活动中的美的经验和实际生活中的美的经验有一个主要差别点，就是所运用的冲动范围有广狭，因而也就是充实的程度有高低。我们吃了一顿很美的饭，虽然也可以使得浑身感到舒适，但是得到满足的主要冲动实只限于味官，而且我们平常吃饭的时候，总不会去想这顿饭应不应该去吃，或是应不应该吃得这么好，因而在当时，我们的"心之官"照例是不用的。这从美学的眼光看起来，就算不得一种充实的经验，因而也算不得一种美的经验。为了这个理由，所以真正的美的经验唯有从艺术的活动里方能得到。

　　艺术活动中的美的经验还有一个特征，就是那经验中的一切冲动都以冲动为止境，并不发为实际行动的。吕氏说："在平衡的状态中，就不会有发为实际行动的倾向。"艺术家之将美的经验具体化为艺术品，乃是另一个具体化冲动（即创作艺术）的结果，并不是那平衡作用中的一部分（这等后文再详说）。至于艺术欣赏者方面，其没有将美的经验发为实际行动的倾向，就更不待说了。一个艺术欣赏者看见一幅美人画像时，如果他是抱着真正欣赏的态度，而那画像又是一件真正的艺术品，那么他绝不会发生要与那画中美人去亲嘴的冲动。《随园诗话》（卷三）记陈楚南《题背面美人图》诗云："美人背倚玉阑杆，惆怅花容一见难。几度唤她她不转，痴心欲掉画图看。"《随园》说这首诗"妙在皆孩子语"，我却说这位诗人还不十分懂得审美的态度，因为他"欲掉画图"，便足见他的冲动还未达到完全平衡的状态。若说他之写出这首诗便是他那"欲掉画图"的冲动的一个平衡作用，那也通，但究不是美的经验中的上乘了（理由详后）。

艺术美的经验中的这种止于冲动的状态，心理学家名之为"态度"，所以美的经验也有人称为"美的态度"（Aesthetic Attitude）。懂得了这层道理，方才解得《中庸》"喜怒哀乐之未发，谓之中"那句话，而孟子说的"持其志，无暴其气"，也不难懂得它是一种美的态度了。从前宋朝人对于"已发""未发"的解释曾经打过不少笔墨官司，而终得不到一个明白的解决。我们现在得到现代心理学的帮助，想来这桩公案不难了结了。至于孟子的"无暴其气"曾被宋儒拿佛学的眼光误解作一种"制止作用"，现在也可以并案办理。

艺术活动和实际活动中的美的经验，虽然有这种种的异点，但是两者之间仍旧有很广阔的道路可以交通，并不是彼此划境封疆，老死不相往来的。唯此之故，所以孟子为一般人格修养说法的养气论，后来就被韩愈应用到艺术修养（特别是文学修养）上去了。孟子说了一句"充实之谓美"，韩愈便译作了"根之茂者其实遂，膏之沃者其光晔"（《答李翊书》）。孟子说了一句"必有事焉而勿正"，韩愈便疏作了"行之乎仁义之途，游之乎《诗》《书》之源"（同上）。这些从那一般修养搬场到艺术修养的过程中，总算都没有走样。只是孟子的"持其志，无暴其气"一句，韩愈似乎并没有十分了解，因而孟子的"气"竟被他看成了一种"刺激"，而孟子的"养气"也被他解成"打气"了！何以见得呢？你看他在《送高闲上人序》里，说那"善草书"的艺术家张旭是"不治他伎，喜怒窘穷，忧愁愉佚，怨恨思慕，酣醉无聊，不平有动于心，必于草书焉发之"。

又说："为旭有道，利害必明，无遗锱铢，情炎于中，利欲斗进，有得有丧，勃然不释，然后一决于书，而后旭可几也。"照他这么说来，岂不是一个艺术家的修养功夫就是到处去找强烈的刺激吗？他因有这样的误解，才会把一切艺术都看成了"不平之鸣"（《送孟东野序》），而艺术评价的标准也似乎就在那不平程度之高下或那刺激强度之大小了。这跟近代人认文学为"苦恼的象征"的见解倒有些相似，但跟孟子的"充实之谓美"的意义显然是不相符的，跟孟子的养气论也不相符。

韩愈的主要错误点在哪里呢？就在他误认了艺术的具体化活动为美的经验中的平衡作用。他不晓得真正艺术家的平衡作用（即美的经验的完成）是在具体化活动开始之先就得到了的，并不要等具体化活动来造成的。所以有许多美的经验并没有通过具体化，但仍不失其为美的经验。因为美的经验具有暂忽性，照例不能支持得很久，而具体化活动则竟有持续到数月或至数年之久的。那么，若说具体化活动就是美的经验的一部分，当然是不合理了。例如陶渊明的"采菊东篱下，悠然见南山"两句诗（《饮酒》之一），我们当然无从考查它是在见南山的当时作成的呢，或是事后过一些时才作成的，但是他之悟到"此中有真意"，我们却可断定它是跟见南山同时发生的事。换句话说，他之悟到此中的真意，便是他当时的美的经验中的一部分，而有了这个悟解之后，他的平衡状态就已完成了。至于他或在当时或在事后将这已经完成的美的经验具体化成一首诗，则是对于另外一个具体化冲动的平衡作用。这一个具体化冲动当然是由原来那个美的经验所引起，但是这具体化活动只能算是那个美的经验的余事，不能和那美的经验的本身混为一事的①。现在韩愈的错误，不在把见南山认为一种刺激，却在把那首诗的产生误认为那刺激的直接反应。

这样的错误发生了什么效果呢？最显著的不良效果就在他自己身上。他因误认了发泄"不平之鸣"为艺术活动的合法动机，这才不以对人发牢骚为不正当，竟会写出《三上宰相书》哀鸣乞怜的那种书信来，以致留为永远不可磨灭的污点。我们后代人读了他这样的作品，尽可以不必指摘他的人格怎样有亏，总之他还不十分明了艺术的性质是实。

至于这种错误对于一般艺术理论的影响，那是更其大了。艺术活动所以能在人类的一般活动中维持它所应得的地位，就全靠艺术的美和人格的美具有共同性之一点。所以品评艺术作品的高下，除了拿经验价值做标准之外，是再找不出一个更适切、更正当的标准来的。韩愈把艺术误认作一种"不平之鸣"，便于无形之中取消了或至少是混乱了这唯一适切正当的评价标准。这不但使艺术的发展迷失了正确的指针，并且使它本身的地位也起了摇动。

现在我们对于古代的艺术理论能够得到一点比较明白的理解，不能不感谢现代科学的赐予。只是现代科学在人类心理方

①关于这些理论，请参看拙译克罗契的《美学原论》第十五章，商务版。——原注。

面也还未能十分愉快地胜任，所以对于我们现在所研究的这种题目，还只能予以定性说明，未能加以定量分析。我们希望将来科学继续发达的结果，竟能把这种题目里面所包含的真理也分毫不爽地测验起来，那么，不但可以使艺术加十倍百倍的速度而进步，不但可以把向来弥漫在艺术理论界的乌烟瘴气一扫而空，就是人格教育的前途也一定无可限量了。

（《国文讲话概说辑》）

梁启超（1873—1929），字卓如，号任公、饮冰室主人。广东新会人。20世纪初中国新旧交替时代著名政治活动家、启蒙思想家、教育家、史学家和文学家，戊戌变法领袖之一，民国初年清华大学国学院四大导师之一。梁启超学术研究涉猎广泛，在哲学、文学、史学、经学、法学、伦理学、宗教学等领域均有建树，以史学研究成就最大，被公认为中国近代史上百科全书式的人物；其著作后被合编为《饮冰室合集》。

美术与生活

梁启超

诸君！我是不懂美术的人，本来不配在此讲演。但我虽然不懂美术，却十分感觉美术之必要。好在今日在座诸君，和我同样的门外汉谅也不少。我并不是和懂美术的人讲美术，我是专要和不懂美术的人讲美术。因为人类固然不能个个都做供给美术的"美术家"，然而不可不个个都做享用美术的"美术人"。

"美术人"这三个字是我杜撰的，谅来诸君听着很不顺耳。但我确信"美"是人类生活一个要素，或者还是各种要素中之最要者。倘若在生活全内容中把"美"的成分抽出，恐怕便活得不自在甚至活不成！中国向来非不讲美术，而且还有很好的美术，但据多数人见解，总以为美术是一种奢侈品，从不肯和布帛、菽粟一样看待，认为生活必需品之一，我觉得中国人生活之不能向上，大半由此。所以今日要标"美术与生活"这题特和诸君商榷一回。

问人类生活于什么？我便一点不迟疑答道："生活于趣味。"这句话虽然不敢说把生活全内容包举无遗，最少也算把生活根芽道出。人若活得无趣，恐怕不活着还好些，而且勉强活也活不下去。人怎样会活得无趣呢？第一种，我叫它作石缝的生活：挤得紧紧的，没有丝毫开拓余地；又好像披枷带锁，永远走不出监牢一步。第二种，我叫它作沙漠的生活：干透了没有一毫润泽，板死了没有一毫变化；又好像蜡人一般没有一点血色，又好像一株枯树，庾子山①说的"此树婆娑，生意尽矣"。这种生活是否还能叫作生活，实属一个问题。所以我虽不敢说趣味便是生活，然而敢说没趣便不成生活。

趣味之必要既已如此，然而趣味之源泉在哪里呢？依我看有三种：

第一，对境之赏会与复现：人类任操何种卑下职业，任处何种烦劳境界，要知总有机会和自然之美相接触——所谓水流花放，云卷月明，美景良辰，赏心乐事。只要你在一刹那间领略出来，可以把一天的疲劳忽然恢复，把多少时的烦恼丢在九霄云外。倘若能把这些影像印在脑里头令它不时复现，每复现一回，亦可以发生与初次领略时同等或仅较差的效用。人类想在这种尘劳世界中得有趣味，这便是一条路。

---

①即庾信（513—581），字子山，南北朝时期大文学家。——编者注。

第二，心态之抽出与印契：人类心理，凡遇着快乐的事，把快乐状态归拢一想，越想便越有味；或别人替我指点出来，我的快乐程度也增加。凡遇着苦痛的事，把苦痛倾筐倒箧吐露出来，或别人能够看出我苦痛替我说出，我的苦痛程度反会减少。不唯如此，看出、说出别人的快乐，也增加我的快乐；替别人看出、说出苦痛，也减少我的苦痛。这种道理，因为各人的心都有个微妙的所在，只要搔着痒处，便把微妙之门打开了。那种愉快，真是得未曾有，所以俗话叫作"开心"。我们要求趣味，这又是一条路。

第三，他界之冥构与蓦进：对于现在环境不满，是人类普遍心理，其所以能进化者亦在此。就令没有什么不满，然而在同一环境之下生活久了，自然也会生厌。不满尽管不满，生厌尽管生厌，然而脱离不掉它，这便是苦恼根源。然则怎么救济呢？肉体上的生活，虽然被现实的环境捆死了；精神上的生活，即常常对于环境宣告独立。或想到将来希望如何如何，或想到另一个世界，例如文学家的桃源、哲学家的乌托邦、宗教家的天堂净土如何如何，忽然间超越现实界闯入理想界去，便是那人的自由天地。我们欲求趣味，这又是一条路。

这三种趣味，无论何人都会发动的。但因各人感觉机关用得熟与不熟，以及外界帮助引起的机会有无多少，于是趣味享用之程度生出无量差别。感觉器官敏则趣味增，感觉器官钝则趣味减；诱发机缘多则趣味强，诱发机缘少则趣味弱。专从事诱发以刺激各人器官不使钝的有三种利器：一是文学，二是音乐，三是美术。

今专从美术讲。美术中最主要的一派，是描写自然之美，常常把我们所曾经赏会或像是曾经赏会的都复现出来。我们过去赏会的影子印在脑中，因时间之经过渐渐淡下去，终必有不能复现之一日，趣味也跟着消灭了。一幅名画在此，看一回便复现一回，这画存在，我的趣味便永远存在。不唯如此，还有许多我们从前不注意赏会不出的，它都写出来指导我们赏会的路。我们多看几次，便懂得赏会方法，往后碰着种种美境，我们也增加许多赏会资料了，这是美术给我们趣味的第一件。

美术中有刻画心态的一派，把人的心理看穿了，喜怒哀乐都活跃在纸上。本来是日常习见的事，但因它写得惟妙惟肖，便不知不觉间把我们的心弦拨动，我快乐时看它便增加快乐，我苦痛时看它便减少苦痛，这是美术给我们趣味的第二件。

美术中有不写实境、实态而纯凭理想构造成的。有时我们想构一境，自觉模糊断续不能构成，被它都替我表现了，而且它所构的境界种种色色有许多为我们所万想不到；而且它所构的境界优美、高尚，能把我们卑下、平凡的境界压下去。它有魔力，能引我们跟着它走，闯进它所到之地。我们看它的作品时，便和它同住一个超越的自由天地，这是美术给我们趣味的第三件。

要而论之，审美本能，是我们人人都有的。但感觉器官不常用或不会用，久而久之麻木了。一个人麻木，那人便成了没趣的人；一民族麻木，那民族便成了没趣的民族。美术的功用，在把这种麻木状态恢复过来，令没趣变为有趣。换句话说，是把那渐渐坏掉了的爱美胃口替它复原，令它常常吸收趣味的营养，以维持、增进自己的生活健康。明白这种道理，便知美术这样东西在人类文化系统上该占何等位置了。

以上是专就一般人说的。若就美术家自身说，他们的趣味生活自然更与众不同了。他们的美感，比我们锐敏若干倍，正如《牡丹亭》说的："我常一生儿爱好是天然。"我们领略不着的趣味，他们都能领略。领略够了，终把些唾余分赠我们。分赠了我们，他们自己并没有一毫破费，正如老子说的："既以为人己愈有；既以与人己愈多。"假使"人生生活于趣味"这句话不错，他们的生活真是理想生活了。

今日的中国，一方面要多出些供给美术的美术家，一方面要普及养成享用美术的美术人。这两件事都是美术专门学校的责任。然而该怎样督促、赞助美术专门学校，叫它完成这责任，又是教育界乃至一般市民的责任。我希望海内美术大家和我们不懂美术的门外汉各尽责任做去。

（十二年八月十三日在上海美术学校讲演）

梁启超（1873—1929），字卓如，号任公、饮冰室主人。广东新会人。20世纪初中国新旧交替时代著名政治活动家、启蒙思想家、教育家、史学家和文学家，戊戌变法领袖之一，民国初年清华大学国学院四大导师之一。梁启超学术研究涉猎广泛，在哲学、文学、史学、经学、法学、伦理学、宗教学等领域均有建树，以史学研究成就最大，被公认为中国近代史上百科全书式的人物；其著作后被合编为《饮冰室合集》。

美术与科学

梁启超

　　稍为读过西洋史的人，都知道现代西洋文化是从文艺复兴时代演进而来。现代文化根底在哪里？不用我说，大家当然都知道是科学。然而文艺复兴主要的任务和最大的贡献，却是在美术。从表面看来，美术是情感的产物，科学是理性的产物，两件事很像不相容，为什么这位暖和的阿特①先生，会养出一位冷冰冰的赛因士②儿子？其间因果关系，研究起来很有兴味。

　　美术所以能产生科学，全从"真美合一"的观念发生出来，他们觉得真即是美，又觉得真才是美，所以求美先从求真入手。

---

①阿特即艺术（Art）。——编者注。
②赛因士即科学（Science）。——编者注。

文艺复兴的太祖高皇帝雷安那德·达温奇①——就是画最有名的《耶稣晚餐图》②那个人，谅来诸君都知道了，达温奇有几件故事，很有趣而且有价值。当时意大利某村乡新发现希腊人雕刻的一尊温尼士③女神裸体像，举国若狂地心醉其美，不久被基督教徒说是魔鬼，把它涂了脸凿了眼睛断了手脚丢在海里去了。达温奇和他几位同志悄悄地到处发掘，又掘着第二尊。有一晚，他们关起大门在那里赏玩他们的新发现品，被基督教徒侦探着，一大群人气势汹汹地破门而入，入进去看见达温奇干什么呢，他拿一根软条的尺子在那里量那石像的尺寸部位，一双眼对着那石像出神，简直像没有看见众人一般，把众人倒愣了。当时在场的人，有一位古典派美术家老辈梅尔拉，不以达温奇的举动为然，告诉他道："美不是从计算产生出来的呀！"达温奇要理不理地，许久才答道："不错，但我非知道我所要知的事情不肯干休。"有一回傍晚的时候，天气十分惨淡，有一位年高望重的天主教神父当众讲演，说："世界末日快到了！基督立刻来审判我们了！赶紧忏悔啊！赶紧归依啊！"说得肉飞神动，满场听众受了刺激，哭咧，叫咧，打嗦咧，磕头咧，闹得一团糟。达温奇有位高足弟子也在场，也被群众情感的浪卷去，觉得自己跟着这位魔鬼先生学，真是罪人，也叫起"耶稣救命"来。猛回头看见他先生却也在那边，在那边干什么呢？左手拿块画板，

---

①今译列奥纳多·达·芬奇。——编者注。

②今译《最后的晚餐》。——编者注。

③今译维纳斯。——编者注。

右手拿管笔，一双眼盯在那位老而且丑的神父脸上，正在画他呢！这两件故事，诸君听着好玩吗？诸君啊！不要单作好玩看待，须知这便是美术和科学交通的一条秘密隧道。诸君以为达温奇是一位美术家吗？不不！他还是一位大科学家。近代的生物学是他筚路蓝缕地开辟出来。倘若生物学家有道统图，要推他当先圣周公，达尔文不过先师孔子罢了。他又会造飞机，又会造铁甲车船，现有他自己给米兰公爵的书信为证。诸君啊！你想当美术家吗？你想知道惊天动地的美术品怎样出来吗？请看达温奇。

我说了半天，还没有说到美术、科学相沟通的本题，现在请亮开来说吧。密斯忒阿特、密斯忒赛因士，他们哥俩儿有一位共同的娘，娘什么名字？叫作密斯士奈渣①，翻成中国话，叫作"自然夫人"。问美术的关键在哪里？限我只准拿一句话回答，我便毫不踌躇地答道："观察自然。"问科学的关键在哪里？限我只准拿一句话回答，我也毫不踌躇地答道："观察自然。"向来我们人类，虽然和"自然"耳鬓厮磨，但总是"鱼相忘于江湖"的样子，一直到文艺复兴以后，才算把这位积年老伙计认识了。认识以后，便一口咬住，不肯放松，硬要在他身上还出我们下半世的荣华快乐。哈哈，果然他老人家葫芦里法宝被我们搜出来了！一件是美术，一件是科学。

认识自然不是容易的事，第一件要你肯观察，第二件还要

---

①即 Nature 的音译。——编者注。

你会观察。粗心固然观察不出，不能说仔细便观察得出。笨伯固然观察不出，越聪明有时越发观察不出。观察的条件，头一桩，是要对于所观察的对象有十二分兴味，用全副精神注在它上头，像《庄子》讲的承蜩丈人"虽天地之大，万物之多，而唯吾蜩翼之知"。第二桩要取纯客观的态度，不许有丝毫主观的僻见掺在里头，若有一点，所观察的便会走了样子了。达温奇还有一幅名画叫作《莫那利沙》①，莫那利沙，就是达温奇爱恋的美人。相传画那一点微笑，画了四年，他自己说，虽然他恋爱极热，始终却是拿极冷酷的客观态度去画她。要而言之，热心和冷脑相结合是创造第一流艺术品的主要条件。换个方面看来，岂不又是科学成立的主要条件吗？

真正的艺术作品，最要紧的是描写出事物的特性，然而特性各各不同，非经一番分析的观察功夫不可。莫泊三②的先生教他作文，叫他看十个车夫，作十篇文来写他，每篇限一百字。《晚餐图》③里头的基督，何以确是基督，不是基督的门徒；十二门徒中，何以彼得确是彼得，不是约翰；约翰确是约翰，不是犹大；犹大确是犹大，不是非卖主的余人？这种本领，全在同中观异，从寻常人不会注意的地方找出各人情感的特色。这种分析精神，不又是科学成立的主要成分吗？

美术家的观察不但以周遍、精密能事，最重要的是深刻。

---

①今译《蒙娜丽莎》。——编者注。
②今译莫泊桑（1850—1893），法国批判现实主义作家。——编者注。
③即前文所说的《耶稣晚餐图》。——编者注。

苏东坡述文与可①论画竹的方法，说道："画竹必先得成竹于胸中，执笔熟视，乃见其所欲画者，急起从之，振笔直遂，以追其所见，如兔起鹘落，少纵则逝矣。"这几句话，实能说出美术的密钥。美术家雕画一种事物，总要在未动工以前，先把那件事物的整个实在体完全摄取，一攫攫住它的生命，雯时间和我的生命合而为一。这种境界很含有神秘性。虽然可以说是在理性范围以外，然而非用锐入的观察法一直透入深处，也断断不能得这种境界。这种锐入观察法，也是促进科学的一种助力。

美术的任务，自然是在表情，但表情技能的应用，须有规律的组织，令各部分互相照应。相传五代时蜀主孟昶，藏一幅吴道子画钟馗的画，左手捉一个鬼，用右手第二指挖那鬼的眼睛。孟昶拿来给当时大画家黄筌看，说道："若用拇指，似更有力。"请黄筌改正它。黄筌把画带回家去，废寝忘餐地看了几日，到底另画一本进呈。孟昶问他为什么不改，黄筌答道："道子所画，一身气力色貌，都在第二指，不在拇指，若把它改，便不成一件东西了，我这别本，一身气力，却都在拇指。"吴、黄两幅画可惜现在都失传，不能拿来比勘，但黄筌这番话真是精到之极。我们看欧洲的名画名雕，也常常领略得一二。试想，画一个人，何以能全身气力都赶到一个指头上？何以内行的人一看便看得出来？那其他部分的配置照应，当然有很严正的理法藏在里头，非有极明晰、极致密的科学头脑恐怕画也画不成，

---

①文同（1018—1079），字与可，北宋著名画家、诗人。——编者注。

看也看不到，这又是美术和科学不能分离的证据。

现在国内有志学问的人都知道科学之重要，不能不说是学界极好的新气象，但还有一种误解应该匡正。一般人总以为研究科学，必要先有一个极大的化验室，各种仪器具备，才能着手。化验室仪器为研究科学最便利的工具，自无待言，但以为这种设备没有完成以前，就绝对地不能研究科学，那可大错了。须知仪器是科学的产物，科学不是仪器的产物，若说没有仪器便没有科学，试想欧洲没有仪器以前，科学怎么会跳出来？即如达温奇的时代，可有什么仪器呀？何以他能成为科学家不祧之祖？须知科学最大能事，不外善用你的五官和脑筋；五官和脑筋，便是最复杂、最灵妙的仪器。老实说一句，科学根本精神，全在养成观察力。养成观察力的法门虽然很多，我想，没有比美术再直捷了。因为美术家所以成功，全在观察"自然之美"，怎样才能看得出自然之美，最要紧是观察"自然之真"，能观察自然之真，不唯美术出来，连科学也出来了。所以美术可以算得科学的全锁匙。

我对于美术、科学都是门外汉，论理很不该饶舌，但我从历史上看来，觉得这两桩事确有相得益彰的作用。贵校是唯一的国立美术学校，它的任务，不但在养成校内一时的美术人才，还要把美育的基础筑造得巩固，把美育的效率发挥得加大。校中职教员学生诸君，既负此绝大责任，那么，目前的修养和将来的传述都要从远者大者着想。我希望诸君，常常提起精神，把自己的观察力养得十分致密、十分猛利、十分深刻，并把自己体验得来的观察方法传与其他人，令一般人都能领会，都能应用。孟子说："能与人规矩，不能使人巧。"遵用好的方法，能否便成一位大艺术家，这是属于"巧"的方面，要看各人的天才。就美术教育的任务说，最要紧是给被教育的人一个"规矩"。像中国旧话说的"可以意会，不可以言传"，那么，任凭各人乱碰上去也罢了，何必立这学校？若是拿几幅标本画临摹临摹，便算毕业，那么，一个画匠优为之，又何必借国家之力呢？我想国立美术学校的精神旨趣，当然不是如此，是要替美术界开辟出一条可以人人共由之路，而且令美术和别的学问可以相沟通、相浚发。我希望中国将来有"科学化的美术"，有"美术化的科学"，我这种希望的实现就靠贵校诸君。

（十一年四月十五日在北京美术学校讲演）

蔡元培（1868—1940），字鹤卿。浙江绍兴人。20世纪中国杰出的教育家、思想家和民主主义革命家。1901年出任中国教育会会长。1908年赴德留学，1911年回国。1912年出任中华民国首任教育总长，同年7月辞职，9月旅居德国，1916年冬回国，出任北京大学校长。1928年起任中央研究院首任院长。蔡元培先生毕生倡导教育救国、学术救国和科学救国，推动中国的思想启蒙和文化复兴。

美术的起源

蔡元培

美术有狭义的、广义的。狭义的，是专指建筑、造像（雕刻）、图画与工艺美术（包装饰品等）等。广义的，是于上列各种美术外，又包含文学、音乐、舞蹈等。西洋人著的美术史，用狭义；美学或美术学，用广义。现在所讲的也用广义。

美术的分类，各家不同，今用 Fechner 与 Grosse 等说，分作动静两类：静的是空间的关系，动的是时间的关系。静的美术，普通也用图像、美术的名词做范围。它的托始，是一种装饰品。最早的在身体上；其次在用具上，就是图案；又其次乃有独立的图像，就是造像与绘画。由静的美术过渡到动的美术，是舞蹈，可算是活的图像。在低级民族，舞蹈时候都有唱歌与器乐，我们就不免联想到诗韵与音乐。舞蹈、诗歌、音乐都是动的美术。

我们要考求这些美术的起源，从哪里下手呢？照进化学的结论，人类是从他种动物进化的，我们一定要考究动物是否有创造美术的能力。我们知道，植物有美丽的花，可以引诱虫类，助它播种。我们知道，动物界有雌雄淘汰的公例：雄的动物往往有特别美丽的羽毛，可以诱导雌的，才能传种。动物已有美感，是无可疑的。但是这些动物果有自己制造美术的能力吗？有些美术学家说美术的冲动起于游戏的冲动。动物有游戏冲动，可以公认。但是说到美术上的创造力，却与游戏不同。动物果有创造力吗？有多数能歌的鸟，如黄莺等，很可以比我们的音乐。中国古书，如《吕氏春秋》等，还说"伶伦取竹制十二筒，听凤凰之鸣，以别十二律"云云，似乎音乐与歌鸟很有关系，但它们是否有意识地歌？无从证明。图像美术里面，造像绘画是动物界绝对没有的，唯有造巢的能力很可以与我们的建筑术竞胜。近来如 I. Rennie 著的 *Die Baukumst der Tiere*，如 T. Harting 著的 *De Bouwkunstder Dieren*，如 I. G. Wood 著的 *Homes Without Hands*，如 L. Buchner 著的 *Aus dem Geistesleben der Tiere*，如 G. Romanes 著的 *Animal Intelligence*，都对于动物造巢的技术有很多记述。就中最特别的，如蜜蜂的造巢，多数六角形小舍，合成圆穹形。蚁的垤，造成三十层到四十层的楼房，每层用十寸多长的支柱支起来；大厅的顶，于中央构成螺旋式，用十字式木材撑住。非洲的白蚁，有垤上构塔，高至五六迈当①的，垤

_____

①"迈当"为公制长度单位"米"的旧译。——编者注。

内分作堂、室、甬道等。美洲有一种海狸，在水滨造巢，两方入口都深入严冬不冻的水际；要巢旁的水保持常度，掘一小池泄过量的水，并设有水门与沟渠。印度与南非都有一种织鸟，它们的巢是用木茎织成的。有一种缝鸟用植物的纤维，或偶然拾得人类所弃的线，缝大叶作巢，线的首尾都打一个结。在东印度与意大利都有一种缝鸟，所用的线是采了棉花，用喙纺成的。澳洲的叶鸟（造巢如叶）在住所以外另设一个舞蹈厅，地基与各面都用树枝交互织成，为免内面的不平坦，把那两端相交的叉形都向着外面；又搜集了许多陈列品，都是选那色彩鲜明的，如别的鸟类的毛羽，人用布帛的零片，闪光的小石与螺壳，或用树枝分架起来，或散布在入口的地面。这些都不能不认为是一种技术。但严格地考核起来，造巢的本能恐还是生存上需要的条件。就是平齐、圆穹等，虽很合美的形式，未必不是为便于出入回旋起见。要是动物果有创造美术的能力，必能一代一代地进步。今既绝对不然，所以说到美术，不能不说是人类独占的了。

考求人类最早的美术，从两方面着手：一是古代未开化民族所造的，是古物学的材料；二是现代未开化民族所造的，是人类学的材料。人类学所得的材料，包动、静两类。古物学是偏于静的，且往往有脱节处，不是借助人类学，不容易了解。所以考求美术的原始，要用现代未开化民族的作品做主要材料。

现代未开化的民族，除欧洲外，各洲都还有。在亚洲有

Andamanen 群岛的 Mincopie 人，锡兰东部的 Veddha 人与西伯利亚北部的 Tohuktschen 人。在非洲有 Kalahari 的 Buschmanner 人。在美洲，北有 Arkisch 的 Eskimo 人，Aleuten 的土人；南有 Feuerlander 群岛的土人，Brasilien 的 Botokuden 人。在澳洲有各地的土人，都是给我们供给材料的。

现在讲初民的美术，从静的美术讲起，先讲装饰。

从前达尔文遇着一个 Feuerlander 人，送他一方红布，看他做什么用。他并不制衣服，把这布撕成细条儿，送给同族，做身上的装饰。后来遇着澳洲土人，试试他，也是这个样子。除了 Eskimo 人，非衣服不能御寒外，其余初民，大抵看装饰比衣服要紧得多。

装饰可分固着的、活动的两种：固着的，是身上刻文及穿耳、镶唇等；活动的，是巾、带、环、镯等。活动的装饰里面，最简单的，是画身。这又与几种固着的装饰有关系，恐是最早的装饰。

除了 Eskimo 人非全身盖护不能御寒外，其余未开化民族，没有不画身的。澳洲土人旅行时，携一个袋鼠皮的行囊，里面必有红、黄、白三种颜料，每日必要在面部、肩部、胸部点几点。最特殊的，是 Botokuden 人：有时除面部、臂部、胫部外，全身涂成黑色，用红色画一条界线在边上。或自顶至踵，平分左右：一半画黑色，一半不画。其余各民族画身的习惯大略如下：

画上去的颜色，有红、黄、白、黑四种，红、黄最多。

所画的花样，是点、直线、曲线、十字、交叉纹等，眼边多用白色画圆圈。

所画的部位，是在额、面、项、肩、背、胸、四肢等或全身。

画的时期，除前述澳洲土人每日略画外，童子成丁庆典、舞蹈会、丧期均特别注意，如文明人着礼服的样子。也有在死人身上画的。

现在妇女用脂粉，外国马戏的小丑抹脸，中国唱戏的讲究脸谱，怕都是野蛮人画身的习惯遗传下来的。

他们为了画的容易脱去，所以又有瘢痕与雕纹两种。暗色的澳洲土人与 Mincopie 人是专用瘢痕的。黄色的 Buschmanner 人、古铜色的 Eskimo 人是专用雕纹的。

瘢痕是用火石、蚌壳，或最古的刀类，在皮肤上或肉际割破，等它收口了，用一种灰白色颜料涂上去。有几处土人，要瘢痕大一点，就从新创时起，时时把颜料填上去，或用一种植物的质①渗进去。

瘢痕的式样，是点、直线、曲线、马蹄形、半月形等。

所在的地位，是面、胸、背、臂、股等。

时期：澳人自童子成丁的节日割起，随年岁加增。Mincopie 人自八岁起，十六岁或十八岁就完了。

雕纹是在雕过的部位，用一种研碎的颜料渗上去，也有用

---

①"质"，原文如此，似应为"汁"。——编者注。

烟煤或火药的。经一次发炎，等痊愈了，就现出永不褪的深蓝色。

雕纹的花样，在 Buschmanner 人还简单，不过刻几条短的直线。Eskimo 人的就复杂了：有曲线，有交叉纹；或用多数平行线做扇面式；或做平行线与平列点，并在其间做屈面线，或多数正方形。

所雕的部位，是在面、肩、胸、腰、臂、胫等。

雕纹的流行，比瘢痕广而且久。《礼记·王制》篇："东方曰夷，被发文身……南方曰蛮，雕题交趾。"《疏》说："题，额也。"谓以丹青雕题其额，一是当时东南两方的蛮人，都有雕纹的习惯。又《史记·吴太伯世家》："太伯、仲雍二人，乃犇荆蛮，文身断发。"应劭说："常在水中，故断其发，文其身，以象龙子，故不见伤害也。"墨子说："勾践剪发文身，以治其国。"庄子说："宋人资章甫而适诸越，越人断发文身，无所用之。"似乎自商季至周季，越人总是有雕纹的。《水浒传》里的史进，身上绣成九条龙。到宋元时代还有用雕纹的。听说日本人至今还有。欧洲充水手的人，也有臂上雕纹的。我于 1908 年在德国 Leipzlg 的年市场，见两个德国女子，用身上雕纹售票纵观，我还藏着她们两人的摄影片。可见这种装饰，文明民族里面也还不免呢。

Botokuden 人没有瘢痕，也没有雕纹，却有一种性质相近的固着装饰，就是唇耳上的木塞子，这就叫作 Botopue，怕就是他们族名的缘起。他们小孩子七八岁，就在下唇与耳端穿一个扣

状的孔，镶了软木的圆片。过多少时，渐渐儿扩大，直到直径
四寸为止。就是有瘢痕或雕纹的民族，也有这一类的装饰，如
Buschmanner 人的唇下镶木片，或象牙，或蛤壳，或石块；澳人
鼻端穿小棍或环子；Eskimo 人耳端挂环子。耳环的装饰一直到
文明社会也还不免。

从固定的装饰过渡到活动的，是发饰。各民族有剪去一部
分的；有编成辫子，用象牙环、古铜环束起来的；有编成发束，
用兔尾、鸟羽或金属扣做饰的；有用赭石和了油或用蜡涂上，
堆成饼状的。现在满洲人的垂辫，全世界女子的梳髻，都是初
民发饰的遗传。

头上活动的装饰，是头巾。凡是游猎民族，除 Eskimo 人外，
没有不裹头巾的，最简单的用 Pandance 的叶卷成。别种或用皮
条，或用袋鼠毛、植物纤维编成；或用鸵鸟羽、鹰羽、七弦琴
尾鸟羽、熊耳毛束成；或用新鲜的木料，刻作鸟羽形戴起来；
或用绳子穿黑的浆果与白的猴牙相间；或用草带缀一个鸵鸟蛋
的壳，又插上鸟羽；或用袋鼠牙两小串，分挂两额；或用麻缕
编成网式的头巾，又从左耳至右耳，插上黄色或白色鹦鹉羽编
成的扇；且有头上戴一只鹭鸟或一只乌鸦的。各种民族的冠巾
与现今欧美妇女冠上的鸟羽或鸟的外廓，都是从初民的头巾演
成的。

其次颈饰：有木叶卷成的，或海狗皮切成的带子；有用植
物纤维织成的，或兽毛织成的绳子，绳子上串的是 Mangrove 树
的子、红珊瑚、螺壳、玳瑁、鸟羽、兽骨、兽牙等，也有用人

指骨的。满洲人所用的朝珠与欧美妇女所用的头饰都是这一类。

其次腰饰：也有带子，用树叶、兽皮制成的；或是绳子，用植物纤维或人发编成的。绳子上往往系有腰褂，有用树叶编成的；有用鸵鸟羽，或蝙蝠毛，或松鼠毛束成的；有用短丝一排的；有用羚羊皮碎条一排，并缀上珠子或卵壳的。吾国周时有大带、素带等，唐以后且有金带、银带、玉带等，现今军服也用革带，都起于初民的带子。又古人解说市字（即韍字），说人类先知蔽前，后知蔽后，似是起于羞耻的意识。但观未开化民族所用的腰褂，多用碎条，并没有遮蔽的作用，且澳洲男女合组的舞蹈会，未婚的女子有腰褂，已婚的不用。遇着一种不纯洁的会，妇人也系鸟羽编成的腰褂。有许多旅行家，说此等饰物实因平日裸体，恬不为怪，正借饰物为刺激，与羞耻意识的说明恰相反。

至于四肢的装饰，是在臂上、胫上系着与颈饰同样的带子或绳子，后来稍稍进化一点的民族才戴镯子。

上头所说的颈饰、腰饰等，Eskimo 人都是没有的。他们的装饰品是衣服：有裘；有衣缝上缀着的皮条、兽牙、骨类、金类制成的珠子，古铜的小钟。男子有一种上衣，在后面特别加长，很像兽尾。

综观初民身上的装饰，他们最认为有价值的，就是光彩。所以 Feuerlander 人见了玻片，就拿去做颈饰。Buschmanner 人得了铜铁的环，算是幸福。他们没有工艺，得不到文明民族最光彩的装饰品。但是自然界有许多供给，如海滩上的螺壳，林木上的果实与枝茎，动物的毛羽与齿牙，他们也很满足了。

他们所用的颜色，第一是红。歌德曾说，红色为最能激动感情，所以初民很喜欢它。就是中国人古代尚绯衣，清朝尊红顶，也是这个缘故。其次是黄，又其次是白、黑，大约冷色是很少选用。只有 Eskimo 人的唇钮用绿色宝石，是很难得的。他们选用颜色与肤色很有关系。肤色黑暗的，喜用鲜明的色，所以澳人与 Mincopie 人用白色画身，澳人又用袋鼠白牙做颈饰。肤色鲜明的，喜用黑暗之色，所以 Feuerlander 人用黑色画身，Buschmanner 人用暗色珠子做饰品。

用鸟羽做饰品，不但取它的光彩与颜色，又取它的形式。因为它在静止的时候，仍有流动的感态，自原人时代直到现在的文明社会，永远占着饰品的资格。其次螺壳，因为它的自然形式很像用精细人工制成的，所以初民很喜欢它。但在文明社会，只做陈列的加饰了。

初民的饰品都是自然界供给的，因为他们还没有制造美术品的能力，但是他们已不是纯任自然，他们也根据美的观念，加过一番功夫。他们把毛皮切成条子，把兽牙、木果等排成串子，把鸟羽编成束子或扇形，结在头上，都含有美术的条件，就是均齐与节奏。第一条件，是从官肢的性质上来的。第二条件，是从饰品的性质上得来的。因为人的官肢是左右均齐的，所以遇着饰品，也爱均齐。要是例外的不均齐，就觉得可笑或可惊了。身上的瘢痕与雕纹，偶有不均齐的，这不是他们不爱均齐，是他们美术思想最幼稚的时代，还没有见到均齐的美处。

节奏也不是开始就见到的，是他们把兽牙或螺壳等在一条绳子上串起来，渐渐儿看出节奏的关系了。Botokuden 人用黑的浆果与白的兽牙相间地串上，就是表示节奏的美丽。不过这还是两种原质的更换。别种兽牙与螺壳的排列法，或利用质料的差别，或利用颜色与大小的差别，也有很复杂的。

身上刻画的花纹，与颈饰、腰饰上兽牙、螺壳的排列法都是图案一类，但都是附属在身上的。到他们的心量渐广，美的观念寄托在身外的物品，才有器具上的图案。

他们有图案的器具，是盾、棍、刀、枪、弓、投射器、舟、橹、陶器、桶柄、箭袋、针袋等。

图案有用红、黄、白、黑、棕、蓝等颜料画的，有刻出的。

图案的花样，是点、直线、曲屈线、波纹线、十字、交叉线、三角形、方形、斜方形、卐字纹、圆形，或圆形中加点等，也有写蝙蝠、蜥蜴、蛇、鱼、鹿、海豹等全形的。写动物全形，自是模拟自然。就是形学式的图案，也是用自然物或工艺品做模范。譬如，十字是一种蜥蜴的花纹；梳形是一种蜂巢的凸纹；曲屈线相连，中狭旁广的，是一种蝙蝠的花纹；双层曲屈线，中有直线的，是蝮蛇的花纹；双钩卐字，是 Cassinauhe 蛇的花纹；浪纹参黑点的，是 Anaoonda 蛇的花纹；菱形参填黑的四角形的，是 Lagunen 鱼的花纹。其余可以类推。因为他们所模拟的是动物的一部分，所以不容易推求。至于所模拟的工艺品，是编物：最简单的陶器，勒出平形线、斜方线，都像编纹，有时在长枪上模拟草蓝的花纹，在盾上、棍上模拟带纹、结纹。也有人说，陶器上的花纹，是怕它过于光滑，不易把持，所以刻上的。又有联想的关系，因陶器的发明在编物以后，所以瓶、釜一类，用筐蓝做模范。军器的锋刃，最早是用绳或带系缚在柄上；后来有胶法、嵌法了，但是绳带的联想仍在，所以画起来或刻起来了。Freiburg 的博物院中有两条澳人的枪，它们的锋，一是用绳缚住的，一是用树胶黏住的。但是黏住的一条也画上绳的样子，与那一条很相像。这就是联想作用的证据。但不论为把持的便利，或为联想的关系，它们既然刻画得很精致，那就是美术的作用。

初民的图案，又很容易与几种实用的记号相混：如文字，如所有权标志，如家族徽章，如宗教上或魔术上的符号，都是。但是排列得很匀称的，就不见得是文字与标志。描画得详细，不是单有轮廓的，就不见得是符号。不是一家族的在一种器具上同有的，就不见得是徽章。又参考他们土人的说明，自然容易辨别了。

图案上美的条件，第一是节奏，单个的是用一种花样重复了若干次，复杂的是用两种以上的花样重复了若干次，就是文明民族的图案也是这样。第二是均齐。初民的图案均齐的固然很多，不均齐的也很不少。例如澳人的三个狭盾，一个是在双弧线中间填曲屈线，左右同数，是均齐的。他一个，是两方均用双钩的曲屈线，但一端三数，一端四数。又一个，是两方均用丫纹，但一方二数，一方三数。为什么两方不同数？因为有一种动物的体妆是这样，他们纯粹是模拟主义，所以不求均齐了。

图案的取材全是人与动物，没有兼及植物，因为游猎民族用猎得的动物做经济上的主要品。他们妇女虽亦捃拾植物，但作为副品，并不十分注意，所以刻画的时候竟没有想到。

图案里面，有描出动物全体的，这就是图案的发端。Eskimo人骨制的箭袋，竟雕成鹿形。又有两个针袋，一个是鱼形，又一个是海豹形。这就是造像的发端。

造像术是寒带的民族擅长一点儿。如Hyperbora人有骨制的人形、鱼形、海狗形等，Aleuten人有鱼形、狐形等，Eskimo人有海狗形等，都雕得颇精工，不是别种游猎民族所有的。

图画是各民族都很发达，但寒带的人是刻在海象牙上，或用油调了红的黏土、黑的煤，画在海象皮上。所画的除物形外，多是人生的状况，如雪舍、皮幕、行皮船，乘狗橇，用权猎熊与海象等。据Hildebrand氏说，Tuhuktschen人曾画月球里的人，因为他们画了一个戴厚帽的人，在一个圆圈的中心点。

别种游猎民族，如澳人，Buschmanner人，都有摩崖的大幅。在鲜明的岩石上，就用各种颜色画上；在黑暗的岩壁上，先用坚石划纹，再填上鲜明的颜色。也有先用一种颜色填了底，再用别种颜色画上去的。澳人有在木制屋顶上涂上烟煤，再用指甲作画的，又有在木制墓碑上刻出图像的。

澳人用的颜色，以红、黄、白三种为主。黑的用木炭，蓝的不知出于何等材料。调色用油，画好了，又用树胶涂上，叫它不褪。Buschmanner人多用红、黄、棕、黑等色，间用绿色，调色用油或血。

图画的内容，动物形象最多，如袋鼠、象、犀、麒麟、水牛、各种羚羊、鬣狗、马猿猴、鸵鸟、吐级鸡①、蛇、鱼、蟹、蜥蜴、甲虫等。也画人生状况，如猎兽、刺鱼、逐鸵鸟及舞蹈会等。间亦画树，并画屋、船等。

澳人的图画最特别的是西北方上 Glenelg 山洞里面的人物画。第一洞中，在斜面黑壁上用白色画一个人的上半截。头上有帽，带着红色的短线。面上画的眼鼻很清楚，其余都缺了。口是澳人从来不画的。面白，眼圈黑，又用红线、黄线描他的外廓。两只垂下的手，画出指形。身上有许多细纹，或者是瘢痕，或是皮衣。在他的右边，又画了四个女子，都注视这个人。头上都带着深蓝色的首饰，有两个带发束。第二洞中，有一个侧面人头的画，长二尺，宽十六寸。第三洞中，有一个人的像，长十尺六寸。自额以下全用红色外套裹着，仅露手足。头向外面，用圈形的巾子围着，这个像是用红、黄、白三色画的。面上只画两眼。头巾外圈，界作许多红线，又仿佛写上几个字似的。

Buschmanner 人的图画，最特别的是 Hemon 相近山洞中的盗牛图。图中一个 Buschmanner 人的村落，藏着盗来的牛。被盗的 Kaffern 人追来了。一部分的 Buschmanner 人驱着牛逃往他处，多数的拿了弓箭来对抗敌人。最可注意的，是 Buschmanner 人躯干

---

①吐级鸡又名火鸡。——编者注。

虽小，画的筋力很强；Kaffern 人虽然长大，但筋力是弱的。画中对于实物的形状的动作很能表现出来。

这些游猎民族虽然不知道现在的直线配景与空气映景等法，但他们已注意于远近不同的排列法，大约用上下相次来表明前后相次，与埃及人一样。他们的写象实物很有可惊的技能：（1）因为他们有锐利的观察与确实的印象。（2）因为他们的主动机关与感觉机关适当地应用。这两种都是游猎时代生存竞争上所必需的。

在图画与雕像两种以外，又有一种类似雕像的美术，是假面，是西北海滨红印度人的制品，是出于不羁的想象力，与上面所述写实派的雕像与图画很有点不同。动物样子最多，做人面的，也很不自然，故做妖魔的形状。与西藏黄教的假面差不多。

初民的美术，最有大影响的是舞蹈。可分为两种：一种是操练式（体操式），一种是游戏式（演剧式）。操练式舞蹈最普及的是澳人的 Corroborris。Mincopie 人与 Eskimo 人也都有类似的舞蹈。它们的举行，最重要的，是在两族间战后讲和的时候。其他如果蓏成熟，牡蛎收获，猎收丰多，儿童成丁，新年，病愈，丧毕，军队出发，与别族开始联欢等，也随时举行。举行的地方，或丛林中空地，或在村舍。Eskimo 人有时在雪舍中间举行。他们的时间总在月夜，又点上火炬，与月光相映。舞蹈的总是男子，女子别组歌队，别有看客。有一个指挥人，或用双棍相击，或足蹴发音盘，做舞蹈的节拍。他们的舞蹈，总是由缓到急。即使到了最激烈的时候，也没有不按着节拍的。

别有女子的舞蹈，大约排成行列，用上身摇曳，或两胫展缩做姿势，比男子的舞蹈静细得多了。

游戏式舞蹈，多有模拟动物的，如袋鼠式、野犬式、鸵鸟式、蝶式、虾式等。也有模拟人生的，以爱情与战斗为最普通。澳人并有摇船式、死人复活式等。

舞蹈的快乐，用一种运动发表他感情的冲刺。要是内部冲刺得非常，外部还要拘束，就觉得不快，所以不能不为适应感情的运动。但是这种运动过度放任，很容易疲乏，由快感变为不快感了，所以不能不有一种规则。初民的舞蹈，无论活动到何等激烈，总是按着节奏，这是很合于美感上条件的。

舞蹈的快乐，一方面是舞人，又一方面是看客。舞人的快乐，从筋骨活动上发生；看客的快乐，从感情移入上发生。因看客有一种快乐，推想到拟人的鬼神也有这种感情，于是有宗教式舞蹈。宗教式舞蹈大约各民族都是有的，但见诸记载的，现在还只有澳人。他们供奉的魔鬼，叫作 Mindi，常有人在供奉它的地方举行舞蹈。又有一种，在舞蹈的中间擎出一个魔像的。总之，舞蹈的起源，是专为娱乐，后来才组入宗教仪式，是可以推想出来的。

初民的舞蹈多兼歌唱，歌唱的词句就是诗。但他们独立的诗歌也就不少。诗歌是一种语言，把个人内界或外界的感触，向着美的目标，用美的形式表示出来。所以诗歌可分作两大类：一是主观的，表示内界是感情与观念，就是表情诗（Lyrik）；一是客观的，表示外界的状况与事变，就是史诗与剧本。这两类都是用感情做要素，是从感情出来，仍影响到感情上去。

人类发表感情，最近的材料与最自然的形式是表情诗。它与语言最相近，用一种表情的语言，按着节奏慢慢儿念起来，就变为歌词了。《尚书》说："歌永言。"《礼记》说："言之不足，故长言之。长言之不足，故嗟叹之。"就是这个意思。Ehrenreich 氏曾说，Botokuden 人在晚上，把昼间的感想咏叹起来，很有诗歌的意味。或说今日猎得很好，或说我们的首领是无畏的。他们每个人把这些话按着节奏念起来，且再三地念起来。澳洲战士的歌，不是说刺他哪里，就说我有什么武器。竟把这种同式的语叠到若干句，均与普通语言相去不远。

他们的歌词多局于下等官能的范围，如大食大饮等。关于男女间的歌，也很少说到爱情的，很可以看出利己的特性。他们总是为自己的命运发感想，若是与他人表同情的，除了惜别与挽词就没有了。他们的同情也限于亲属，一涉外人，便带有注意或仇视的意思。他们最喜欢嘲谑，有幸灾乐祸的习惯；对于残废的人，也用诗词嘲谑他。偶然有出于好奇心的，如澳人初见汽车的喷烟与商船的鹢首，都随口编作歌词。他们对于自然界的伟大与美丽很少感触，这是他们过受自然压制的缘故。唯 Eskimo 人有一首诗，描写山顶层云的状况，是很难得的。它的大意如下：

这很大的 Koonak 山在南方——我看见他；——这很大

的 Koonak 山在南方——我眺望他；——这很亮的闪光，从南方起来，——我很惊讶。——在 Koonak 山的那面，——他扩充开来，——仍是 Koonak 山——但用海包护起来了。——看呵！他（云）在南方什么样？——滚动而且变化；——看呵！他在南方什么样？——交互地演成美观。——他（山顶）所受包护的海，——是变化的云；——包护的海，交互地演成美观。

有些人说诗歌是从史诗起的，这不过因为欧洲的文学史从 Homer 的两首史诗起。不知道 Homer 以前，已经有许多非史的诗，不过不传罢了。大约史诗的发起，总在表情诗以后。澳洲人与 Mincopie 人的史诗不过掺杂节奏的散文，唯有 Eskimo 人的童话，是完全按着节奏编的。

普通游猎民族的史诗多说动物生活与神话，Eskimo 人多说人生。他们的著作都是单量的（Fin Dimension），是线的样子。他们描写动物的性质，往往说到副品为止，很少能表示它的特别性质与奇异行为的。说人生也是这样，总是说好的坏的这些普通话，没有说到特性的。说年长未婚的人，总是可笑的；说妇女，总是能持家的；说寡妇，总是慈善的；说几个兄弟的社会，总是骄矜的、粗暴的、猜忌的。

Eskimo 人有一篇小 Kagsagsuk 的史诗，算是程度较高的。它的大意如下：

　　Kagsagsuk 是一个孤儿，寄养在一个穷的老妪家里。这老妪是住在别人家门口的一个小窖，不能容 K。K 就在门口偎着狗睡，时时受大人与男女孩童的欺侮。他有一日独自出游，越过一重山，忽然有求强的志愿；想起老妪所授魔术的咒语，就照式念着。有一神兽来了，用尾拂他，由他的身上排出许多海狗骨来，说这些就是阻碍他身体发展的。排了几次，愈排愈少，后来就没有了。回去的时候，觉得很有力了。但是遇着别的孩童欺侮他，他还是忍耐着。又日日去访神兽，觉得一日一日地强起来。有一回，神兽说道："现在够了！但是要忍耐着。等到冬季，海冻了，有大熊来，你去捕他。"他回去，有欺侮他的，他仍旧忍耐着。冬季到了，有人来报告："有三只大熊，在冰山上，没有人敢近他。"K 听到了，告他的养母要去看看。养母嘲笑他道："好，你给我带两张熊皮来，可做褥子同盖被。"他出去的时候，大家都笑着他。他跑到冰山上，把一只熊打死了，掷给众人，让他们分配去。又把那两只都打死，剥了皮，带回家去，送给养母，说是褥子与盖被来了。那时候邻近的人，平日轻蔑他的，都备了酒肉，请他饮食，待他很恳切。他有点醉了，向一个替他取水的女孩子道谢的时候，忽然把这个女孩子捋死了，女孩子的父母不敢露出恨他的意思。忽然一群男孩子来了，他刚同他们说应该去猎海狗的话，忽然逼进队里，把一群孩子都打死了。他们这些父母都不敢露出恨他的意思。他忽然复仇心大发了，把从前欺侮他的人，不管男女壮少，统统打死。剩了一部分苦人，向来不欺侮他的，他同他们很要好，同消受那冬期的储蓄品。他挑了一只最好的船，很勤地练习航海术，常常作远游，有时往南，有时往北。他心里觉得很自矜了，他那武勇的名誉也传遍全地方了。

多数美术史家与美学家都当剧本是诗歌最后的，这却不然。演剧的要素就是语言与姿态同时发表。要是用这个定义，那初民的讲演就是演剧了。初民讲演一段故事，从没有单纯口讲的，一定随着语言，做出种种相当的姿势。如 Buschmanner 人遇着代何种动物说话，就把口做成那一个动物的口式。Eskimo 人的讲演述哪一种人的话，就学哪一种人的音调，学得很像。我们只要看儿童们讲故事，没有不连着神情与姿态的，就知道演剧的形式是很自然、很原始的了。所以纯粹的史诗倒是诗歌三式中最后的一式。

普通人对于演剧的观念，或不在兼有姿态的讲演，反重在不止一人的演作，就这个狭义上观察，也觉得在低级民族早已开始了。第一层，在 Gronland 有两人对唱的诗，并不单是口唱，各做出许多姿态，就是演剧的样子。而且这种对唱在澳洲也是常见的。第二层，游戏式舞蹈也是演剧的初步。由对唱到演剧，是添上地位的转动。由舞蹈到演剧，是添上适合姿态的语言。讲到内部的关系，就很不容易区别了。

Aleuten 人有一出哑戏。它的内容，是一个人带着弓，做猎人的样子；另一个人扮了一只鸟，猎人见了鸟，做出很爱它、不愿害它的样子。但是鸟要跳了，猎人很着急，自己计较了许久，到底张起弓来，把鸟射死了。猎人高兴得跳舞起来。忽然，他不安了，悔了，于是乎哭起来了。那只死鸟又活了，化了一个美女，与猎人挽着臂走了。

澳洲人也有一出哑戏，但有一个全剧指挥人，于每幕中助以很高的歌声。第一幕，是群牛从林中出来，在草地上游戏。这些牛都是土人扮演的，画出相当的花纹。每一头牛的姿态都很合自然。第二幕，是一群人向这牧群中来，用枪刺两牛：剥皮切肉，都做得很详细。第三幕，是听着林中有马蹄声起来了；不多时，现出白人的马队，放了枪把黑人打退了；不多时，黑人又集合起来，冲过白人一面来，把白人打退了，逐出去了。

这些哑戏虽然没有相当的诗词，但他们的编制很有诗的意境。

在文明社会，诗歌势力的伸张半亦是印刷术发明以后，传播便利的缘故。初民既没有印刷，又没有文字，专靠口耳相传，已经不能很广了。他们语音相同的范围又是很多，他们的诗歌，除了本族以外，传到邻近，就同音乐谱一样了。

文明社会受诗歌的影响有很大的，如希腊人与荷马，意大利人与但丁，德意志人与歌德，是最著的例。初民对于诗歌，自然没有这么大影响，但是他们的需要也觉得同生活的器具一样。Stokes 氏曾说，他的同伴土人 Miago 遇着何等对象都很容易、很敏捷地构成歌词。而且说，不是他一人有特别的天才，凡澳人普遍如此。Eskimo 人也是各有各的诗。所以他们并不怎么崇拜诗人，但是对于诗歌的价值，是普遍承认的。

与舞蹈、诗歌相连的是音乐。初民的舞蹈，几乎没有不兼音乐的，仿佛还偏重音乐一点儿。Eskimo 人舞蹈的地方叫作歌场（Quaggi），Mincopie 人的舞蹈节叫作音乐节。

初民的唱歌偏重节奏，不用和声。他们的音程也很简单，有用三声的，有用四声的，有用六声的，对于音程，常不免随意出入。Buschmanner 人的音乐天才算是最高，欧人拿欧洲的歌教他们，他们很能仿效。Liohtenstein 氏还说，很愿意听他们的单音歌。

他们所以偏重节奏的缘故：一是因它本用在舞蹈会上，二是乐器的关系。

初民的乐器，大部分是为拍子设的。最重要的是鼓，唯 Botokuden 人没有这个。其余都是有一种，或有好几种。最早的形式，怕就是澳洲女子在舞蹈会上所用的，是一种绷紧过的袋鼠皮，平日还可以披在肩上做外套的，有时候把土卷在里面。至于用兽皮绷在木头上面的做法，是在 Melanesier 见到的。澳北 Queensland 有一种最早的形式，是一根坚木制成的粗棍，打起来声音很强。这种声杖恰可以过渡到 Mincopie 人的声盘。声盘是舞蹈会中指挥人用的，是一种盾状的片子，用坚木制成的，长五尺，宽二尺，一面凸起，一面凹下，凹下的一面用白垩画成花纹。用的时候，凹面向下，把窄的一端嵌入地下，指挥人把一足踏住了，为加增嘈音起见，在宽的一端垫上一块石头。Eskimo 人用一种有柄的扁鼓：它的箍与柄都是木制的，或用狼的腿骨制成；它的皮，是用海狗的或驯鹿的，直径三尺，用长十寸粗一寸的棍子打的。Buschmanner 人的鼓，荷兰人叫作 Rommelpott，是用一张皮绷在开口的土瓶或桶上面，用指头打的。

Eskimo 人、Mincopie 人与一部分澳洲人，除了鼓，差不多没有别的乐器了。独有澳北 Port Essington 土人有一种箫，用竹管制的，长二三尺，用鼻孔吹它。Botokuden 人没有鼓，有两种吹的乐器：一是箫，用 Taquara 管制的，管底穿几个孔，是妇女吹的；一是角，用大带兽的尾皮制的。

Buschmanner 人有用弦的乐器。有几种不是他们自己创造的：一种叫 Guitare，从非洲黑人得来；一种壶卢①琴，从 Hottentotten 得来。壶卢琴是木制的底子，缀上一个壶卢，可以加添反响；有一条弦，又加上一个环，可以伸缩它颤声的部分。只有 Gora，可信是 Buschmanner 人固有的、最早的弦器。它是弓的变形，它有一弦，在弦端与木槽的中间有一根切成薄片的羽茎插入，这个羽茎由奏乐的用唇扣着，凭着呼吸去生出颤动来，如吹洞箫的样子。这种由口气发生的谐声一定很弱，他那拿这乐器的右手特将第二指插在耳孔，给自己的声觉强一点儿。他们奏起来，竟可长久到一点钟之久。

总之，初民的音乐，唱歌比器乐发达一点。两种都不过小调子，又是偏重节奏，那谐声是不注意的。它那音程，一是比

①"壶卢"今译"葫芦"。——编者注。

较简单，二是高度不能确定。

至于音乐的起源，依达尔文说，是我们祖先在动物时代借这个刺激的作用去引诱异性的。凡是雄的动物，当生殖欲发动的时候，鸣声常特别发展，不但用以自娱，且用以求媚于异性。所以音乐上的主动与受动，全是雌雄淘汰的结果，但诱导异性的作用并非专尚柔媚，也有表示勇敢的。譬如雄鸟的美翅固是柔媚的，牡狮的长鬃却是勇敢的。所以音乐上遗传的，也有激昂一派，可以催起战争的兴会。现在行军的没有不奏军乐。据 Buckler 与 Thomas 所记，澳洲土人将要战斗的时候，也是用唱歌与舞蹈激起他们的勇气来。

又如叔本华说各种美术都有模仿自然的痕迹，独有音乐不是这样，所以音乐是最高尚的美术。但据 Abbe Cubos 的研究，音乐也与他种美术一样，有模仿自然的。照历史上及我们经验上的证明，却不能说音乐是绝对没有模仿性的。

要之，音乐的发端不外乎感情的表出。有快乐的感情，就演出快乐的声调；有悲惨的感情，就演出悲惨的声调。这种快乐或悲惨的声调又能引起听众同样的感情。还有郁愤、恬淡等感情，都是这样，可以说是人类交流情感的工具。斯宾塞尔说"最初的音乐，是感情激动时候加重的语调"，是最近理的。如初民的音乐，声音的高度还没有确定，也是与语调相近的一端。

现在综合起来，觉得文明人所有的美术，初民都有一点儿。就是诗歌三体，也已经不是混合的初型，早已分道进行了。只有建筑术，游猎民族的天幕、小舍，完全为避风雨起见，还没有美术的形式。

我们一看他们的美术品，自然觉得同文明人的著作比较，不但范围窄得多，而且程度也浅得多了。但是细细一考较，觉得他们所包含美术的条件，如节奏、均齐、对比、增高、调和等，与文明人的美术一样。所以把他们的美术与现代美术比较，是数量的差别比种类的差别大一点儿。他们的感情是窄一点儿，粗一点儿；材料是贫乏一点儿；形式是简单一点儿，粗野一点儿；理想的寄托，是幼稚一点。但是美术的动机、作用与目的是完全与别的时代一样。

凡是美术的作为，最初是美术的冲动（这种冲动，是各别的，如音乐的冲动，图画的冲动，往往各不相干，不过文辞上可以用"美术的冲动"的共名罢了）。这种冲动与游戏的冲动相伴，因为都没有外加的目的。又有几分与模拟自然的冲动相伴，因而美术上都有点模拟的痕迹。这种冲动不必到什么样的文化程度才能发生，但是那几种美术的冲动发展到什么程度却与文化程度有关。因为考察各种游猎民族，他们的美术竟相类似，例如装饰、图像、舞蹈、诗歌、音乐等，即使是最不相关的民族，如澳洲土人与 Eskimo 人，竟也看不出差别的性质来。所以 Taine 的"民族特性"理论在初民还没有显著的痕迹。

这种彼此类似的原因，与他们的生活很有关系。除了音乐以外，各种美术的材料与形式都受他们游猎生活的影响。看他们的图案，只模拟动物与人形，还没有采及植物，就可以证明了。

Herder 与 Taine 二氏，断定文明人的美术与气候很有关系，初民美术未必不受气候的影响，但是从物产上间接来的。在文明人，交通便利，物产上已经不受气候的限制，所以他们美术上所受气候的影响，是精神上直接的。精神上直接的影响，在初民美术上还没有显著的痕迹。

初民美术的开始，差不多都含有一种实际上的目的。例如，图案是应用的便利；装饰与舞蹈，是两性的媒介；诗歌、舞蹈与音乐，是激起奋斗精神的作用；犹如家族的徽志、平和会的歌舞，与社会结合有重要的关系。但各种美术的关系却不是同等的，大约那时候舞蹈是最重要的。看西洋美术史，希腊的人生观寄在造像，中古时代的宗教观念寄在寺院建筑，文艺中兴时代的新思潮寄在图画，现在人的文化寄在文学，都有一种偏重的倾向。总之，美术与社会的关系，是无论何等时代都是显著的了。从柏拉图提出美育主义后，多少教育家都认美术是改进社会的工具。但文明时代分工的结果，不是美术专家，几乎没有兼营美术的余地。那些工匠日日营器械的工作，一点没有美术的作用参在里面，就觉枯燥得了不得，远不及初民工作的有趣。近如 Morris，痛恨于美术与艺的隔离，提倡艺术化的劳动，倒是与初民美术的境象有点相近。这是很可研究的问题。

蔡元培（1868—1940），字鹤卿。浙江绍兴人。20世纪中国杰出的教育家、思想家和民主主义革命家。1901年出任中国教育会会长。1908年赴德留学，1911年回国。1912年出任中华民国首任教育总长，同年7月辞职，9月旅居德国，1916年冬回国，出任北京大学校长。1928年起任中央研究院首任院长。蔡元培先生毕生倡导教育救国、学术救国和科学救国，推动中国的思想启蒙和文化复兴。

美术与科学的关系

蔡元培

　　我们心理上可以分三方面看：一面是意志，一面是知识，一面是感情。意志的表现是行为，属于伦理学；知识属于各科学；感情是属于美术的。我们做人，自然，行为是主体，但要行为，断不能撇掉知识与感情。例如，走路是一种行为，但要先探听：从哪一条路走？几时可到目的地？探明白了，是有了走路的知识了；要是没有行路的兴会，就永不走，或走得不起劲，就不能走到目的地。又如，踢球也是一种行为，但要先研究踢的方法。知道踢法了，是有了踢球的知识了；要是不高兴踢，就永踢不好。所以知识与感情不好偏枯，就是科学与美术不可偏废。

　　科学与美术有不同的点。科学是用概念的，美术是用直观的。譬如，这里有花，在科学上讲起来，这是菊科的植物，这是植物，这是生物——都从概念上进行。若从美术眼光看起来，这一朵菊花的形式与颜色觉得美观就是了，是不是叫作菊花，都可不管。其余的菊科植物怎么样，植物怎么样，生物怎么样，更可不必管了。又如这里有桌子，在科学上讲起来，它那桌面与四足的比例是合于动学的理法的，因而推到各种形式不同的桌子，同是一种理法，因而推到屋顶与柱子的关系也是同一种理法——都是从概念上进行。若从美术家眼光看起来，不过这一个桌面上纵横的尺度的比例适当，四足的粗细与桌面的大小厚薄配置得也适当罢了，不必推到别的桌子或别的器具。但是科学虽然与美术不同，在各种科学上都有可以应用美术眼光的地方。

算术是枯燥的科学。但美术上有一类截金法①的比例，凡长方形的器物，最合于美感的，大都纵径与横径总是三与五、五与八、八与十三等比例。就是圆形，也是这样。

形学的点、线、面是严格没有趣味的，但是图案画的分子有一部分竟是点与直线、曲线或三角形、四方形、圆形等凑合起来。又各种建筑或器具的形式，均不外乎直线、曲线的配置，不是很美观吗？

声音高下，在声学上不过一秒中发声器颤动次数的多少。但一经复杂的乐器、繁变的曲谱配置起来，就可以成为高尚的音乐。

---

①似指今称"黄金分割法"。——编者注。

色彩的不同，在光学上也不过是光线颤动迟速的分别。但是用美术的感情试验起来，红、黄等色叫人兴奋，蓝、绿等色叫人宁静。又把各种饱和或不饱和的颜色配置起来，竟可以唤起种种美的感情。

矿物学不过为应用矿物起见，但因此得见美丽的结晶、金类宝石类的光彩，很可以悦目。

生物学固然可知动植物构造的同异、生理的作用，但因此得见种种植物花叶的美，动物毛羽与体段的美。凡是美术家在雕刻上、图画上或装饰品上用作材料的，治生物学的人都时时可以遇到。

天文学固然可以知道各种星体引力的规则与星座的多少，但如月光的魔力、星光的异态，凡是文学家几千年来叹赏不尽的，有较多的机会可以赏玩。

照上头所举的例看起来，治科学的人不但治学的余暇可以选几种美术供自己陶养，就是专力研究的科学上面也可以兼得美术的趣味，岂不是一举两得？

常常看见专治科学不兼涉美术的人，难免有萧索无聊的状态。无聊不过，于生存上强迫的职务以外，俗的是借低劣的娱乐做消遣，高的是渐渐地成了厌世的神经病。因为专治科学，太偏于概念，太偏于分析，太偏于机械的作用了。譬如人是何等灵变的东西，但照单纯科学家眼光解剖起来，不过几根骨头，几堆筋肉；划分起来，不过几种原质。要是科学进步，一定可以制造生人，与现在制造机械一样。并且凡事都逃不了因果律，即如我今日在这里会谈，照极端的因果律讲起来，都可以说是前定的。我为什么此时到湖南？为什么今日到这个第一师范学校？为什么我一定讲这些话？为什么来听的一定是诸位？这都有各种原因，凑泊成功，竟没有一点自由的。就是一人的生活，国家的存亡，世界的成毁，都是机械作用，并没有自由的意志可以改变它。抱了这种机械的人生观与世界观，不但对于自己毫无生趣，对于社会毫无爱情，就是对于所治的科学，也不过"依样画葫芦"，绝没有创造的精神。

防这种流弊，就要求知识以外兼养感情，就是治科学以外，兼治美术。有了美术的兴趣，不但觉得人生很有意义，很有价值，就是治科学的时候，也一定添了勇敢、活泼的精神。请诸君试验一试验！

胡　适（1891—1962），原名嗣穈，学名洪骍，字希
疆；后改名胡适，字适之，笔名天风，藏晖等。安徽绩溪
人。因提倡文学革命而成为新文化运动的领袖之一。历任
北京大学教授、北京大学文学院院长、中华民国驻美利坚
合众国特命全权大使、北京大学校长等职。胡适研究兴趣
广泛，著述丰富，在文学、哲学、史学、考据学、教育学、
伦理学、红学等诸多领域都有深入的研究，被誉为现代思
想文化界最稳健、最优秀、最高瞻远瞩的哲人智者。

在同乐会的演说

胡　适

今天是音乐研究会开音乐会的一天，演说的人不过是个配
角，算不得很紧要的。今天本有杜威先生的演说，因为病了没
有来。刚才会长已经报告——我今日到会，一则代达杜威先生
的歉意，一则贡献我个人的意见。

我对于音乐，本来是一个门外汉，没有什么可说，但是对
于音乐的希望，却很大很多，而且很喜欢它。不但我一个人喜
欢它，一定喜欢它的很多。你看现在站在外面不能进来的，都
是很羡慕的样子，这个音乐的功用就不待我说了。

我是讲墨子哲学的，我且把他关于音乐的一部分拿来讲一
讲：墨子，他对于音乐是很反对的、攻击的、不满意的。儒教
虽然提倡礼教，讲些音乐，但是几千年来对于音乐亦无充分解
说，以故音乐上颇受其影响。但是《墨子》书中，也有一部分

讲音乐的。墨子反对美术，攻击音乐。程凡对他说：你攻击音乐，未尝不可，但是马驾而不税，弓张而不弛，也是不可的。此为墨书中讲音乐的一段话，很可以代表"音乐的功用是很完全的"这句话。

现在中国提倡音乐的方法，可以说都是不对的。譬如学校的课程里面加一点钟的音乐，用二十块大洋买一个很破的、很坏的、不合美术的风琴教学生，学生学了之后，仍然是没有什么用处。若说学生学了之后，人人去买一个练习，这是绝对做不到的。因此我们可以找出两个缺点：（1）不能提起美术的观感。（2）限于贵族而不能普及。学生学了之后，既然不能人人练习，所以音乐便没有发展的机会。就是在学校里面学几点钟，也不过是拿几分分数而已，对于美术上并没有什么增益。

所以我现在很希望有自动的音乐实现。现在可以代表自动的音乐的，莫如北京大学音乐研究会。这个会是由许多人自由加入做自动的研究的，故于美术方面，颇有进步。我希望大学生有自动的研究，拿音乐去补助共同生活，代表共同生活的精神。有了共同生活、团体生活，自然就有好结果。记得从前开学的时候，到者只二三百人，今年开学，则有二三千人，可知共同生活、团体生活一定是得好结果的。说到音乐上去，共同生活的精神尤其要紧。你看琴弦管竹，哪一件不是要有共同生活的精神呢？我十月在山西看阅兵的时候，听见士兵唱很和平的国歌。当他们单唱的时候，并不见得好听，合唱起来，就非常好听了。说到国歌，现在还没有好的、合用的。我很希望有一种新的国歌谱出来。

我对于音乐抱了两种希望：

第一，不但为个人的，而且为可以代表共同生活的精神的。

第二，以音乐的道理助文学的发展。

例如苏东坡《水调歌头·昵昵儿女语》：

> 昵昵儿女语，灯火夜微明。恩怨尔汝来去，弹指泪和声。

李后主：

> 云一涡，玉一梭。淡淡衫儿薄薄罗，轻颦双黛螺。

这两首歌词，都是处处合于音乐的道理的。所以我于音乐普及以外，很希望它可以谱之文学上面，使音乐与文学发生关系。

我是一个门外汉，现在时间已经不早了，不多谈了。

（1919 年 11 月 11 日在北京大学的演讲）

张爱玲（1920—1995），本名张煐。中国现代著名女作家。原籍河北丰润，生于上海。1932 年开始发表小说、散文等文学作品。1939 年就读于香港大学。1942 年中断学业回到上海。此后陆续发表《沉香屑·第一炉香》《倾城之恋》《心经》《金锁记》等中、短篇小说，震动上海文坛。其作品包括小说、散文、电影剧本和文学论著等，见证了中国近现代史。

谈音乐

张爱玲

我不大喜欢音乐。不知为什么，颜色与气味常常使我快乐，而一切的音乐都是悲哀的。即使是所谓"轻性音乐"，那跳跃也像是浮面上的，有点假。譬如说颜色：夏天房里下着帘子，龙须草席上堆着一叠旧睡衣，折得很齐整，翠蓝夏布衫、青绸裤，那翠蓝与青在一起有一种森森细细的美，并不一定使人发生什么联想，只是在房间的薄暗里挖空一块，悄没声地留出这块地方来给喜悦。我坐在一边，无形中看到了，也高兴了好一会。

还有一次，浴室里的灯新加了防空罩，青黑的灯光照在浴缸面盆上，一切都冷冷的，白里发青发黑，镀上一层新的润滑，而且变得简单了，从门外望进去，完全像一张现代派的图画，有一种新的立体感。我觉得是绝对不能够走进去的。然而真的走进去了，仿佛做到了不可能的事，高兴而害怕，触了电似的微微发麻，马上就得出来。

总之，颜色这样东西，只有没颜落色的时候是凄惨的；但凡让人注意到，总是可喜的，使这世界显得更真实。

气味也是这样的。别人不喜欢的有许多气味我都喜欢，雾的轻微的霉气，雨打湿的灰尘，葱，蒜，廉价的香水。像汽油，有人闻见了要头昏，我却特意要坐在汽车夫旁边，或是走到汽车后面，等它开动的时候"布布布"放气。每年用汽油擦洗衣服，满房都是那清刚明亮的气息；我母亲从来不要我帮忙，因为我故意地把手脚放慢了，尽着汽油大量蒸发。

牛奶燃糊了，火柴烧黑了，那焦香我闻见了就觉得饿。油漆的气味，因为崭崭新，所以是积极奋发的，仿佛在新房子里过新年，清冷，干净，兴旺。火腿、咸肉、花生油搁得日子久，变了味，有一种"油哈"气，那个我也喜欢，使油更油得厉害、烂熟、丰盈，如同古时候的"米烂陈仓"。香港打仗的时候我们吃的菜都是椰子油烧的，有强烈的肥皂味，起初吃不惯要呕，后来发现肥皂也有一种寒香。战争时期没有牙膏，用洗衣服的肥皂擦牙齿我也不介意。

气味总是暂时、偶尔的，长久嗅着，即使可能，也受不了，所以气味到底是有趣味的。而颜色，有了个颜色就有在那里了，使人安心。颜色和气味的愉快性也许和这有关系。不像音乐，音乐永远是离开了它自己到别处去了，到哪里，似乎谁都不能确定，而且才到就已经过去了，跟着又是寻寻觅觅，冷冷清清。

我最怕的是凡哑林①，水一般地流着，将人生紧紧把握贴恋着的一切东西都流了去了。胡琴就好得多，虽然也苍凉，到临了总像是北方人的"话又说回来了"，远兜远转，依然回到人间。

凡哑林上拉出的永远是"绝调"，回肠九转。太明显地赚人眼泪，是乐器中的悲旦。我认为戏里只能有正旦、贴旦、小旦之分而不应当有"悲旦""风骚泼旦""言论老生"（民国初年的文明戏里有专门发表政治性演说的"言论老生"）。

凡哑林与钢琴合奏，或是三四人的小乐队，以钢琴与凡哑林为主，我也讨厌，零零落落，历碌不安，很难打成一片，结果就像中国人合作的画，画一个美人，由另一个人补上花卉，又一个人补上背景的亭台楼阁，往往没有情调可言。

大规模的交响乐自然又不同，那是浩浩荡荡"五四运动"一般地冲了来，把每一个人的声音都变了它的声音，前后左右呼啸喊嚓的都是自己的声音，人一开口就震惊于自己的声音的深宏远大；又像在初睡醒的时候听见人向你说话，不大知道是自己说的还是人家说的，感到模糊的恐怖。

然而交响乐，因为编起来太复杂，作曲者必须经过艰苦的训练，以后往往就沉溺于训练之中，不能自拔。所以交响乐常有这个毛病——格律的成分过多。为什么隔一阵子就要来这么一套？乐队突然紧张起来，埋头咬牙，进入决战最后阶段，一

---

① 即小提琴（Violin）。——编者注。

鼓作气，再鼓三鼓，立志要把全场听众扫数肃清铲除消灭。而观众只是默默抵抗着，都是上等人，有高级的音乐修养，在无数的音乐会里坐过的：根据以往的经验，他们知道这音乐是会完的。

我是中国人，喜欢喧哗吵闹，中国的锣鼓是不问情由，劈头劈脑打下来的，再吵些我也能够忍受，但是交响乐的攻势是慢慢来的，需要不少的时间把大喇叭、小喇叭、钢琴、凡哑林——安排布置，四下里埋伏起来，此起彼应，这样有计划的阴谋我害怕。

我第一次和音乐接触，是八九岁时候，母亲和姑姑刚回中国来，姑姑每天练习钢琴，伸出很小的手，手腕上紧匝着绒线衫的窄袖子，大红绒线里绞着细银丝。琴上的玻璃瓶里常常有花开着。琴上弹出来的，另有一个世界，可是并不是另一个世界，不过是墙上挂着一面大镜子，使这房间看上去更大一点，然而还是同样的斯文雅致的、装着热水汀①的一个房间。

有时候我母亲也立在姑姑背后，手按在肩上，"拉拉拉拉"吊嗓子。我母亲学唱，纯粹因为肺弱，医生告诉她唱歌于肺有益。无论什么调子，由她唱出来都有点像吟诗（她常常用拖长了的湖南腔背诵唐诗），而且她的发音一来就比钢琴低半个音阶，但是她总是抱歉地笑起来，有许多妖媚的解释。她的衣服是秋天的落叶的淡赭，肩上垂着淡赭的花球，永远有飘堕的姿势。

---

①即暖气。——编者注。

我总站在旁边听，其实我喜欢的并不是钢琴，而是那种空气。我非常感动地说："真羡慕呀！我要弹得这么好就好了！"于是大人们以为我是罕有的懂得音乐的小孩，不能埋没了我的天才，立即送我去学琴。母亲说："既然是一生一世的事，一定要知道怎样爱惜你的琴。"琴键一个个雪白，没洗过手不能碰。每天用一块鹦哥绿绒布亲自揩去上面的灰尘。

我被带到音乐会里，预先我母亲再三告诫："绝对不可以出声说话，不要让人家骂中国人不守秩序。"果然我始终沉默着，坐在位子上动也不动，也没有睡着。休息十分钟的时候，母亲和姑姑窃窃议论一个红头发的女人："红头发真是使人为难的事情呀！穿衣服很受限制了，一切的红色、黄色都犯了冲，只有绿。红头发穿绿，那的确……"在那灯光黄暗的广厅里，我找来找去看不见那红头发的女人，后来在汽车上一路想着，头发难道真有大红的吗？很为困惑。

以后我从来没有自动地去听过音乐会，就连在夏夜的公园里，远远坐着不买票，享受露天音乐厅的交响乐，我都不肯。

教我琴的先生是俄国女人，宽大的面颊上生着茸茸的金汗毛，时常夸我，容易激动的蓝色大眼睛里充满了眼泪，抱着我的头吻我。我客气地微笑着，记着她吻在什么地方，隔了一会才用手绢去擦擦。到她家去总是我那老女佣领着我，我还不会说英文，不知怎样地和她话说得很多，连老女佣也常常参加谈话。有一个星期尾她到高桥游泳了回来，骄傲快乐地把衣领解开给我们看，粉红的背上晒爆了皮。虽然已经隔了一天，还有兴兴轰轰的汗味、太阳味。客室的墙壁上挂满了暗沉沉的棕色旧地毯，安着绿漆纱门，每次出进都是她丈夫极有礼貌地替我们开门。我很矜持地，从来不向他看，因此几年来始终不知道他长得是什么样子，似乎是不见天日的阴白的脸。他太太教琴养家，他不做什么事。

后来我进了学校，学校里的琴先生时常生气，把琴谱往地上一掷，一掌打在手背上，把我的手横扫到钢琴盖上去，砸得骨节震痛。越打我越偷懒，对于钢琴完全失去了兴趣，应当练琴的时候坐在琴背后的地板上看小说。琴先生结婚之后脾气好了许多。她搽的粉不是浮在脸上——离着脸总有一寸远，松松地包着一层白粉。她竟向我笑了，说："早！"但是我还是害怕，每次上课前立在琴间门口等着铃响，总是浑身发抖，想到浴室里去一趟。

因为已经下了几年功夫，仿佛投资开店，拿不出来了，弃之可惜，所以一直学了下去，然而后来到底不得不停止了。可是一方面继续在学校里住读，常常要走过那座音乐馆，许多小房间，许多人在里面"叮叮咚咚"弹琴，纷纷的琴字有摇落、寥落的感觉，仿佛是黎明，下着雨，天永远亮不起来了，空空的雨点打在洋铁棚上，空得人心里难受。弹琴的偶尔踩动下面的踏板，琴字连在一起、和成一片，也不过是大风把雨吹成了烟，风过处，又是滴滴答答、稀稀朗朗的了。

弹着琴，又像在几十层楼的大厦里，急急走上仆人、苦力、推销员所用的后楼梯——灰色水泥楼梯，黑铁栏杆，两旁夹着灰色水泥墙壁，转角处堆着红洋铁桶与冬天的没有气味的灰寒的垃圾。一路走上去，没遇见一个人——在那阴风惨惨的高房子里，只是往上走。

后来离钢琴的苦难渐渐远了，也还听了一些交响乐（大都是留声机上的，因为比较短），总嫌里面慷慨激昂的演说腔太重。倒是比较喜欢十八世纪的宫廷音乐，那些精致的 Minuet，尖手尖脚怕碰坏了什么似的——的确那时候的欧洲人迷上了中国的瓷器，连房间家具都用瓷器来做，白地描金，非常细巧的椅子。我最喜欢的古典音乐家不是浪漫的贝多芬或萧邦①，却是较早的巴赫。巴赫的曲子并没有宫样的纤巧，没有庙堂气，也没有英雄气。那里面的世界是笨重的，却又得心应手：小木屋里，墙上的挂钟滴答摇摆；从木碗里喝羊奶；女人牵着裙子请安；绿草原上有思想着的牛羊与没有思想的白云彩；沉甸甸的喜悦大声敲动像金色的结婚的钟。如同勃朗宁的诗里所说的：

> 上帝在他的天庭里。
> 世间一切都好了。

歌剧这样东西是贵重的，也止于贵重。歌剧的故事大都很幼稚，譬如像妒忌这样的原始的感情，在歌剧里也就是最简单的妒忌，一方面却用最复杂、最文明的音乐把它放大一

---

①今译肖邦。——编者注。

千倍来奢侈地表现着，因为不调和，更显得吃力。"大"不一定是伟大。而且那样隆重的热情，那样捶胸脯、打手势的英雄，也讨厌。可是也有它伟大的时候——歌者的金嗓子在高压的音乐下从容上升，各种各样的乐器一个个惴惴慑服了；人在人生的风浪里突然站直了身子，原来他是很高很高的，眼色与歌声便在星群里也放光。不看他站起来，不知道他平常是在地上爬的。

外国的通俗音乐，我最不喜欢半新旧的。例如"一百零一支最好的歌"，带有十九世纪会客室的气息，黯淡，温雅，透不过气来——大约因为那时候时兴束腰，而且大家都吃得太多，所以有一种饱闷的感觉。那里的悲哀不是悲哀而是惨沮不舒。《在黄昏》是一支情歌：

在黄昏，想起我的时候，不要记恨，亲爱的——

听口气是端方的女子，多年前拒绝了男人，为了他的好，也为她的好。以后什么事都没有发生，她一个人住着，一个人老了。虽然到现在还是理直气壮，同时却又抱歉着。这原是温柔可爱的，只是当中隔了多少年的慢慢的死与腐烂，使我们对于她那些过了时的逻辑起了反感。

苏格兰的民歌就没有那些逻辑，例如《罗门湖》，这支古老的歌前两年曾经被美国流行乐队拿去爵士化了，大红过一阵：

你走高的路吧，

我走低的路……

我与我真心爱的永远不会再相逢

在罗门湖美丽，美丽的湖边。

可以想象多山多雾的苏格兰，遍山坡的 heather，长长的像蓬蒿，淡紫的小花浮在上面像一层紫色的雾。空气清扬寒冷。那种干净，只有我们的《诗经》里有。

一般的爵士乐，听多了使人觉得昏昏沉沉，像是起来得太晚了，太阳黄黄的，也不知是什么时候，没有气力，也没有胃口，没头没脑。那显著的摇摆的节拍，像给人捶腿似的，却是非常舒服的。我最喜欢的一支歌是《本埠新闻里的姑娘》，在中国不甚流行，大约因为立意新颖了一点，没有通常的"六月""月亮""蓝天""你"：

因为我想她，想那

本埠新闻里的姑娘

想那粉红纸张的

本埠新闻里的

年轻美丽的黑头发女人

完全是大城市的小市民。

南美洲的曲子如火如荼，是烂漫的春天的吵嚷。夏威夷音乐很单调，永远是"吉他"的琮琤。仿佛在夏末秋初，席子要收起来了，挂在竹竿上晒着，花格子的台湾席、黄草席，风卷起的边缘上有一条金黄的日色。人坐在地上，把草帽合在脸上打瞌睡。不是一个人——靠在肩上的爱人鼻息"咻咻"地像理发店的吹风。极单纯的沉湎，如果不是非常非常爱着的话，恐怕要嫌烦，因为耗费时间的感觉太分明，使人发急。头上是不知道倦怠的深蓝的天，上下几千年的风吹日照，而人生是不久长的，以此为永生的一切所激恼了。

中国的通俗音乐里，大鼓书我嫌它太像赌气，名手一口气贯串奇长的句子，脸不红，筋不暴，听众就专门要看他的脸红不红，筋暴不暴。《大西厢》费了大气力描写莺莺的思春，总觉得是京油子的耍贫嘴。

弹词我只听见过一次，一个瘦长脸的青年人唱《描金凤》，每隔两句，句尾就加上极其肯定的"嗯，嗯，嗯"，每"嗯"一下，把头摇一摇，像是咬着人的肉不放似的。对于有些听众这大约是软性刺激。

比较还是申曲最为老实恳切。申曲里表现"急急忙忙向前奔"，有一种特殊的音乐，的确像是慌慌张张，脚不点地，耳际风生。最奇怪的是，表现死亡也用类似调子，气氛却不同了。唱的是："三魂渺渺，三魂渺渺，七魄悠悠，七魄悠悠；阎王叫人三更死，并不留人，并不留人到五更！"忒愣愣急雨样的，平平的，重复又重复，仓皇，嘈杂，仿佛大事临头，旁边的人都很紧张，自己反倒不知道心里有什么感觉——那样的小户人家的死，至死还是有人间味的。

中国的流行歌曲，从前因为大家有"小妹妹"狂，歌星都把喉咙逼得尖而扁，无线电扩音机里的《桃花江》听上去只是："价啊价，叽价价啊家啊价……"外国人常常骇异地问中国女人的声音怎么是这样的？现在好多了。然而中国的流行歌到底还是没有底子，仿佛是决定了新时代应当有新的歌，硬给凑了出来的。所以听到一个悦耳的调子像《蔷薇处处开》，我就忍不住要疑心是从西洋或日本抄了来的。有一天深夜，远处飘来跳舞厅的音乐，女人尖细的喉咙唱着："蔷薇蔷薇处处开！"偌大的上海，没有几家人家点着灯，更显得夜的空旷。我房间里倒还没熄灯，一长排窗户拉上了暗蓝的旧丝绒帘子，像文艺滥调里的"沉沉夜幕"。丝绒败了色的边缘被灯光喷上了灰扑扑的淡金色。帘子在大风里蓬飘，街上急急驶过一辆奇异的车，不知是不是捉强盗，"哗！哗！"锐叫，像轮船的汽笛，凄长地，"哗！哗……哗！哗！"大海就在窗外，海船上的别离，命运性的决裂，冷到人心里去。"哗！哗！"渐渐远了。在这样凶残的、大而破的夜晚，给它到处开起蔷薇花来，是不能想象的事，然而这女人还是细声细气很乐观地说是开着的。即使不过是绸绢的蔷薇，缀在帐顶、灯罩、帽檐、袖口、鞋尖、阳伞上，那幼小的圆满也有它的可爱可亲。

(1944 年 11 月)

丰子恺（1898—1975），著名漫画家、散文家、文艺理论家和翻译家。1919 年毕业于浙江省立第一师范学校。1921 年获亲友资助赴日留学，10 个月后因经济困难回国，先后在上海、浙江、重庆等地任教，并曾任上海开明书店编辑、《中学生》杂志编辑。1924 年在文艺刊物《我们的七月》上第一次发表漫画《人散后，一钩新月天如水》。1942 年在重庆自建"沙坪小屋"，专事绘画和写作。

音乐之用

丰子恺

学校的一切课业中，音乐似乎最没有用。即使说得它有用，例如安慰感情、陶冶精神、修养人格等，其用也似乎最空洞。所以有许多学校中，除音乐教师而外，大都看轻音乐，比图画尤其看轻。甚至连音乐教师也看轻音乐，敷衍塞责地教他的功课。

这是因为向来讲音乐的效果，总是讲它的空洞的方面，而不讲实用的方面，所以大家不肯起劲。这好比劝人念南无阿弥陀佛十遍、百遍或千遍可获现世十种功德，人皆不相信。又好比只开支票，不给现洋，人皆不欢迎。

《中学生》杂志创刊以来，好像没有谈过音乐（我没有查旧账，只凭记忆，也许记错了。但即使有，一定甚少）。现在我来谈谈。一切空洞的话都不讲，从音乐的实用谈起。

听说，日本九州有一个大机械工厂，厂里雇用着大群的女工。

每天夜班做工的时候，女工们必齐声唱歌。一面唱歌，一面工作，工率会增高，出产额比别的厂大得多。但夜工的时间很长，齐唱的声音又大，妨碍了工厂邻近的人们的安睡，邻人们抗议无效，便提出公诉。诉讼的结果，工厂方面负了，只得取消唱歌。取消之后，女工们的工率大为降低，工厂的生产大受影响，云云。

听说美国有一种习字用的蓄音机唱片，其音乐的旋律与节奏恰符合着写英字时的手的运动。小学生练习书法时，一面听蓄音机，一面写字，其工作又省力，又迅速，又成绩良好。这等方法是由种田歌、采茶歌、摇船歌、纺纱歌等加以科学地改进而来的。又可说是扛抬重物的劳动者所叫的"杭育，杭育"，或建筑工人打桩时的歌声的展进。我乡（恐怕我国到处皆然）有一种人，认为打桩的歌声中有鬼神。打桩的地方，经过的人必趋避，小孩尤不宜看。据说工人们打桩时，若把路过的人的名字或形容唱入歌中，桩便容易打进；同时被唱入歌中的人必然倒霉，要生大病，变成残废，甚或死去。因为那人的灵魂随了这桩木而被千钧之力打击，必然重伤或致命。而且，归咎于看打桩的瞎子、跛子、驼子或歪嘴，亦常有所见闻。但是，我每次经过打桩的地方，定要立定了脚倾听。他们不知在唱些什么歌曲，一人提头唱出，众人齐声附和。其旋律有时像感叹调，有时像宣叙调；其节奏有时从容浩大，有时急速短促；其歌词则除"杭育"以外都听不清楚，不知道在念些什么。据邻家的三娘娘说，是在念路过人的姓名、服装或状貌，所以这种声音很可怕。但我并不觉得可怕，只觉得很自然，很伟大，很严肃。因为我看他们的样子，不是用气力来唱歌，而是用唱歌唤出气力来做工。所以其唱歌毫不勉强，非常自然。又看他们的工作，用人力把数丈长的大木头打进地壳去，何等伟大而严肃！所以他们的歌声，有时像哀诉、呐喊，有时像救火、救命，有时像冲锋杀敌，阴风惨惨，杀气腾腾的。这种唱歌在工作上万万不能缺少。你们几曾见过默默地打桩的工人？假如有之，其桩一定打不进，或者其人都要吐血。音乐之用，没有比这更切实的了。那机械工厂的利用唱歌和习字蓄音片的制造，显然是从这里学得的。

听说，音乐又可以做治病的良药。大哲学家尼采曾经服这药而得灵验，有他自己的信为证。千八百八十一年十一月[1]，尼采旅居意大利，偶在一处小剧场中听到法国音乐家比才（Georges Bizet，1838—1875）的杰作——歌剧《卡尔门》[2]（Carment，这歌剧现在已非常普遍流行于世间，电影中已制片，各乐器都有这剧的音乐，开明书店的《口琴吹奏法》里也有《卡尔门》的口琴曲），被它的音乐所感动，热烈地爱好它。第二次开演时，尼采正在生病，扶病往听，听了之后病便霍然若失。次日写信给他的友人，说："我近来患病，昨夜听了比才的杰作，病竟痊愈了，我感谢这音乐！"（事见小泉洽著《音乐美学诸相》所载）倘有人开一所卖"音乐"药的药房，这封大哲学家的信大可以拿去登在《新》《申》二报上，做个广告。又

---

①即 1881 年 11 月。——编者注。
②今译《卡门》。——编者注。

据日本音乐论者田边尚雄的报告，用音乐治病的例很多：十九世纪初，法国有一位名医名叫裴伯尔的，常用音乐治病。这医生会唱种种的歌，好像备有种种的药一般。病人求治，不给药，但唱歌给他听，或用 Clarinet（喇叭类乐器）吹奏极锐音的乐曲给他听，每日数回，饭前、饭后或睡前，其病数日便愈。又听说，怀娥铃（Violin）① 治病是最好的良药。二百年前，法国每年盛行的 Carnaval（谢肉祭）中，有人以狂热舞蹈而罹病者，用怀娥铃演奏乐曲给他听，催他入睡，醒来病便没有了。野蛮人中用音乐治病的实例更多：美洲可伦比亚②河岸的野蛮人，凡遇生病，不服药，但请一老巫女来旁大声唱歌，又令十五六青年手持木板打拍子舞蹈而和唱。病轻的唱一回已够，病重的唱数回便愈。又据非洲漫游者的报告，奴皮亚③地方的人把病者施以美丽的服饰，拥置高台上，台下许多青年唱歌、舞蹈，其病就会痊愈。又，美洲印第安人的医生，都装扮得很美丽，且解歌舞，好像我们这里的优伶一般。这种话好像荒诞而属于迷信，但我看到我家的李家大妈的领孩子，确信它们并不荒诞，并非迷信。这种音乐治病法，是由李家大妈的唱歌展进而来。我家有一个小孩子，不时要噪，要哭，要跌跤，要肚痛。她娘也管她不了，只有李家大妈能克制她。其克制之法，就是唱歌。逢到她噪了，哭了，她抱着用手拍几下，唱歌给她听，她便不噪，

①今译小提琴。——编者注。
②今译哥伦比亚。——编者注。
③今译努比亚。——编者注。

不哭了。逢到她跌跤了或肚痛了，蒙了不白之冤似的大声号哭，也只要李家大妈一到，抱着按摩一下，唱几首歌，孩子便会入睡，醒来时病苦霍然若失了。这并非偶然，唱歌的确可以催眠，音乐中不是有"眠儿歌"这一种乐曲吗？由此展进，也许可以有"醒睡歌""消食歌"以至"镇痛歌""解毒歌""消痰止渴歌""养血愈疯歌"等。也许那位法国的名医会唱这种歌，秘方不传，所以世间没有人知道。

听说，音乐又可以使人延年益寿。有许多长寿的音乐大家为证：法国名歌剧家奥裴尔（Daniel Auber, 1782—1871）[1] 享年八十九岁。意大利的名歌剧家侃尔皮尼（Luigi Chorubini, 1760—1842）享年八十二岁。同国还有一位歌剧家洛西尼（Gioacchino Rossini, 1792—1868）[2] 享年七十六岁。大名鼎鼎的乐圣法国人罕顿（Joseph Haydn, 1732—1809）[3] 享年七十七岁。德国怀娥铃作曲家史布尔（Louis Sphor, 1784—1859）[4] 享年七十五岁。又一位大乐圣德国人亨代尔（George Friedrich Handel, 1685—1759）[5] 享年七十四岁。有名的歌剧改革者格罗克（Christoph Willibald Gluck, 1714—1787）[6] 享年七十三岁。德国

---

①今译奥柏，法国作曲家。——编者注。
②今译罗西尼，意大利著名歌剧作曲家。——编者注。
③今译海顿，维也纳古典乐派的最早期代表。——编者注。
④今译施波尔，德国小提琴家、作曲家和指挥家。——编者注。
⑤今译亨德尔，著名的英籍德国作曲家。——编者注。
⑥今译格鲁克，德国歌剧作曲家。——编者注。

浪漫派歌剧家马伊亚裴亚（Giacomo Meyerbeer，1791—1864）①也享年七十三岁。意大利作曲家比起尼（Piccini，1728—1800）②享年七十二岁。意大利宗教音乐改革者巴雷史德利拿（Palestrina，1525—1594）③享年六十九岁。日本平安朝的乐人尾张滨主年一百十余岁尚能在皇帝④御前作"长寿舞"。我国汉文帝时盲乐人窦公，一百八十岁时元气犹壮。文帝问他长生之术，他说十三岁两目全盲，一心学琴至今，故得长生。

　　这样看来，音乐的效果不是空洞的，着实有实用之处。那么所谓"安慰感情，陶冶精神，修养人格"等不是一张空头支票，保存得好，将来可以兑现。

（廿三年三月廿六日，为《中学生》作）

（《艺术趣味》）

---

①今译迈耶贝尔，德国作曲家、钢琴家和指挥家。——编者注。
②今译比奇尼。——编者注。
③今译帕莱斯特里那，意大利文艺复兴后期的作曲家。——编者注。
④原文如此。此处"皇帝"应指天皇。——编者注。

林　路（1913—2001），作曲家、音乐理论家和音乐教育家。1932 年至 1934 年在上海音乐专科学校学习声乐。1936 年参加抗日救亡歌咏运动。1939 年与田汉合作（田汉词，林路曲）《江汉渔歌》《儿女英雄》《情探》，1945 年创作进行曲《胜利来到了》（卜斯水词，林路曲）和《世界变了样》。后曾任武昌中原大学文艺学院音乐系副院长、中南音专副校长、湖北艺术学院院长。

音乐进修漫谈

林　路

　　学音乐是一件很难的事，也是一件很容易的事。

　　说是难，因为音乐是一门技术，而且是一门艰深的技术，即令专门地学习，也至少需要十年八年的不断磨炼才有成就。说是容易，因为音乐不过是 1，2，3，4……几个音在变化，只要我们兴趣存在，是不难得其门而入的。

　　我们，当然并不一定想成为一个音乐家，但既然对音乐发生了兴趣，就该去找寻培养这兴趣的方式，不然，不是走了冤枉路就是碰壁，反而会使这兴趣降低了。

　　让我把音乐艺术大概地分成三个部门，就是理论、声乐、器乐。这每一部门都包括得相当广，像乐理、作曲法、和声学、对位法、音乐史、和声或曲体解剖、领略法等，都是属于理论范围的；声乐呢，包括人声各部的独唱、重唱、合唱；器乐也包括无论中外各种乐器的独奏、重奏和合奏。我们一定要从这些中间挑选一种或数种最适合自己兴趣的来研究，要想"十八般武艺件件精通"是很困难也不可能的。但有一点，我们不论选择哪一种，起码的条件要先熟悉音乐的文字和基本法则，就是普通乐理。

常常看到有许多爱好音乐的青年朋友们，他们也许参加了某一歌咏团或音乐团体两三年，但甚至于连简谱还不能正确而流利地读出来，如果再把他在小学和中学所受的音乐教育算上去，这不是一件很奇怪的事吗？

所以我提议，请大家先在乐谱上下一番功夫，当然最好是能看五线谱，不然，简谱也好，否则，除了随声附和以外，是无法做进一步的研究的。

看乐谱有两个秘诀，就是多看和细心。有的人虽说早就懂得乐谱组织的一切法则，但不多去练习，看起来还是心不应手、口不应心的。有的人即令成天在哼哼唱唱，但因为太粗心，还是不免忘记了一个附点或是少了一个休止符。我们应该这样想，哪怕是一点极小的错误，都是不应该的，都应该马上纠正。尤其因为我们现在的音乐，不是某个人自己玩玩而已的，他必须去教给人家，传播到广大的群众中去。自误已经不应该了，误人岂不更是罪恶！

其次，我们再来谈谈理论方面。现在有许多人，在音乐的理论方面，特别偏爱作曲。记得从前编音乐杂志的时候，常常收到某些人的作品并不是一首一首地寄来，而是一本一本地寄来的，产量之丰富，实在是惊人！其中，当然有不少好的作品，但大多数却要不得，这是如何大的一种精神上的浪费啊！

我们可以这样说，作曲是音乐理论中最主要而艰深的一种，而同样也是一种艰难的技术。当然，每一个欢喜作曲的朋友一定都在这一方面有天才，不一定要熟悉了和声学、对位法和作曲法等才开始作曲的，但如果你已经开始作曲，而且以后还要继续作下去的话，就非要熟悉那些学问不可，不能单凭天才。

世间最出名的天才音乐家莫扎特（Mozart，奥国人），五岁就开始作曲了，那时他当然没有学过什么法则。可是他后来之所以能成为一个伟大的作曲家，必然是精研了前代音乐理论的成就，绝不是靠了小时的一点聪明而已。大家也许在国文中曾经读过一篇王安石写的方仲永作诗的故事吧，"聪明反被聪明误"是值得特别警惕的。

至于声乐，用普通的说法就是唱歌，对这方面有兴趣的朋友当然更多，各地歌咏团就可以作为证明。

许多爱唱歌的朋友都很容易犯两种毛病，一种是太想成为一个独唱者，一种是太不注意成为一个歌咏队员。因为太想成为一个独唱者，而又不去寻求或无法找到正确的路，仅仅凭了天赋的喉音而唱，甚至一点也不注意歌曲的情绪和内容，这是不会有进展的。独唱的成功主要的条件并不在喉音，而大部分要靠对于歌曲的理解和呼吸及声音的运用方法，还要勤苦而合理地练习。这就是为什么必须要找一位先生的理由。自己的毛病常常是最不容易发觉而又最容易被原谅的，如果你没有一个固定的老师，那么你周围的朋友和倾听你的歌声的群众的爱憎便是很好的教训。

因为太不注意成为一个歌咏队员，所以常常有些成立了三四年甚至五六年的歌咏团体，他们的练习和表演同最开始时的技巧很难分出高低。当然，人事的变动和指导者的技术是最大的因素。但我要问，是否每个队员在练习或表演时都曾注意到指挥，都能保证把乐曲唱得十分正确了呢？我敢说，那真是很少很少。很多人把作为一个歌咏队员看得太容易了，当口里唱着歌的时候，不仅可以东张西望，甚至还会想到另外的事，那你又何必参加唱歌呢？

做一个歌咏队员并不一定比做一个独唱者来得容易些，一个好的歌咏队其实应该每个人都能成为独唱者。歌咏队员除了应该具有独唱者应有的条件外，还得要有与其他队员合作与服从指挥的精神呢！

器乐方面，虽说欢喜的人并不少，但至少学习的人要少些，这现象也有两种原因：第一，现在欢喜器乐的人，多半欢喜西洋乐器，可是西洋乐器中不要说钢琴、提琴了，哪怕是口琴都已经成了阔人的玩意，而且不容易买到，即令买到了乐器，识乐谱也会感到困难，怎么可以按部就班地学习呢？第二，学中国乐器吧，中国乐器学习上的困难也许更多，因为它制造上不免粗糙，而又很少有人专门从事，教与学的方法都待研究，而要玩得好也并不容易，即使玩好了也没有大用处。对中国乐器是不愿学甚至不屑于学，对西洋乐器虽愿意学又学不到，自然玩乐器的人不会多了。

我以为，能够学习西洋乐器当然最好，实在不可能，也不妨选择一样较好的中国乐器学学。对于中国乐器我们可以这样看，虽说制造不良，音色不美，音阶不准，音量不宏，但在表现民族特性上还是有它不可磨灭的价值存在的，尤其是经过大家的研究以后也很可能改善。我们既然如此看重民歌，对民族器乐鄙视是未免奇怪的了。何况学会了中国乐器以后，在可能弄到西洋乐器时再改，也并不是不可能的事呢！

这一次为了负责一个历史剧演出的音乐工作而物色国乐演奏人才的困难，使我觉得相当难过。实在，如果一个中国的音乐爱好者不愿意学中国乐器是不应该的，一个中国的音乐团体找不出几个会玩国乐的人难道不是一种耻辱吗？

承编者的好意，要我为《进修》写一点关于音乐的文章，就把这些问题随便谈谈，拉杂一堆，是很辜负这番厚意的。以后如有机会，当再具体而有系统地谈些其他。最好是，朋友们如果在音乐进修方面有什么问题或困难，不妨尽量地提出来，我们来设法讨论，对大家也许更有益。

张爱玲（1920—1995），本名张煐。中国现代著名女作家。原籍河北丰润，生于上海。1932年开始发表小说、散文等文学作品。1939年就读于香港大学。1942年中断学业回到上海。此后陆续发表《沉香屑·第一炉香》《倾城之恋》《心经》《金锁记》等中、短篇小说，震动上海文坛。其作品包括小说、散文、电影剧本和文学论著等，见证了中国近现代史。

谈　画

张爱玲

我从前的学校教室里挂着一张《蒙纳·丽萨》①，意大利文艺复兴时代的名画。先生说："注意那女人脸上的奇异的微笑。"的确是使人感到不安的美丽恍惚的笑，像是一刻也留它不住的，即是在我努力注意之际也滑了开去，使人无缘无故觉得失望。先生告诉我们，画师画这张图的时候曾经费尽心机搜罗了全世界各种罕异可爱的东西放在这女人面前，引她现出这样的笑容。我不喜欢这解释。绿毛龟、木乃伊的脚、机械玩具，倒不见得使人笑这样的笑。使人笑这样的笑，很难吧？可也说不定很容易。一个女人蓦地想到恋人的任何一个小动作，使他显得异常稚气，可爱又可怜，她突然充满了宽容，无限制地生长到自身之外去，荫庇了

①今译《蒙娜丽莎》。——编者注。

他的过去与将来，眼睛里就许有这样的苍茫的微笑。

《蒙纳·丽萨》的模特儿被考证出来，是个年轻的太太。也许她想起她的小孩子今天早晨说的那句聪明的话——真是什么都懂得呢——到八月里才满四岁——就这样笑了起来，但又矜持着，因为画师在替她画像，贵妇人的笑是不作兴露牙齿的。

然而有个十九世纪的英国文人——是不是 Walter de la Mare①，记不清了——写了一篇文章关于《蒙纳·丽萨》，却说到鬼灵的智慧、深海底神秘的鱼藻。看到画，想作诗，我并不反对——好的艺术原该唤起观众各个人的创造性，给人的不应当是纯粹被动的欣赏——可是我憎恶那篇《蒙纳·丽萨》的说明，因为是有限制的说明，先读了说明再去看图画，就不由得要到女人眼睛里去找深海底的鱼影子。那样的华美的附会，似乎是增多，其实是减少了图画的意义。

图文课本里还读到一篇《画记》，那却是非常简练，只去计算那些马，几匹站着，几匹卧着。中国画上题的诗词，也只能拿它当作字看，有时候的确字写得好，而且给了画图的结构一种脱略的、有意无意的均衡，成为中国画的特点。然而字句的本身对于图画总没有什么好影响，即使用的是极优美的成句，一经移植在画上，也觉得不妥当。

因此我现在写这篇文章关于我看到的图画，有点知法犯法的感觉，因为很难避免那种说明的态度——而对于一切好图画

①瓦尔特·德·拉·马雷（1873—1956），英国小说家、诗人。——编者注。

的说明，总是有限制的说明，但是临下笔的时候又觉得不必有那些顾忌。譬如朋友见面，问："这两天晚上月亮真好，你看见了没有？"那也很自然吧！

新近得到一本赛尚①画册，有机会把赛尚的画看个仔细。以前虽然知道赛尚是现代画派第一个宗师，倒是对于他的徒子徒孙较感兴趣，像 Gauguin, Van Cogh, Matisse, 以至后来的 Picasso②，都是抓住了他的某一特点，把它发展到顶点，因此比较偏执、鲜明，引人入胜。而充满了多方面的可能性的、广大含蓄的赛尚，过去给我唯一的印象是杂志里复制得不很好的静物，几只灰色的苹果，下面衬着桌布，后面矗立着酒瓶，从苹果的处理中应当可以看得出他于线条之外怎样重新发现了"块"这样的东西，但是我始终没大懂。

我这里这本书名叫《赛尚与他的时代》，是日文的，所以我连每幅画的标题也弄不清楚。早期的肖像画中有两张成为值得注意的对比。1860 年的一张，画的是个宽眉心、大眼睛诗人样的人，云里雾里，暗金质的画面上只露出一部分脸面与白领子。我不喜欢罗曼谛克③主义的传统，那种不求甚解的神秘就像是把电灯开关一捻，将一种人造的月光照到任何事物身上，于是就有模糊的蓝色的美艳，有黑影，里头"唧唧阁阁"叫着兴奋与恐怖的虫与蛙。

---

①今译塞尚。——编者注。
②此处英文人名今译名依次为高更、凡·高、马蒂斯、毕加索。——编者注。
③今译罗曼蒂克。——编者注。

再看 1863 年的一张画，里面也有一种奇异的、不安于现实的感觉，但不是那样廉价的诗意。这张画里我们看见一个大头的小小的人，年纪已在中年以上了，波鬓的淡色头发照当时的式样长长地分披着。他坐在高背靠椅上，流转的大眼睛显出老于世故的、轻蔑浮滑的和悦，高翘的仁丹胡子补足了那点笑意。然而这张画有点使人不放心，人体的比例整个地错误了，腿太短，臂膊太短，而两只悠悠下垂的手却又是很长，那白削的骨节与背后的花布椅套相衬下，产生一种微妙的、文明的恐怖。

1864 年所作的僧侣肖像，是一个须眉浓鹫的人，白袍，白风兜，胸前垂下十字架，抱着胳膊，两只大手，手与脸的平面特别粗糙，隐现冰裂纹。整个画面是单纯的灰与灰白，然而那严寒里没有凄楚，只有最基本的人与风雹山河的苦斗。

欧洲文艺复兴以来许多宗教画最陈腐的题材，到了赛尚手里，却是大不相同了。《抱着基督尸身的圣母像》实在使人诧异。圣母是最普通的妇人，清贫，论件计值地做点缝纫工作，灰了心，灰了头发，白鹰钩鼻子与紧闭的嘴里有四五十年来狭隘的痛苦。她并没有抱住基督，背过身去正在忙着一些什么，从她那暗色衣裳的折叠上可以闻得见熰着的贫穷的气味。抱着基督的倒是另一个屠夫样的壮大男子，石柱一般粗的手臂，秃了的头顶心雪白地连着阴森的脸，初看很可怕，多看了才觉得那残酷是有它的苦楚的背景的，也还是一个可同情的人。尤为奇怪的是基督本人，皮肤发黑，肌肉发达，脸色和平，伸长了腿，横贯整个的画面，他所有的只是图案美，似乎没有任何其他意义。

《散步的人》，一个高些，戴着绅士气的高帽子，一个矮些的比较像武人，头戴卷檐大毡帽，脚踏长筒皮靴，手扶司的克①。那炎热的下午，草与树与淡色的房子蒸成一片雪亮的烟，两个散步的人衬衫里闷着一重重新的、旧的汗味，但仍然领结打得齐齐整整，手挽着手，茫然地、好脾气地向我们走来，显得非常之楚楚可怜。

《野外风景》里的两个时髦男子的背影也给人同样的渺小可悲的感觉。主题却是两个时装妇女。这一类的格局又是一般学院派肖像画的滥调——满头珠钻、严妆的贵妇人，昂然立在那里像一座小白山；背景略点缀些树木城堡，也许是她家世袭的采邑。然而这里的女人是绝对写实的。一个黑头发的支颐而坐，低额角，壮健，世俗，有一种世俗的伶俐。一个黄头发的多了一点高尚的做作，斜欠身子站着，卖弄着长尾巴的鸟一般的层叠的裙幅，将面颊偎着皮手笼，眉目冲淡的脸上有一种朦胧的诗意。把这样的两个女人放在落荒的地方，风吹着远远的一面大旗，是奇怪的，使人想起近几时的超写实派，画一棵树，树顶上嵌着一只沙发椅，野外的日光照在碎花椅套上，梦一样的荒凉。赛尚没有把这种意境发展到它的尽头，因此更为醇厚可爱。

《牧歌》是水边的一群男女，蹲着，躺着，坐着，白的肉与

---

① 即拐杖（Stick）。——编者注。

白的衣衫，音乐一般地流过去，低回做 U 字形。转角上的一个双臂上伸，托住自己颈项的裸体女人，周身的肉都波动着，整个的画面有异光的荡漾。

题名《奥林匹亚》的一幅，想必是取材于希腊的神话。我不大懂，只喜欢中央的女像，那女人缩作一团睡着，那样肥大臃肿的腿股，然而仍旧看得出来她是年轻坚实的。

我不喜欢《圣安东尼之诱惑》，那似乎是他偏爱的题材，前后共画过两幅，前期的一张阴暗零乱，圣安东尼有着女人的乳房，梦幻中出现的女人却像一匹马，后期的一张则是淡而混乱。

《夏之一日》抓住了那种永久而又暂时的、日光照在身上的感觉。水边的小孩张着手，叉开腿站着，很高兴的样子，背影像个蛤蟆。大日头下打着小伞的女人显得可笑。对岸有更多的游客，绿云样的树林子，淡蓝天窝着荷叶边的云，然而热，热到极点。小船的白帆发出熔铁的光，船夫、工人都烧得焦黑。

两个小孩的肖像，如果放在一起看，所表现的人性对比是可惊的。手托着头的小孩，突出的脑门上闪着一大片光，一脸的聪明、疑问、调皮、刁泼，是人类最厉害的一部分在那里往前挣。然而小孩毕竟是小孩，宽博的外套里露出一点白衬衫，是那样的一个小的白的、容易被摧毁的东西。到了一定的年纪，不安分的全都安分守己了。然而一下地就听话的也很多，像这里的另一个小朋友，一个光致致的小文明人，粥似的温柔，那凝视着你的大眼睛，于好意之中未尝没有些小奸小坏，虽然那小奸小坏是可以完全被忽略的，因为他不中用，没出息，三心二意，歪着脸。

在笔法方面，前一张似乎已经是简无可简了，但是因为要表示那小孩的错杂的灵光，于大块着色中还是有错杂的笔触，到了七年后的那张孩子的肖像，那几乎全是大块的平面了，但是多么充实的平面！

有个名叫"却凯"的人（根据日文翻译出来，音恐怕不准），想必是赛尚的朋友，这里共有他的两张画像。我们第一次看见他的时候，已经是老糊涂模样，哆着嘴、跷着腿坐在椅子上，一双手搭在椅背上，十指交叉，从头顶到鞋袜，都用颤抖、狐疑的光影表现他的畏怯、唠叨、琐碎。显然，这人经过了许多事，可是不曾悟出一条道理来，因此很着慌。但同时自以为富有经验，在年高德劭的石牌楼底下一立，也会教训人了。这里的讽刺并不缺少温情，但在九年后的一张画像里，这温情扩张开来，成为最细腻的爱抚。这一次他坐在户外，以繁密的树叶为背景，一样是白头发，瘦长条子，人显得年轻了许多。他对一切事物因不明了而引起的惶恐，现在混成一片大的迷惑，因为广大，反而平静下来了，低垂的眼睛里有那样的忧伤、惆怅、退休①；瘪进去的小嘴带着微笑，是个愉快的早晨吧，在夏天的花园里。这张画一笔一笔里都有爱，对于这个人的，这人对于人生的留恋。

对现代画中夸张扭曲的线条感兴趣的人，可以特别注意那

---

①"退休"，原文如此。——编者注。

只放大了的，去了圭角的手。

画家的太太的几张肖像里也可以看得出有意义的心理变迁。最早的一张，是拿传统故事中的两个恋人来做画题的，但是我们参考后来的肖像，知道那女人的脸与他太太有许多相似之处。很明显地，这里的主题就是画家本人的恋爱。背景是罗曼谛克的，湖岸上生着芦苇一类的植物，清晓的阳光照在女人的白头巾上，有着"兼葭苍苍，白露为霜"的情味。女人把一只手按在男人赤膊的肩头，她本底子是浅薄的，她的善也只限于守规矩，但是恋爱的太阳照到她身上的时候，她在那一刹那变得宽厚、聪明起来，似乎什么都懂得了，而且感动得眼里有泪光。画家要她这样，就使她成为这样，他把自己反倒画成一个被动的、附属的、没有个性的青年，垂着头坐在她脚下，接受她的慈悲，他整个的形体仿佛比她小一号。

赛尚的太太第一次在他画里出现，是这样的一个方圆脸盘、有着微凸的大眼睛、一切都很淡薄的少女，大约经过严厉的中等家庭教育，因此极拘谨，但在恋爱中感染了画家的理想，把他们的关系神圣化了。

她第二次出现，着实使人吃惊。想是多年以后了，她坐在一张乌云似的赫赫展开的旧绒沙发上，低着头缝衣服，眼泡突出，鼻子比以前尖削了，下巴更方，显得意志坚强，铁打的紧紧束起的发髻，洋铁皮一般的衣领衣袖，背后看得见房门，生硬的长方块，门上安着锁；墙上糊的花纸，纸上的花，一个个的也是小铁十字架；铁打的妇德，永生永世的微笑的忍耐——

做一个穷艺术家的太太不是容易的吧？而这一切都是一点一点来的——人生真是可怕的东西呀！

　　然而五年后赛尚又画他的太太，却是在柔情的顷刻间抓住了她。她披散着头发，穿的也许是寝衣，缎子的，软而亮的宽条纹的直流，支持不住她。她偏着头，沉沉地想她的心事，回忆使她年轻了——当然年轻人的眼睛里没有那样的凄哀。为理想而吃苦的人，后来发现那理想剩下很少很少，而那一点又那么渺茫，可是因为当中吃过苦，所保留的一点反而比从前好了，像远处飘来的音乐，原来很单纯的调子，混入了大地与季节的鼻息。

　　然而这神情到底是暂时的。在另一张肖像里，她头发看上去仿佛截短了，像个男孩子，脸面也使人想起一个饱经风霜的孩子，有一种老得太早了的感觉。下巴向前伸，那尖尖的半侧面像个锈黑的小洋刀，才切过苹果，上面腻着酸汁。她还是微笑着，眼睛里有惨淡的勇敢——应当是悲壮的，但是悲壮是英雄的事，她只做得到惨淡。

　　再看另一张，那更不愉快了。画家的夫人坐在他的画室里，头上斜吊着鲜艳的花布帘幕，墙上有日影，可是这里的光亮不是她的，她只是厨房里的妇人。她穿着油腻的暗色衣裳，手里捏着的也许是手帕，但从她捏着它的姿势上看来，那应当是一块抹布。她大约正在操作，他叫她来做模特儿，她就像敷衍小孩子似的，来坐一会儿，这些年来她一直微笑着，现在这画家也得承认了——是这样的疲乏、粗蠢、散漫的微笑。那吃苦耐劳的脸上已经很少女性的成分了，一只眉毛高些，好像是失望后的讽刺，实在还是极度熟悉之后的温情，要细看才看得出。

赛尚夫人的最后一张肖像是热闹鲜明的。她坐在阳光照射下的花园里，花花草草与白色的路上腾起春夏的烟尘。她穿着礼拜天最考究的衣裙，鲸鱼骨束腰带紧匝着她，她恢复了少妇的体格，两只手伸出来也有着结实可爱的手腕。然而背后的春天与她无关。画家的环境渐渐好了，苦日子已经成了过去，可是苦日子里熬炼出来的她反觉过不惯。她脸上的愉快是没有内容的愉快。去掉那鲜丽的背景，人脸上的愉快就变得出奇地空洞，简直近于痴呆。

看过赛尚夫人那样的贤妻，再看到一个自私的女人，反倒有一种松快的感觉。《戴着包头与皮围巾的女人》，苍白的长脸长鼻子，大眼睛里有阴冷的魅惑，还带着城里人下乡的那种不屑的神气。也许是贵妇，也许是个具有贵妇风度的女骗子。

叫作《塑像》的一张画，不多的几笔就达出那坚致酸硬的石头的特殊的感觉。图画不能比这更为接近塑像了。原意是否讽刺，不得而知，据我看来却有点讽刺的感觉——那典型的小孩塑像，用肥胖的突出的腮、突出的肚子与筋络来表示神一般的健康与活力，结果却表示了贪嗔、骄纵、过度的酒色财气，和神差得很远，和孩子差得更远了。

此外有许多以集团出浴为题材的，都是在水边林下，有时候是清一色的男子，但以女子居多，似乎注重在难画的姿势与人体的图案美的布置，尤其是最后的一张《水浴的女人们》，人体的表现逐渐抽象化了，开了后世立体派的风气。

　　《谢肉祭》的素描有两张，画的大约是狂欢节男女间公开的追逐。空气混乱，所以笔法也乱得很，只看得出一点：一切女人的肚子都比男人大。

　　《谢肉祭最后之日》却是一张杰作。两个浪子，打扮作小丑模样，大玩了一通回来了，一个挟着手杖，一个立脚不稳，弯腰撑着膝盖，身段还是很俏皮，但他们走的是下山路。所有的线条都是倾斜的，空气是满足了欲望之后的松弛。"谢肉祭"是古典的风俗，久已失传了，可是这里两个人的面部表情却非常之普遍、佻达，简单的自信，小聪明，无情也无味。

　　《头盖骨与青年》画着一个正在长大的学生坐在一张小桌子旁边，膝盖紧抵桌腿，仿佛挤不下，处处格格不入。学生的脸的确是个学生，顽皮，好问，有许多空想，不大看得起人。廉价的荷叶边桌子，可以想象那水浪形的边缘嵌在肉上的感觉。桌上放着书、尺，骷髅头压着纸。医学上所用的骷髅是极亲切的东西，很家常，尤其是学生时代的家常，像出了汗的脚闷在篮球鞋里的气味。

　　描写老年有《戴着荷叶边帽子的妇人》，她垂着头坐在那里数她的念珠，帽子底下露出狐狸样的脸，人性已经死去了大部分，剩下的只有贪婪，又没有气力去偷、抢、囤，因此心里时刻不安；她念经不像是为了求安静，也不像是为了天国的理想，仅仅是数点手里叽里咕噜的小硬核，数点眼前的东西，她和它们在一起的日子也不久长了，她也不能拿它们怎样，只能东舐舐，西舐舐，使得什么上头都沾上一层腥液。

　　赛尚本人的老年就不像这样。他的末一张自画像，戴着花花公子式歪在一边的"打鸟帽"，养着白胡须，高挑的细眉毛，脸上也有一种世事洞明的奸猾，但是那眼睛里的微笑非常可爱，仿佛说：看开了，这世界没有我也会有春天来到。——老年不可爱，但是老年人有许多可爱的。

　　风景画里我最喜欢那张《破屋》，是中午的太阳下的一座白房子，有一只独眼样的黑洞洞的窗；从屋顶上往下裂开一条大缝，房子像在那里笑，一震一震，笑得要倒了。通到屋子的小路已经看不大见了，四下里生着高高下下的草，在日光中极淡极淡，一片模糊。那哽噎的日色，使人想起"长安古道音尘绝，音尘绝——西风残照，汉家陵阙"。可是这里并没有巍峨的过去，有的只是中产阶级的荒凉，更空虚的空虚。

（《流言》）

林语堂（1895—1976），现代著名作家、翻译家、语言学家。福建龙溪人。1916 年在上海圣约翰大学获得学士学位，1920 年获哈佛大学文学硕士学位，1923 年获德国莱比锡大学语言学博士学位。曾任北京大学英文学系语言学教授、厦门大学文学系主任兼国学院秘书、联合国教科文组织艺术文学组组长、国际笔会副会长等职。其用英文所著《吾国与吾民》《生活的艺术》《京华烟云》等被译为多国文字。

论中西画

林语堂

文章无波澜，如女人无曲线。

天下生物都是曲的，死物都是直的。自然界好曲，如烟霞，如云锦，如透墙花枝，如大川回澜；人造物好直，如马路，如洋楼，如火车铁轨，如工厂房屋。物用唯求其直，美术则在善用其曲。中国美术建筑之优点，在懂得仿效自然界的曲线，如园林湖石，如通幽曲径，如画檐，如板桥，皆能尽曲折之妙，以近自然为止境。

中国美术的冲动，发源于山水；西洋美术的冲动，发源于女人。

西人知人体曲线之美，而不知自然曲线之美。中国人知自然曲线之美，而不知人体曲线之美。

中国人画春景，是画一只鹧鸪。西人画春景，是画一裸体女人被一个半羊半人之神追着。

西人想到"胜利""自由""和平""公理"，就想到一裸体女人的影子。为什么胜利、自由、和平、公理之神一定是女人，而不会是男人？中国人永远不懂。

中国人喜欢画一块奇石，挂在壁上，终日欣赏其所代表之山川自然的曲线，西人亦永远不懂。西人问中国人，你们画山，为什么专画皱纹，如画老婆的脸一样？

中国人在女人身上看出柳腰、莲瓣、秋波、蛾眉。西人在四时野景中看出一个沐浴的女人。

为什么学画必画女人，画女人必须叫女人脱裤，我始终不懂。

裸体画皆淫画，其赏美之根据系性欲。西洋艺术家坦然承认之，中国之西洋画师却不敢承认，名之曰"审美"，曰"鉴赏标准美"。

现在社会系男子的社会，故好画裸体女人。女子的社会必好画裸体男子，亦必美其名曰："鉴赏标准美。"

雄狗会画，亦必认雌狗的大腿为标准美的极峰。雌狗画雄狗亦然。

西人女装所以表扬身体美，中国人女装所以表扬杨柳美。

女人西装表扬身体美者之美，同时亦暴露身体丑者之丑，使年老胖妇无所逃乎天地之间。

西人将花树剪裁成三角、圆锥子等形，或将花草植成字母，排成阵伍，这是中国人向来不会做出来的傻事，但今日愚园路寓公竟亦有效之者。

摩登式家具（电灯、装饰等）及摩登洋灰房屋，主用直线，是代表工业时代之精神。上海大光明影戏院看来似欲效工厂而不得之建筑或未完工之工厂。

上海大洋楼，皆忘记盖一屋顶。

西洋人好造灯塔，中国人亦有俗人仿造灯塔为西湖博览会纪念碑。常看之眼会生疔疮。

今日习西学的美术家、建筑师皆俗人。

凡尔赛故宫为世界最难看之宫苑，因一切树木皆作对仗排阵伍故也。中山陵之树木，亦已皆作对仗排阵伍。

上海有几万个中国富翁，却只有一二座中国式的园宅。此上海所以为中国最丑陋、最铜臭、最俗不可耐之城。

中国美术系 Apolionian Art，西欧美术系 Dionysian Art，前者主幽静、婉约、清和、闲适，后者主刚毅、深远、情感、淫放。中国美术，技术系主观的（如文人画、醉笔），目标却在神化，以人得天为止境；西洋美术，技术系客观的（如照相式之肖像），目标却系自我，以人制天为止境。

西洋近代画最受东方画影响，注意笔致、气韵，然除少数人，如 Cézanne① 外，尚未学得用笔。

仿画希腊、罗马石膏像，在西方进步的美术学校此调久已不弹，然在吾国美术学校正在盛行。

---

①即塞尚。——编者注。

德国学校有购买有正书局翻印古画为学生图画蓝本者。中国学校则不然。

中国人之西洋画，如中国人用猪油做的西洋点心，一样令人无法消受。

(《我的话》)

丰子恺（1898—1975），著名漫画家、散文家、文艺理论家和翻译家。1919 年毕业于浙江省立第一师范学校。1921 年获亲友资助赴日留学，10 个月后因经济困难回国，先后在上海、浙江、重庆等地任教，并曾任上海开明书店编辑、《中学生》杂志编辑。1924 年在文艺刊物《我们的七月》上第一次发表漫画《人散后，一钩新月天如水》。1942 年在重庆自建"沙坪小屋"，专事绘画和写作。

绘画的欣赏

丰子恺

眺望这般复杂的今日的画坛，而欲在一篇短文中谈论《绘画的欣赏》，也只能像"影绘"一般只描物象的大体轮廓；或者像"略画"一般，省去了一切的 details，而仅写主要的寥寥数笔。

凡事入了专门研究，必然发生出许多"不足为外人道"的专门技法来。绘画艺术也是如此。所谓"笔意""气韵"，所谓"Touch""Value"等，都是专门家之间的品评用语。普通的欣赏者中，真能理解这种技法的人极少。这在一方面看，原是绘画艺术进步的现象；但从他方面看，也是使绘画的欣赏范围缩小的一个原因，或者是把绘画推进象牙塔的一种助力。"绘画的欣赏"的难言，其主因也就在此。然而现在可以暂时不顾一切这等专门技法，而但从绘画的表面着手，把它们区别为"写实"与"写意"两大范型。这办法自不免粗率，然而容易引导一般人跨上绘画欣赏的道路。

这分类法的根据是这样：除了极少数莫名其妙的新派画外，凡绘画总是在平面上描写"物象"——人物、山水、花鸟、社会——的。这些物象的描写法，或工或粗，或繁或简，因各时代、各地方、各个人而纷异。但大体可分为两类：其一是力求肖似实物的，即依照眼前的实际状态而描写的；其二是故意背叛实物的，即依照心中的想象姿态而描写的。前者可称为"写实"的，后者可称为"写意"的。现在先列在下面，然后依次序略加说明。最后括弧里的字，表示它们的极端的形式。

绘画 { 写实的＝＝印象派——浪漫派——古典派——文艺复兴期
          绘画——（照相）
       写意的＝＝后印象派——野兽派——中国画——漫画——
          立体派——（图案）

印象派是十九世纪后半期兴起的一种画派。他们的主张，描画要全凭仗两只眼睛的感觉，不可加以记忆或想象。例如描一盆花，不可先想起花是红的，叶是绿的，然后调红颜料来描花，调绿颜料来描叶。须得屏绝思虑，用纯洁的视觉来观看某种光线之下某种环境之内的花的瞬间的状态，然后完全依照视觉的所感而描写。红花的某部分，在某种光线之下也会显出非红色来；绿叶的某部分，在某种光线之下也会显出非绿色来。于是花不一定红，有时也会变绿；叶不一定绿，有时也会变红。

故在印象派的绘画中，各物的各部分，红、黄、蓝诸色齐备，不过强弱不同而已。近看时，但见画面统是各种的色点或色条，犹如织物的地毯一般。但走远来，把两眼微微合拢而眺望，即见很逼真的瞬间状态，同真的光线之下的实物一样。这种画法盛行于十九世纪后半叶，其余风至今日还存在。现今的美术家，即使非印象派的人，其画中也常略带印象派的痕迹。我们欣赏这种画时须注意：第一，不宜近看，近看则斑斑驳驳，不辨物象；宜远看，远看则光线、彩色均极逼真。第二，但赏形色的美，不宜探索画中题材的含意。因为印象派画家的选材，不以内容意味而以形式的美（光与色）为标准。若光线与色彩皆美观，则无论小小的两只果子，平凡的一堆稻草，也可为杰作的题材。印象派创生于法国。法国印象派大家莫内（Monet）① 的杰作大都是静物及平凡的野景。他们的画非但力求肖似实物，且描出实物的瞬间的光景，可谓写实风绘画的第一适例。

不重光与色的写实，而重形的写实，是写实派。这是十九世纪中叶在法国创生的一种画派。其代表作家为米叶（Millet）② 与柯裴（Courbet）③。他们的画法有三个特点：

第一是注重形，凡画中各物的形体，均切实地描写，务求肖似实物。

第二是注重明暗，凡物受光之处白，背光之处黑，半受光

---

①今译莫奈（1840—1926），法国印象派主要画家。——编者注。
②今译米勒（1814—1875），法国现实主义画家。——编者注。
③今译库尔贝（1819—1877），法国画家，写实主义美术的代表。——编者注。

半背光之处灰色，这三面皆分明地描出，故物象富有"立体感"，远望时同真的东西一样。若将其画缩小，印刷为复制品，则细处的笔法即隐，看去竟同照相一般，不过其美为照相所不可及。

第三是题材开放。以前的画，取材大都是高贵的人物、高贵的生活。写实派画家反对这办法，偏偏描写常见的人物、平凡的生活。农夫、劳工、田家生活、贫农之家，从此都有了入画的资格。故欣赏这等绘画，同参观现世社会一样，感到亲切的生活趣味。艺术出了象牙之塔而向一般民众开放以来，此种绘画最普遍地受世人欣赏。

以上两种绘画，印象派与写实派，虽然力求肖似实物，但画面全体必有统一的调子，即其所描写的必是在某一时间某一地方所见的景物。例如描写远景必模糊，描写细部分亦必模糊，方才合于实际。因我们的目力必集中于主体物象上，故余物势必模糊。但在这两派以前的画派，如浪漫派与古典派，并不如此。他们也力求肖似实物，但不论远近大小，皆用细描。故画面全体精致，一笔不苟。人物自须眉以至衣服上的皱纹，景物自地上的草、树上的叶以至屋上的瓦，无不一一细写。故其画远看也好，近看也好；就全体看也好，就部分看也好。例如浪漫派的大画家特拉克洛亚（Delacroix）① 的人物画，古典派大画家达微特（David）②

①今译德拉克洛瓦（1798—1863），法国画家。——编者注。
②今译大卫。——编者注。

描写拿破仑的画，都是工笔的写实。我们在书籍杂志中看它们的缩印图，觉得同照相无异；若看到真的作品，更要惊讶它们同实景一般。十八世纪以前的西洋画，都作这样的画风，而细写的功夫愈古愈深。文艺复兴期三杰的作品可说是最工细的写实风绘画。所谓三杰，即辽拿独·达文西（Leonardo da Vinci）①、米侃郎琪洛（Miche langelo）② 和拉费尔（Raphael）③。他们的作品形式大都巨大，画面所收罗的人物很多。各部细写，数年完成一幅，其工致可想而知。达文西的杰作是《最后的晚餐》，描写基督与十二门徒聚餐，十三人的表情、衣褶，室内的布置，无不详细描写，看去真同舞台上扮演的戏剧一般。米侃郎琪洛的杰作是《最后的审判》，无数的人物，各种姿势和服装，各种景物，皆出于工细之笔。我们平常所见的复制品大都是全幅中的某一部分，但是好像一幅独立的绘画。可知此种大画，实由无数小画连合而成，即画家的观点不集中于一个主体，而轮流集中于各部。故欣赏此等绘画，也可就逐部分细阅，不仅纵观其全体而已。三杰之中，拉费尔的作品形式较小，其杰作为《圣母子图》，用柔丽而工整的笔法，细写圣母与幼年耶稣的姿态，配以种种同样工细的背景。据史传所说，文艺复兴期的画家盛用"莫特尔"④，不过不像现今地专画裸体莫特尔，又令穿各种衣服，扮演历史故事，以供写实。

---

①今译列奥纳多·达·芬奇。——编者注。
②今译米开朗琪罗。——编者注。
③今译拉斐尔。——编者注。
④今译"模特儿"（Model）。——编者注。

有的画家亲自解剖尸体，以求人体画法的逼真。有的画家为欲描写基督被磔刑时的苦痛的颜貌，竟把莫特尔杀死（这是意大利画家 Giotto① 的故事。古代人竟有这种非人道的行为）。他们的注重写实，于此便可想见。

总之，从十五六世纪（文艺复兴）直至十九世纪初（古典派、浪漫派）绘画都是工笔写实的。愈古画面愈浪漫，愈近画面愈集中，但其工笔写实则无异。浪漫派以后的写实派与印象派，如前所述，写实而非工笔。上述各派绘画，可用"写实风"三字总括之。无论工笔或粗笔，统是力求肖似实物，依照眼前实际状态而描写的。充此种画风的极致，就是照相。上述作品，艺术的价值当然远胜于照相，但在写实的一点上，都具有照相的特色。米侃郎琪洛的大作好像团体照相，特拉克洛亚的风景画好像风景照相。印象派绘画仿佛是最近流行的那种模糊的美术照相。

反之，还有一大批不具照相特色的绘画存在着，这就是我所谓写意风的绘画，即故意背叛实物，依照心中的想象姿态而描出的绘画。在西洋，创造此画法的是后期印象派大画家赛尚痕（Cézanne）②，他的画中，用很粗大而强力的线条当作物象的轮廓。这一点便是背叛实物的明证。因为在实物上，轮廓只有界限，而并无"线"。线是画家心中想象出来的姿态。他的画中又用单纯的大块的绿色来描树叶，单纯的强硬的色块来描物体

---

①今译乔托（1267—1337），意大利雕刻家、画家和建筑师，被誉为"欧洲绘画之父"。——编者注。

②今译塞尚。——编者注。

的明暗。这也是背叛实物的一证。因为实际的树是由一片一片的小叶集成的，在实际的物象上是由明向暗渐次移变的，绝不会如此单纯而唐突。这种单纯与唐突也是画家心中想象出来的姿态。所以后期印象派的绘画，大概形态奇怪，色彩强烈，用笔粗率。总之，完全不像实物。同派的画家谷诃（Gogh）、果庚（Gauguin）以及其后的野兽派画家马谛斯（Matisse）、符拉芒（Vlaminck）、童根（Dongen）等①，更展进赛尚痕所创的画法，愈加背叛实物，而注重主观，故画面亦愈加奇怪，愈加强烈，愈加粗率了。欣赏此种绘画，宜注重其用笔的力、设色的胆量以及构图的经营，而欣赏其笔情墨趣，却不可从物象的形似上或题材的内容上探求兴味。苏东坡云："论画以形似，见与儿童邻。"用这两句诗来说明此种画的欣赏法最为适宜。

此种画法，在西洋是赛尚痕所创造的。但在东洋，原是我们中国绘画所固有的画法。而且赛尚痕的创造，确是从东洋画中获得其动机的。中国的画，无论山水、人物、花卉，皆不务写实，皆不照眼前实际状态描写，必然把实际形状变更，而描成奇怪的姿态。变更之法大约有二：或移改物象的位置，或变化物象各部大小的比例。例如画山水，尽可把平日所见的各种奇山异水重重叠叠地并收在一张纸上。女人画，为欲显示美貌，不妨把头画得特别大，不管它对于身体称不称；把脸涂得特别

---

①此句中的人名今译名依次为凡·高、高更、马蒂斯、乌拉曼克、东根。——编者注。

白，不管它对于实际合不合；为欲显示纤手，不妨把手画得特别小，像羊齿类植物一般，不管它对于全身配不配。这等其实不是描物象，只能说是描物象的一种象征。而我们欣赏时所感到的兴味，也是在其象征的暗示的意义上。这种变更再进一步地夸张起来，即成为漫画的形式。漫画是注重内容意味（讽刺等）的一种小画，形式大都夸张，不像实物。变形之极，就是立体派的绘画。那种画完全背叛实物，仅写主观的感念，因此缺乏客观的要素，往往成为莫名其妙的东西。这种绘画，虽然古今东西都有，但在背叛实物，依照心中想象姿态而描写的一点上，可说是同一范型的——写意的。充此种绘画的极致是图案。图案但从实物中看取特色，再用自己的想象来给它自由变形（其方法叫作便化），或把花草做成规则的形状，或把虫鸟变成奇异的色彩，以供各种装饰之用。试看后印象派、野兽派、立体派的画，以及各种的中国画，其线，其形，其色，其构图，到处微微地具有图案的特色，如同前述的写实画具有照相的特色一样。

欣赏绘画时，用这两种特色为区别的标准，也可以在复杂的画坛中找出大体的头绪来。

廿五年春日作

（《艺术漫谈》）

陈师曾（1876—1923），史学大师陈寅恪之兄。民国初年北京画坛最有名望的画家，善诗文、书法，尤长于绘画、篆刻。1902年与陈寅恪同赴日本留学，1910年归国，被聘为江西教育司长，不久转赴江苏南通师范学校任教，师从吴昌硕学画。1918年应聘为北京大学画法研究会中国画导师。1919年收著名画家汪岳云为入室弟子。1920年与周肇祥等发起成立"中国画学研究会"。代表作有《中国绘画史》《中国文人画之研究》《染苍室印存》等。

中国人物画之变迁

陈师曾

中国人物画之变迁，我以为很有研究的价值，研究愈深，兴味愈浓。

人物画在绘画中最为发达，因其关联人事最为密切。

中国的人物画，在三代以前就有了。殷王武丁图像以求传说于版筑之中，可知三代的人物画已略具规模了。唯其所图之形象若何，吾人殊难为深密的考究。迨后自汉朝起，人物画逐渐兴盛。

今讲自汉唐以至现代人物画的变迁——性质的变迁，画法的变迁。

古时多画人物：忠臣孝子，乱臣贼子。所以寓赏善惩恶之意，而匡伦理学之不逮，使人见了忠臣孝子的画像，引起崇拜模仿的观念；见了乱臣贼子的画像，生出厌恶戒惧的观念。自三代以至两汉，都属这一类——伦理的人物画。

自东汉以至六朝，佛教流入中国，于是佛画兴起。庄严的佛像，图诸石上，供人礼拜。及后黄、老虚无之学兴，宗教的人物画的性质遂扩大而为释道画了——这是宗教的人物画。

宋朝之后，人物画变而为赏玩的性质，徒供人之赏心悦目便了——这是赏玩的人物画。

以上把人物画性质的变迁提前做简单叙述。

汉武帝集藏许多鬼神的像于甘露殿，忠臣孝子的像于明光殿。到了宣帝，他图了霍光、张安世、刘德、苏武等十一功臣于麒麟阁，鬼神一类稀奇古怪的像于明光殿。及至元帝，他因后宫既多，不得常见，乃使毛延寿图形，按图召幸——可知当时的人物画，很见进步了。毛延寿而外，还有陈敞、刘白、龚宽、阳望、樊青等有名的画家，可知当时人物画的名手颇不乏人了。后汉光武定天下，有功臣邓禹等二十八人，明帝图这二十八将像于南宫云台，其用意也在表彰他们的忠诚，这都是帝王思想。

明帝有一次梦见佛像，乃派蔡愔出使西域，求得《四十二章经》及释迦之像，因建白马寺。于是佛教浸盛，佛画盛行。那时佛画虽然风行，但孔子和他身通六艺的七十二弟子的像也极其多。东汉的人物画较西汉尤其发达。往常的人物画都是镌诸宫殿里石墙之上，不可移动其位置的。汉朝的画像保存到现在的，有下列几种为最著名：《嘉祥武梁祠画像》（帝子，功臣，故事的）、《肥城孝山堂画像》（人物的）、《河南嵩山三阙》（风俗的)、《山东鱼口孔子见老子像》（还有一帧在江苏宝应）和《周公召公辅成王像》。此外尚有《阳三老食堂画像》，是小件头。汉时的人物画，笔法粗劣而不精致。以上讲的是汉朝的人物画。

到了魏晋六朝的时代，人物画渐渐地进步了。那时出了许多专门画家，其最著名者，为曹不兴（一作弗兴，三国人）、顾恺之（晋人）、陆探微（宋人）、张僧繇（梁人），大都生于南方。曹不兴从外国和尚学画，很受外国画的影响。他有层长处：大幅的人物画，他能顷刻间作就，身体的各部，且可布置合宜，毫厘不差。晋朝的顾虎头（即恺之）也是个以善画人物著闻的画家。他有段故事：他是个穷人，和尚向他化缘，他就为和尚画个佛像于庙里壁上，叫和尚卖给人看，后来视者如堵，和尚得了一笔巨资。顾氏画名之大，可想而知。南朝时陆探微的人物画较前更为特色，他对于谢赫所拟六项画法可算升堂入奥。谢赫所拟六项画法是：气韵生动，骨法用笔，因物赋形，随类赋彩，传摹移写，经营位置。谢赫这个人，人物画作得也很有名，顾虎头以后，算他称绝于一时。

中国的人物画是有骨法的，是有笔墨骨气的，不像今之水彩画，但取其浓丽生态以定品。可是梁朝善画佛像的张僧繇，他却变了体格，创没骨法。没骨法又叫作"染晕法"，是以五色染就，不见笔迹的，就是布彩肖像不用双钩的，和西洋的水彩画画法一样。他这个法子，是学了印度西域的佛画想来的。

北齐的人物画家曹仲达，他画的人物，其体稠叠，其衣紧窄，后人叫他作"曹衣出水"。他描出的线没有粗细，叫作"高古游丝描"，又叫作"铁线描"。"游丝描"落笔比较柔弱，"铁线描"比较强硬。文字诸体，由篆而隶而真行草，篆书是没有粗细的，隶书就分出些粗细，楷书则粗细分得越发显明。文字的变格如是，画法亦然。所以唐以前的画法是没有粗细的"高古游丝描"，到了唐朝以后，这项体法便被打破了。

唐初人物的盛况和六朝时代差不多，不过这时山水草木画颇形发达，所以画起人物来，添了山水草木、楼台亭阁的配置。这在六朝时代本已风行，到了隋、唐，较前益甚。那时绘一幅画，除人物画画手而外，还有山水、鸟兽、草木、昆虫……的画手在侧，分别担任"配景"。初唐人物画的画法和六朝时代一样。到了中唐，发生变化。中唐善画像的吴道子，他是绘画的革新家，他变更"高古游丝描"的笔法，而为有粗细的、有顿挫的，这叫作"兰叶描"、"橄榄描"或"针头鼠尾描"。他画的人物，笔势圆转，衣服飘举，后人称之谓"吴带当风"……与"曹衣出水"恰恰相反。他不但改变从前的笔法，并且改变着色的方法。大概从前的颜色受着印度画的影响，着得浓重的，他却改着淡色，叫作"吴装"。

自此画法遂分为两派：一为曹派，一为吴派。直至现在的画工，也不外这两派。

人物画面部的变迁。唐宋以前，无论男女，颊部是丰肥的，庞儿是像方形的，离不了"浓丽丰肥"四字的形容词；明朝以后，渐渐地变了，颊部是瘦削的，庞儿像个三角形。唐以前，人物画的衣是逢掖①的，唐以后，是瘦窄的。从前画的是仕女，现在画的是美人；从前的体态是端庄的、稚壮的，现在的体态是轻盈的、娇小的、妩媚的。从前的人物画，丑好老少，必得其真；现在的人物画讲究的是悦目的曼丽之容，失却美术的真谛了。

现在专讲佛画的变迁。佛画盛行于六朝以至唐朝之间。至宋朝则宗教的思想渐渐地衰了。苏东坡崇拜之禅宗一派盛行，于是拜佛的事日见其少，有当时所图的佛像亦因此而变其庄严的态度。自宋至元、明、清，庙里供的是罗汉、祖师、高僧的画像，现时还是如此。庄严的佛的画像很不多见。中国佛画的兴盛时期，可以说至唐时而止。因帝王拜佛，民众随之，佛画遂得盛行，所以思想的变迁影响于美术的盛衰至巨且大。如今西域还有许多佛画画诸石上，许多日本考古学家赴那儿把刻翼的石运回本国付印。清朝画佛像的人有所谓复古派者，如陈老莲、崔青蚓等，他们所作的佛像很难得社会欢迎。吴派的王小梅、顾西媚等的画很潇洒、秀媚，则见赏于一般人。

现在有人说：西洋画是进步的，中国画是不进步的。我却说：中国画是进步的。从汉时到六朝的人画，进步之速已如上述。自六朝至隋、唐，也有进步可见。不过自宋朝至近代没甚进步可言罢了。然而不能以宋朝到现今几百年间的暂告停顿，便说中国画不是进步的。譬如有人走了许多路，在中途立住了

---

①古代读书人所穿的一种袖子宽大的衣服。——编者注。

脚，我们不能以他一时的止步，就说他不能步行。安知中国绘画不能于最近的将来又进步起来呢？所以我说中国画是进步的。但眼下的中国画进步与否，尚难为切实的解答罢了。

（在北京八校学术讲演会讲演）

丰子恺（1898—1975），著名漫画家、散文家、文艺理论家和翻译家。1919 年毕业于浙江省立第一师范学校。1921 年获亲友资助赴日留学，10 个月后因经济困难回国，先后在上海、浙江、重庆等地任教，并曾任上海开明书店编辑、《中学生》杂志编辑。1924 年在文艺刊物《我们的七月》上第一次发表漫画《人散后，一钩新月天如水》。1942 年在重庆自建"沙坪小屋"，专事绘画和写作。

谈日本的漫画

丰子恺

我没有一一详考世界各国的漫画史，但回忆过去所读的美术的书籍，觉得关于漫画的记载，任何一国都不及日本的热闹而花样繁多。别国的美术史上虽然也有一两个讽刺画家，描小画的画家，但也不过带叙几句，不甚注重。意、法、德、英大都如此，中国也是如此。只有日本，大画家往往就是大漫画家，故漫画在日本美术史中非常活跃，占据不少的 Page。这种画笔的游戏，在别国我想并非完全没有。只因在别的国家，只当它一种游戏，无人专心研究，更无人为之宣传、表扬，因之不能发达。在日本呢，其国民的气质对于此道似乎特别相近。那些身披古装，足蹬草履，而在风光明媚的小岛上的画屏、纸窗之间讲究茶道、盆栽的日本人，对于生活趣味特别善于享乐，对于人生现象特别善于洞察。这种国民性反映于艺术上，在文学而为俳句，在绘画而为漫画。漫画在日本特别热闹而花样繁多，其主要原因大约在此。

西洋漫画史家自称西洋在四千年前已有漫画，其实例就是埃及古代的地下礼拜堂（Catacomb）的壁上所描写的民众生活的壁画。但此说不免把漫画的范围放得太广。若说简笔的画便是漫画，则世间可称为漫画的东西太多了。实际上，西洋画中明显地含有讽刺意味自中世纪开始。十六世纪意大利文艺复兴期三大美术家之一的辽拿独·达·文西（Leonardo da Vinci）①曾经描写种种的人的脸，将脸孔的特点夸张，描得使人看了发笑。这才可说是西洋漫画的开始。其后讽刺人生的绘画渐多。在教权时代，有某种画家作漫画讽刺僧侣，画中描写有金钱的僧侣能够获得天国的入场券，没有金钱的僧侣不能获得。在拿破仑时代，法国的女子盛行高髻，便有漫画家夸张其事，描写一丈夫爬上梯子去为其妻助妆。这可说是西洋漫画的初期。入十九世纪，法国画家独米哀（Daumier）②出世，西洋开始正式地容纳讽刺分子。今日西洋漫画的繁荣，实发轫于此。

然而西洋漫画无论如何繁荣，终不及日本漫画富有趣味。盖西洋漫画大都专事讽刺嘲骂。像美国，有"漫画以笑语叱咤世间"之谚；又如欧洲，在上次的大战中，有"漫画强于弹丸"之谚。可见它们的漫画，大都是借绘画为攻击之具，即以讽刺

---

①今译列奥纳多·达·芬奇。——编者注。

②今译杜米埃（1808—1879），法国著名画家、讽刺漫画家、雕塑家和版画家。——编者注。

嘲骂为漫画的本能。这不但西洋如此，现今世间各国的杂志、报纸所刊载的漫画，亦大部分属于此类。盖洞察人生，刻画世态，揭发隐微，暴露现实，原是漫画的长技。故当今之世——国家、团体、个人，大家用了极厚的老面皮和极凶险的武器而大规范地夺面包吃的时代，漫画不得不取冷嘲热骂的态度，或者也被利用为一种更凶险的武器，相帮别人夺面包吃。然而这是漫画的暂时的态度，绝不是漫画的本色，犹之现今是暂时的非常的时代，绝不是人世的常态。漫画的本色如何？这非常复杂，总而言之，与人心的"趣味"相一致。人心有讽刺的趣味，漫画中也有讽刺；人心有幽默的趣味，漫画中也有幽默；人心有滑稽的趣味，漫画中也有滑稽；人心有游戏的趣味，漫画中也有游戏……趣味最多样的，而表现法亦最多样的，莫如日本的漫画。明治以后，西洋画风侵入日本，漫画界也明显地西洋化。但原有的日本漫画的多样的趣味还是存在，时时在现代诸漫画家的笔端吐露出来。因为日本漫画已有长久的历史。据日本画家考据，正式的日本漫画史开始于八百年前的藤原时代。

"漫画"两字的出现，在于德川时代，约当中国的清初。但漫画风的绘画的出现，则早在藤原时代。藤原时代，约当中国的宋朝。美术最初从中国入日本的时候，绘画全是佛菩萨的画像。藤原时代有一个画家名叫鸟羽僧正的，开始用中国画的笔法描写现实生活，且其画含有多量的滑稽趣味。这是日本漫画的源泉，后世漫画家汲鸟羽僧正之流者甚众。故日本画论者就确定他是日本漫画的始祖。他的传世作品现存者有两种，一种叫作《鸟兽戏画》，分四卷，所写的都是鸟兽怪物游戏的模样，其形态皆动物，其行为皆拟人，看了使人发笑。第一卷：描写猪和兔子在溪中沐浴，一似现今的游泳。又写一青蛙扮作佛，兔子拜佛，猴子在旁诵经。据日本鉴赏者说，这些并非完全的戏笔，都是暗中讽刺当时的贵族的游荡生活的。第二卷：描写野马、种种鸟兽和可怕的獏，各种动物争斗的状态。依上例推想，这些大概也是讽刺当时的社会政治的倾轧的吧？第三卷：描写僧人和俗人着棋，斗双六、斗鸡、斗犬及种种动物的游戏。第四卷：描写小人在桶上跳舞，在和尚所敲的鼓上跳舞，其神情皆足令人发笑。其所讽刺者何事，日本的鉴赏家都能道之，但不免牵强附会，不如直把它们当作游戏画看。其第二种作品名曰《贵志山缘起》，是描写贵志山僧莲朋的逸事的。这在日本为有名的故事：有僧名莲朋者，在贵志山修行多年，有法术，能使其钵飞到山下的富人家门前来乞米。富人家认识这是莲朋的钵，把米放在钵中，钵自能飞回山中。每天如此，习以为常。有一天，富人家施米者偶然疏忽，将钵忘记在米仓中，而把米仓的门锁闭了。这一晚，米仓屋瓦洞开，仓中所有的米由钵领导，飞上山来。富人大窘，上山来向莲朋讨情。莲朋作法，米即飞回仓中，仅留钵中米在山上。此后富人施米不敢怠慢。

鸟羽僧正不但在画中作离奇的故事，其生活中亦有种种离奇的逸话。据说鸟羽僧正曾为管仓库的官吏。有一次，他描一幅画，仓中的米被大风吹上天去，许多人在下面拿提无效，仓皇失措，样子非常可笑，人都不解他的意思。后来日本皇帝①见了这画，也发大笑，定要问他什么意思。僧正回答说：现今的贡米中屑糠渐多，将来一定全部是糠，风吹上天时拿捉不住。皇帝大笑，遂下令严查贡米。此后人皆不敢作弊。又有一次，日本皇帝神经患病，医生束手。岛羽僧正自言能治御病，作漫画一卷奉呈，皇帝看了，病果然痊愈。不知道这一卷里所描的是什么东西。

鸟羽僧正之后，入镰仓时代，"绘卷"（犹今之连续漫画）就在日本大肆流行。所描写的大概是现世实相，即所谓"大和绘"。广义地说，大和绘都是漫画。镰仓时代有名的漫画家有二人，即藤原长光与信实。前者绘有《伴大纳言绘卷》，描写一件放火的事实；后者绘有《绘师草纸》，描写一个穷画家的现实暴露。他们的作风都是在严肃中含有滑稽，在嬉笑中隐藏讽刺，故令人开卷必笑。这作风正是鸟羽僧正所创行的。

镰仓时代之后，入室町时代，也有两个有名的漫画家，即土佐行光与土佐光信。前者有绘卷作品曰《天狗草纸》，后者有绘卷作品曰《福富草纸》。《天狗草纸》中描写天狗星的出现。天狗星共有七个，在日本被视为不祥之兆，以为凡天狗星出现，世间必有动乱。这绘卷中描写天狗星，其用意是讽刺当时的七大寺院的僧侣的横行。盖自镰仓时代以来，东大寺、兴福寺、三井寺、延喜寺、东寺、醍醐寺、高野山七个寺势力甚大，寺

---

①原文如此。此处"皇帝"应指天皇。下同。——编者注。

僧骄慢无耻。漫画家就用七个天狗星来比拟它们，讽刺它们为不祥之兆。然画笔太过严正，不及前述诸家的轻松多趣。《福富草纸》所描写的是一个放屁的故事，甚为可笑。有一个人名叫福富织部的，没有别的本领，但善于放屁。其所放之屁大概有异香异音，故闻者不觉讨厌，反而心生欢喜。朝廷王公贵人慕其名，敦聘他入朝演习放屁。结果大受贵人称赞，得赏而归。既富且贵，荣名满乡。其邻人藤太，家贫，妻妒悍，绰号"鬼婆"，闻福富以演习放屁而富贵，艳羡不已，使她的丈夫以邻人之谊，向福富叩求放屁的秘法。福富给他一包泻药，骗他道："吃了这包药即能演习放屁。"藤太信以为真，回家将药吞下，即赴贵人处要求演习放屁。鬼婆以为富贵立刻可达，遂将破旧衣裤悉数烧毁，裸体伏室中等候，以为丈夫回来，就可买新衣穿了。谁知藤太在贵人前不放屁而撒烂屙，被贵人驱逐，归家而成痼疾。于是鬼婆大愤，裸体闯入邻家，捉福富而咬其体。——这故事从表面看，不免流于虐谑。但其讽刺意味甚为刻毒，盖世间爵禄富厚，大都由放屁之类的方法来也。

室町时代之后，桃山时代无漫画。至德川时代而漫画达于隆盛之极，画风仍为鸟羽僧正派的延续。当时漫画发达的原因，一方面由于时势太平，上下共荣；另一方面由于木版画的流行。还有一个重要原因，是"浮世绘"的盛行。所谓浮世绘，是用工笔描写世态人情的一种民众艺术。前面说过，中国美术初入日本，尽是佛菩萨的图像，即所谓宗教艺术。浮世绘则是宗教艺术的反动，全以人生日常琐屑生活为画材，故最能受一般民众欣赏。浮世绘所以异于漫画者，即前者多工笔而不必含有讽刺或滑稽味，后者多简笔而含有讽刺或滑稽味。然而界限很不清楚。浮世绘中有一部分，称为"大津绘"的，就是漫画。故大津绘可说是漫画的别名，又可说是漫画的前身。

所谓大津绘，又称为"追分绘"，因为最初是在大津、追分地方产生的；又称为"鸟羽绘"，因为它是鸟羽僧正之余流。据说最初的大津绘，所描的仍是佛，不过含有可笑味。故日本大诗人芭蕉有俳句，大意谓"大津绘的笔的开始，某某佛"。但后来就取滑稽题材，例如天狗（日本人画天狗星的象征形为一长鼻人，其鼻有长至数尺者）与象比较鼻长、鬼弹三味线（一种弦乐器，似我国之三弦）、大黑登梯为福禄寿三星剃头、雷公钓鱼、鬼念佛等。大津绘的名家有二，即松屋耳鸟斋与近松门左卫门。耳鸟斋有作品曰《古鸟图贺比》，描写人间种种相，皆可发笑。左卫门有作品曰《净琉璃》，宣传尤为普遍。

经过了耳鸟斋与左卫门，就是"漫画"正式命名的时期了。这时期中计有六大作家：英一蝶、葛饰北斋、锹形蕙斋、歌川国芳、大石真虎和禅宗画僧仙崖。连上述的耳鸟斋与左卫门，可称为德川时代八大漫画家。"漫画"之名则由葛饰北斋始用。

英一蝶被称为"浮世绘漫画家"，因为他初学浮世绘，后来独开画境而成为漫画家。他的画中多恶戏，例如描写二人着围棋，添描一孩子以物置其中一人的头上，其人热衷于棋，全不知觉；又如描写私塾学童踢球，球打先生之面，先生抱头呼痛。诸如此例，无不令人发笑。然卒为讥刺过于尖刻而贾祸。他曾

作漫画肖像画一册，题曰《百人男》，内中描写当时权贵的相
貌，夸张过甚，形容刻毒，并于每幅上题以讽刺文句，以此触
怒权贵，下狱。不久出狱，故态不改，又作女人漫画肖像册，
曰《百人女臈》。册中有《朝妻船》一幅，被指为讽刺当时将
军纲吉及其爱妾御传，因被捕下狱，流放三宅岛十二年。刑满
归乡，画名益高，依旧从事讽刺画，至七十三岁寿终，死后又
出遗作集。

葛饰北斋被称为"准浮世绘漫画家"，因其作风与浮世绘相
去比英一蝶更远，而自称其画集为"北斋漫画"。"漫画"之名
由此诞生。葛饰北斋十九岁学画，直至九十岁寿终，七十一年
中未尝停笔，故所作画极多。他的画大都是小幅的，有人讥笑
他只会作小画，不会作大画。北斋愤怒，为护国寺作画，用一
百二十张纸连接起来，描一达摩祖师像；又在同样大的纸上画
一匹大马，远望各部尺寸皆极自然。观者折服。随后又取白米
一粒，于其上画两麻雀，见者无不惊叹。

锹形蕙斋本为浮世绘版画专家，后来废止版画研究，专写
含有诙谐味的简笔画。有画卷曰《职人尽》，现藏东京上野博物
馆，其中描写各种社会的风俗，各种职人的生活，各种俚谚，
皆曲尽其妙，而且处处出于诙谐。全德川时代的漫画作品，当
以此《职人尽》为镇卷。

歌川国芳是蕙斋的承继者。他在七八岁时候读蕙斋的职人
漫画，就立志为人物漫画家。其构图非常奇拔，有时把人的形
状加以巧妙配置，其画就同变戏法一样。例如描五个儿童，可

以看成十个儿童。又如描许多人打堆，可以看成一个大头。后者曾被翻印在中国昔年的某杂志上，我幼时看了曾经发生趣味，照它临摹过，又自己仿作过。当时不知道这是德川时代大漫画家的手笔，长大后读日本画史，方才知道。因此想起西洋和中国也有这种绘画的游戏，例如两个女孩可以看成一个髑髅，一个老人头倒转来看是一个小孩子头等，是消闲读物的插图中所常有的。但我觉得这种技巧以日本人为最长。去年某月的《上海每日新闻》上有一副相面先生的广告，其中附有一幅面孔的图，顺看是一幅欢喜脸孔，倒看是一副愁苦脸孔，描得非常自然。这种画法，大概是歌川国芳的遗风。歌川国芳的代表作为《荷宝藏壁无驮书》，是优俳的肖像画，把当时许多名优的相貌描成漫画风，形容非常古怪，而无论何人一看就认识。故当时一般民众奉此书为异宝。肖像漫画在英一蝶手中曾经大大地发达过。但英一蝶因此得罪权贵，流放荒岛十二年。自此以后，漫画家的笔锋不敢向大人物，而移向优伶。歌川国芳有爱猫的特癖，其画中常以猫为点景。

大石真虎专门研究诸职人生活，其画亦多深刻的写实。其作品著名者有《百人一首一夕话》《神事行灯》《张替行灯》等，皆描写社会生活，四时行乐，种种世相，多幽默趣。其作风亦可说是蕙斋的延长。真虎不但作画幽默，其生活亦甚多幽默逸话。有一天，真虎在街上走，看见一家糕饼店里夫妇二人正在相打相骂。那妇人说"我要死了"，丈夫也说"我要死了"。许多孩子拥挤在门口观看。真虎走进糕饼店，拿柜上的糕饼向路上乱抛，许多孩子就争先恐后地拾糕饼吃。夫妇二人大窘，停止了相骂而向真虎理论。真虎认真地说：“你们两人都死了，这些糕饼迟早要腐烂，不如抛给孩子们吃了。”夫妇因此和好如初。

仙崖是一个禅宗的和尚，住在博多的圣福寺中。其作画草率而自然，寥寥数笔，曲尽妙趣，即所谓“意到笔不到”的境地。这一点是仙崖的特色。盖鸟羽僧正长于细描，笔虽简，其线条皆郑重而板滞，后世宗之。故以前的漫画，多数工致如绣像画然。仙崖胆大，挥毫无所顾忌，就自成草率自然的一种画风。现今日本有名的漫画家，如冈本一平、池部钧等，其用笔都有仙崖风。仙崖尝自赞他的用笔：“世之画皆有法，仙崖之画无法。佛曰，法本无法。”这话并非夸口。

上述八人，为德川时代漫画八大家。日本漫画在此时代为最盛。德川以后，漫画坛暂时沉静，非无作者，但无大家耳。到了明治时代，漫画又兴。西洋风与日本风交互错综，造成灿烂的现代日本漫画坛。历数画人，不可胜计。但有的作品不多，有的正在努力著作中，加之我所见的也很不周到，故未敢详述。现在但举有定论者及作品丰富者二三人略述于下。

河锅晓斋，是歌川国芳的门人，后来醉心于漫画始祖鸟羽僧正的研究。其作风集国芳及鸟羽之长，可谓明治时代漫画家的先锋。晓斋家中设画塾授徒，即以此画塾为画材，作种种可笑的描写。晓斋在早年原名狂斋，自称其画曰“狂画”。后来因“狂画”闯祸入狱，故改名晓斋。当时有书画大会，集画家于一堂，畅谈痛饮，兴酣落笔，云烟满纸。晓斋嗜酒，有一次在书画会大醉，信笔作画毁谤官吏，当场被巡者发现，捕缚下狱。时狂斋已烂醉，全不知觉。酒醒，方知身在狱中。出狱后大悔，遂改名为晓斋。此外奇行甚多。

竹久梦二，是现存的老翁。他的画风，熔化东西洋画法于一炉。其构图是西洋的，其画趣是东洋的。其形体是西洋的，其笔法是东洋的。自来综合东西洋画法，无如梦二先生之调和者。他还有一点更大的特色，是画中诗趣的丰富。以前的漫画家，差不多全以诙谐滑稽、讽刺、游戏为主题，梦二则屏除此种趣味而专写深沉严肃的人生滋味，使人看了慨念人生，抽发遐想。故他的画实在不能概称为漫画，真可称为"无声之诗"呢。他生在明治维新之交，当时西风东渐，日本人盛行恋爱。梦二作品中描写此种世相的甚多且佳。举一二例说。有一幅写一个顽固相的老人，趺坐席上，手持长信一纸，正在从头阅读。旁置信壳一张，封缄处贴一心形，乃当时日本情书上所习用者。老人背后有画屏，画屏背后露一愁容满面的少女之颜。她正在偷窥老人拆看她的情书。此画题曰《冷酷的第三者》。我们由此可以想象那"热烈的第一二者"，而看见这冷酷的第三者与热烈的第一二者的剧烈的对比。又有一幅，描写一待车室的冷僻的角里的长椅上，并坐着一对幽会的青年恋侣，大家愁形于色，似有无限心事正待罄述者。此画题曰《我们真，故美；美，故善》。盖借用恋爱者的口吻，表现得非常生动。又有一幅，描写一个异常瘦损而憔悴的中年男子，和一个异常丰肥而强壮的少妇携手并行，题曰《你看见如此的夫妇，感到难言的悲哀》。

梦二的深刻动人的小画很多，大都载在他的《梦二画集》春、夏、秋、冬四卷中。这书出版于明治年间，当时社会上好评沸腾。可惜现在时异世迁，人的兴味集中在讽刺夺面包吃的漫画上，对于此中富有诗趣的画少有人注意，因之其书似乎已经绝版，除了旧书店偶有收存外，不易办到了。这位老画家现在还在世间，但是沉默。我每遇从日本来美术关系者，必探问梦二先生的消息，每次听到的总是"不知"。

北泽乐天，现在正是一位中年画家，比梦二时代稍后，其画亦比梦二时髦。他的画法，采入西洋风比梦二更多而更显，有几幅完全同西洋的版画一样，因此笔情异趣远不及梦二之丰富，画意亦远不及梦二之深沉。但在另一方面，广罗各种社会的现状，描摹各种问题的纠葛，这画家的观察与搜集的努力，是可以使人叹佩的。数年前有《乐天全集》出版，不知何故，出了一半就中止。已出的七册中，有不少可读的画。其中《普罗》《布尔》笑剧一部，描写现世阶级对峙之下的种种笑柄，最饶精彩。有穷措大名为丁野（日本发音与"低能"二字相同）者，为普罗代表。有大富翁名丙野（此二字之日本字母，形人一眉一目，为日本儿童描人物颜面时所惯用）者，为布尔代表。另有洞尾（日本发音与"吹法螺"即吹牛同音）者，狡猾而恶劣，在其间怂恿撺掇拐骗图利，演成种种笑剧。择记忆所及者数事略述之：丙野续娶一比他小三十多岁的少女为继室，甚怜爱之。一日，丙野夫人赴银行领款，职员态度怠慢。夫人大怒，归告丙野，誓必复仇。丙野告该银行老板，欲以百万元盘其银行。老板不允，出重价而后可。丙野得银行，即召全体职员开会，职员齐集，即请丙野夫人上演讲台，指出前日领款时态度怠慢之人，革其职，丙野夫人之怒始解。又一日，洞尾介绍一卖古画者于丙野，极口称赞画之名贵，丙野出十万元购藏之，他日出画，见蠹鱼盘踞画中，画已破碎不堪收拾。丙野惜物，见此蠹鱼已食代价十万元，不忍舍弃，畜之玻璃瓶中，供案头，时时用显微镜欣赏之。丙野一生行事，大率类此。

丁野为丙野之甥，而穷不可当。一日，谋饭碗不成，闲行市中，见旧衣店头悬旧大衣一件，与自己身材正称。心念世间看重衣衫，若买得此大衣，谋事必成。见标价十元，又嫌其贵。正踌躇间，适值洞尾，因将心事告之。洞尾谓此店老板乃其好友，只要稍稍结交，不难以最廉价得此大衣。于是丁野托其介绍，请老板吃牛肉酒。洞尾胃甚健，肆意饮啖，既醉且饱。丁野还账三元五角，心念大衣可得最廉价，付账不妨稍阔，即以找头赏堂倌。于是洞尾代为问老板申说丁野之意。老板谓自当格外克己，不过须归店查账，方可定价，定后当以明信片通知丁野。丁野感谢而去。次日，丁野接明信片，上写"特别廉价，九折计算，请速来成交"云云。又一日，丁野家中寄到十元汇票一张，是夜丁野将此汇票藏里衣袋中而卧，准备明日赴邮局领取。夜梦大风入室，将此汇票吹上屋顶。丁野上屋，风又将票吹上树巅。丁野缘木求票，将达树巅，风又将票吹入河中。

丁野不顾性命,随票跃入河中。幸洞尾及其他三四友人正作船游,恰巧经过其地,合力救起丁野,并为打捞汇票,人财皆不损失。梦醒,一身大汗。即赴邮局领洋十元,随即走告洞尾,表示谢意。洞尾索牛酒为酬,又约梦中其他诸友同食。席上诸友共称丁野友情素重,故梦中亦得友人相助,且人财失而复得,大可庆祝,于是痛饮大嚼。丁野会钞九元余,散出时袋中只剩铜板数枚。丁野一生行事,大率如此。

洞尾自乡赴东京,谓一在公司当职员之友人曰:"我家住清溪之旁,又可望见富士山。"友人艳羡不已。一日,天气清明,友人向公司乞假,乘火车访洞尾,冀一享清福。至则洞尾正裸体种田,其家不蔽风雨。询以清溪及富士山,洞尾指屋旁泥沟云:"一个月不雨,当即清冽。"又指野中长松云:"天晴无云之日,登此树巅,可望见富士山顶也。"又一日,洞尾与友人约,次日午后一时赴访。次日,洞尾至友人家,见壁上时钟已指三时,即鞠躬道歉,谓友人曰:"弟非敢误约,只因十二点半正欲动身时,友人丁野暴病,托为延医,奔走多时,方得脱身。急驰至电车站,又值电气故障,等待至一小时之久方得上车。下车后急赴尊府,不料又在电车站附近拾得皮箧一只,内藏拾元钞票三十张。因即走报公安局,托其归还物主。转辗延搁,以致迟到,千万原谅!"友听毕,从袋中摸出时表,徐徐谓洞尾曰:"足下并未迟到,现在正是一点钟,此壁上时钟乃昨日停后未开之故。"洞尾一生行事,大率如此。

此为乐天漫画中刻画最工的一部分。

此外，现今日本知名之漫画家甚多。像冈本一平、池部钧，所作皆"笔简而意繁"，尤为特出之才。又有柳濑正梦，专以漫画为社会运动、政治运动作桴鼓之应，即所谓"以漫画代弹丸"者，所作亦多动人之处。我曾翻阅其画集，惜未能记忆。

廿五年九月十日病起

（《艺术漫谈》）

李金发（1900—1976），中国第一个象征主义诗人，中国雕塑的拓荒者。1919年赴法勤工俭学，后就读于第戎美术专门学校和巴黎帝国美术学校。在法国象征派诗歌特别是波特莱尔《恶之花》的影响下，开始创作格调怪异的诗歌，被称为"诗怪"。1925年回国，先后在上海美专、国立杭州艺术专科学校执教。1936年任广州市立美术学校校长。著有《微雨》《为幸福而歌》《意大利及其艺术概要》《异国情调》《飘零阔笔》等。

法国的文艺客厅

李金发

法国的文艺客厅（Salons Litteraires，或音译作"沙龙"）在历史上是很有名而很关重要的，且多为好客的贵妇人所主持，如现代之文艺俱乐部，其重要者如 Deffand 夫人、Geoffrin 夫人、Necher 夫人、R. Camier 夫人、Lespinasse 女士之客厅，都红极当代的，任何文豪都出入她们的幕下。可是到了后来，报纸、杂志发达了，作家聚会之处多在编辑室或酒排间，客厅渐随之而门庭冷落起来。到十九世纪末，已找不出几个重要的文艺客厅。1914年，还有几个次等的；到了1920年，简直消沉净尽（当时还有许多咖啡馆，是大文豪来往的地方，以后有机会再谈这些）。这种风气是非常有趣而值得提倡的。当代的作家可以时常会面，联络感情，得切磋、琢磨的益处，讨论问题，演讲，游艺，甚至组织政党；新进的作家亦可以有机会认识几个老前辈，不致埋没天才。可惜我们中国没有这样好客而有钱的夫人、女士，给我们大家认识之机会，不致再文人相轻，我笑你，你骂我，弄得大家以后不好意思，各筑壁垒。为今之计，至好有一个文艺俱乐部，给各派文人聚集，则以后各报纸屁股必可少打笔墨官司。当 1895 年，巴黎还有三四个比较大的文艺客厅，都是大文豪所留恋的，现分述如之。

一、Aubernon 夫人客厅

这个客厅算是当时最宏伟的了。直到 1902 年，还是当时大文豪聚会之所。A 夫人与小仲马感情特别好，颇受人飞短流长，人们笑他为"客厅之县长"。后来他们两人又闹翻了，听说是为 Deschane 君的缘故。当来的客人都是了得的历史上的名人，如 Renan Thiers （后 为 总 统），A. France，Hervieu，F. Gregh，Becque，M. Proust Germiny 公爵等，那些比较不为国人所知的名字亦不录出了。

A 夫人是银行家 Laffitte 的侄女，小名叫作 Lydie，胖得要命，手臂好像小火腿一样。她爱好文艺，亦时有写作，虽然他们给她严厉的批评，她不因此气馁，老是和气、微笑向人。她与丈夫分居了许久，她谈起她的丈夫，还向人说："我们快要庆祝我们无云翳的分居之金婚了。"

她的客厅是在巴黎密信广场，到了夏天，她到乡间去居住，亲谊的朋友还是到那边去会她。

她的客厅中的器具、装潢还是旧王朝代的，大方华丽，在

有些台子上放了一点蜡制的果子；有时喜玩的熟朋友，叫新客
人去咬一咬。她客厅之有价值，是那时常常在那里排演戏剧，
最先演《玩偶之家》的是她那里，演员都是当时的文人，所以
在社会有了重大的影响。

她很健谈，她知道怎样引人谈话。在那边食过饭的，都啧
啧称道她的谈锋——每次谈客都是用请柬，人数约十二至十
四——她的谈料是预备好的，使客厅谈吐风生。但有时她会忽
然问你一句话，使你难以答复。有一次恰好意大利之丹农雪乌
到巴黎，她设法请了他来食饭。她忽然问道：

"丹农雪乌先生，你对于爱情之意见怎么样？"

他见突如其来的问话，不知如何是好，许多陌生的客人都
预备发笑，他只好不甚礼貌地答道：

"去读我所有的书，任我安静地食饭吧！夫人！"

又有一次她突然问一位 B 夫人道：

"你对于奸情男女意见怎样？"

"对不住，我今晚预备谈的，只有乱伦问题。"

有人常谈起，她有一次忽然问大哲学家 Renan 关于莎士比
亚的意见，Renan 一时不知怎样答好，只好说：

"对不起，夫人，是为结婚的吗？"

她很聪明而有 Esprit，读书时的心得她能随时应用在谈话
上。她有一本小簿子，收各处幽默、滑稽、奇怪的字句，通写
起来，说话时她有机会就拿来应用。不过她口才确是不错的。
从前听杨杏佛说，他的朋友胡先生也是这样，出门应酬时，将

簿子拿来看看以后，不患不谈吐风生、语妙天下。

在法国 Dreyfus 问题发生后，有些作家不大来了，她说："我保存我的犹太人吧！"

她不喜欢漂亮的女人来她客厅，她以为美妇人是妨碍谈话的。她说："我请人来谈话，不是请人来恋爱的。"

二、Loynes 夫人客厅

许多客厅的女主人，当中算是 L 夫人比较奇特和多情了。人们传说小仲马在 Mabille 舞宴中认识她，后来她来巴黎居住，叫作 Tourbey 夫人了。那时恰是小仲马著《茶花女》的时候，所以把她也收罗在内。里边的马伽力①的性格，人们说就是 L 夫人的写照。小仲马介绍她和信托她给圣柏蒲（Sainte Beuve），她说："我愿全巴黎人拜倒我裙下。"总之，她是情欲的、浪漫的、神秘的女人。搜考据所得，她是王朝的贵妇人呢！此处也不必详述了。

客人多半是下午五六点钟到她家里，除星期日外，她端坐在火炉旁边，膝上放着一条长毛犬，客人随意找座位，大家就漫谈起来。她真是健谈，材料是很丰富的、不竭的。有时大意的客人当人说话没有完的时候开起口来，她会不客气地说："Ah qulilest bete，ce Barres ou Rochef Out！（这个 B 先生真蠢！）"

她每个星期二都请人食饭，主要的客人是 Renan，Clemeqceau，

---

①今译玛格丽特。——编者注。

Lemaitre。最后的那个，则坐在桌之尽头，好像是房子的主人。他是少年名满天下，L夫人利用他并提拔他到成功一派之首领。他们虽然是忘年之交，但感情非常之好，数十年如一日，如Becque说："你要Lemaitre怎样呢，她今年六十岁了！"

大多数出名的小说家、艺术家、新闻家、杂志编辑，都是常来的客人。那里福楼拜曾介绍莫泊桑，Renan带法朗士来，法朗士又介绍过Barres。纯粹无文艺的爱好的政治人物是不大进来的，可是他在法国也算是一个角色。十九世纪末年这样紊乱的时期，这个客厅里的人物也分成两派，一是传统派的意志倾向者，一是传统派的教育倾向者。"法兰西祖国"就是产生于此，其智慧参谋是Lemaitre，Coppee Bruneiere等。在这客厅里，常常酿成国家学会会员的人选呢！Berview的著作及精神是不为客厅中的主要人物所喜欢的，但是L夫人并不鄙视他，她很认识人之价值，她的意见是不为她的亲友左右的。

她这样的老为她出色的朋友所友爱，直到晚年，她还是一个美妇人。

三、 Caillavet 夫人客厅

她女子名是利甫曼女士，其兄弟是小仲马之女婿，后来嫁给Caillavet先生。她的父亲是大地主，后来又在戏院事业上赚了不少的钱。所以C夫人是布尔乔亚出身，我们更能了解她的性格。

她养尊处优，自从1895年及以后许久，她就占有Hoche街

的大别墅，那边来往的文人真是不可胜数，如她自己常叹说的："这里是火车站一样。"主要的客人是 Hebrard，Veaer，M. Frouft，Flers 等，后来 Flers 成为主人之子的好朋友，且合作事业。还有许多贵族人物亦常来临。这客厅之所以重要，是有法朗士在那里做思想的领导者及大人物（Grand Homme）。她在 Aubernon 夫人家里认识法朗士，就非常崇拜、倾心，结果把她多情的哲学家 V. Brcchard 也牺牲了。这个 Thais 作者成了她的挚友，后受这妇人影响，他好像振作许多，她成为他的灵感之源。

他在她别墅的二楼辟一间书房——实则她住在那里多些——有时客人来了，他不忘将帽子戴上，才慢慢地从楼上下来，使客人相信他是刚从外面进来的。她会激动他，使其高兴说话，她说："喂，法朗士先生，给我们讲些故事来。"于是话匣打开，滔滔不绝了。

她自己亦能写作，无疑地，有时法朗士为她签上自己的名。她曾假名发表过一本小说，时髦女子的小说。Prouist《日间快事》之序言亦是她代法朗士做的。

她的丈夫是 Fiagrs 之记者，老是戴着一条白领带，Veber 常比它为风车的翼子，鼻子上有一大痣，声音洪亮，他是反对 Dreyfus① 的，常与法朗士争论此事，大宴会中亦如此，使 C 夫人难以排解。

---

①法国小军官，为人诬陷，有通敌罪，拟判处极刑，全国知识界出来反对，闹了一大风波，大体如此，详情待查。——原注。

外国名家 Johsn Bojer，Brendes，G. Ferrero 亦是常光临的贵客。

大诗人 Gregh 还常说起那里某一晚上用咖啡的时候，听见克里孟梭与客人谈论国事，叹息道："他们（指德国人）使我们受苦呀！命运总有一天会赔偿这痛苦的！"

四、 文艺家的客厅

除了上述三个大客厅之外，还有 Rachildg，Saint，Vitor，Pierrebourg Bultdau 夫人等客厅，因为规模较小，此地打算不详述了。当时有一个文艺家客厅是很有价值的，严格地说，并不是客厅，因为没有妇人在主持；但没有妇人的客厅，谈话比较更紧张、更有系统，因为他们的工作都是大同小异的。有一个主妇，是不许可谈话在全晚上专注重在一个问题的，有了妇人时，则小说家和政客会成为交际场中人物（homme du monde）的。

这个客厅人数并不十分多，能代表各界的嗜好。一个主人有时召集一二对同派的人，有时招待些新进作家，帮助他们成名、光荣。有些大师是不高兴门徒来扰乱他的盛宴的，至于这般人，则适得其反，专提拔后进的。

这边常常聚会的是 Goncourt，Taine，Gautier 等，唯 Goncourt 每逢星期日不招呼他出色的朋友到他"尾楼"去，而那边时常拥挤着新进的青年、有天才的作家①。他不鄙视任何派别的人，象征派及自然派他亦一样招待。

①他在那里过他的晚年，到 1896 年夏死了。——原注。

这客厅的特性好像表面是一派的集团，它鼓励帮助同派的人成功。

这里我们联想起 Goncourt Tose – Maria de Heredia 在巴尔扎克路招待作家的情形。他虽结了婚，但他自己有其客厅，同时他的夫人又在另一室招待别的作家，但究其实，则这家的客人界限并不十分清楚。

H 诗人不单招待文艺家，即旅行家、探险家他亦邀请的，无疑地，他们的谈论诉述能使诗人兴奋，得到异国风光之美。不过诗人们是以他客厅为大本营，他们的谈话大半趋向于诗句的技巧，H 诗人表现着他对于诗之分析功夫之深。他们亦常在那里朗诵诗篇，新作家来到那里抽四点钟的淡巴菰①，得到不少的艺术之心得。

马拉美（Mallarme）亦在罗马路时时召集少年作家，做类似讲学之集会，使人得到不少的教益。质疑问难，他尽情解释，卒造成象征派的发扬光大之业。那里没有好的客厅，每晚都在饭厅里集会，凳子亦不够客人坐呢！

Ch. Pomairols 那时亦帮助着他的妻，有一个客厅，大锣大鼓地企图入选为国家学会会员，可惜终身不会成功！

十月十二日，南京

---

①即烟草。——编者注。

陶行知（1891—1946），早年就读于金陵大学文学系。1917年留美，先后就读于伊利诺伊大学和哥伦比亚大学，回国后毕生推动平民教育。1927年创办晓庄学校；1932年创办生活教育社及山海工学团；1939年创办育才学校，培养有特殊才能的儿童；1946年创办社会大学，推行民主教育。著有《中国教育改造》《古庙敲钟录》《斋夫自由谈》《行知书信》等。生活教育理论是其教育思想的理论核心。

大众的艺术

陶行知

我们生活教育运动自从定了四大方针，即民主的、大众的、科学的、创造的方针，即于去冬在育才学校里开始实行。那时我首先感觉到育才学校的艺术各组是和大众脱节的，我便对这个问题加以深刻的考虑。因为筹款的关系，我在城里的时候比较多，因此对于绘画组的学习方法、作品、对象都加以留意。老实说，我对于绘画完全是外行，我只是拿大众的尺度来量。我为自己配了一副大众的眼镜来观察。我的观察和分析在一次朝会的演讲上结了晶。当天彭松同志把我的讲词记录下来，拿给我看，并且对我说，校长今天的讲词简直是一篇诗。我听了很高兴，但是觉得我自己的讲词还遗漏掉一些意思没有包括进去，总想抽空补充，使成完璧，再为发表，只因事忙，一直到两星期前才补充好代它投入《民主星期刊》。当时未经登出，后来觉得还是登在《民主教育》上更为适合，而《民主星期刊》编者遍索不得，想是失落了，甚为遗憾。幸而诗里的要点是自己观察深思的结晶，常常浮出脑海，今日黎明前在梦中又得了三四句，醒过来，怕忘掉，即刻把它留在纸上，是比较完整了。彭稿有五段，这里只有一段，将来彭稿找出时，当再发表。我在这里要向彭松同志致谢，因为没有他的诗化的记录，我根本没有想到那天的讲演是一篇诗。最后，力杨先生当时说我所讲的不但是为绘画组说法，而且对于音乐组、戏剧组、舞蹈组、文学组皆同样地指出了应该走的路。这话我细想之后也有道理。

为老百姓而画

为老百姓而画。

到老百姓的队伍里去画。

跟老百姓学画。

教老百姓学画。

画老百姓。

画老百姓的爸爸。

画老百姓的妈妈。

画老百姓的小娃娃。

画出老百姓的好恶悲欢，作息奋斗。

画出老百姓之平凡而伟大。

希望有一天老百姓都欢喜挂我们的画，

尤其欢喜挂他们自己画的画。

把画送进每一个劳苦的人家。
使乡村美化，
使都市美化，
使中国美化，
使全世界美化，
给老百姓一个安慰，
将老百姓的智慧启发，
刺激每一个老百姓的创造力。
创造出老百姓所愿意有的新天下。

丰子恺（1898—1975），著名漫画家、散文家、文艺理论家和翻译家。1919 年毕业于浙江省立第一师范学校。1921 年获亲友资助赴日留学，10 个月后因经济困难回国，先后在上海、浙江、重庆等地任教，并曾任上海开明书店编辑、《中学生》杂志编辑。1924 年在文艺刊物《我们的七月》上第一次发表漫画《人散后，一钩新月天如水》。1942 年在重庆自建"沙坪小屋"，专事绘画和写作。

深入民间的艺术

丰子恺

"艺术"这个名词，照目前的情状看，可有严格与泛格或狭义与广义两种解释。严格地、狭义地说，艺术是人心所特有的一种美的感情的发现。而怎样叫作"美的感情"，解释起来更为费事。这是超越利害的，超越理智的，无关心的。深究起来，其一部分关联于哲学，又一部分接近于禅理。这是富有先天的少数人之间的事业，不能要求其普及于一切人。这种艺术之理只能与知音者谈，不足为不知者道。然而世间知音者很少，这种艺术的被理解范围也就很狭。事实证明：例如中国历代大画家的作品，能够充分懂得的有几人？中国历代的画论，能够充分理解的有几人？不必举这样高的例子，就是一般美术学生所习的那种水彩画、油画、铅笔画、木炭画，能够理解其好处的人实在也很少。一般人都嫌它们画得太毛糙，画得不像，看见了摇头。你倘拿一幅印象派油画去展览在外国的所谓"俗众"之前，赞美的人一定极少。而这极少人之中，一定有部分是为了别的附带条件（例如，看见它装个灿烂的金边，或者知道它是大名鼎鼎的人所描等）而盲从地赞美，又一部分人是为了要扮雅人而违心地赞美。富商的客堂里也挂几幅古画，吊几架油画，其实这些画对它们的主人大都是全不相识的。不仅绘画方面如此，别的艺术都是同一情形。能欣赏高深的音乐、高深的文学的人，世间之大，有几人欤？不必举别的例，小小的一首进行曲，多数的中国人听了只觉得嘈杂。短短的一篇白话文，非知识阶级的人读了也不易理解作者的中心思想，常作种种误解或曲解。名为提倡大众文学的刊物，往往徒有其名，而实际仍为少数知识阶级交换意见之场。故严格的"艺术"，根本是少数天才者之间的通用物，根本不能普及于万众。人类智愚之不齐，原同体力之强弱一样。体力强的足以举百钧，体力弱的不能缚鸡，都与先天有关，不可勉强。智愚也是如此，智者不学而能，愚者学亦不能，也都与先天有关，不可勉强。后天的锻炼可以使弱者加强，后天的教育可以使愚者加智。然也不过"加"些而已，定要加到什么程度，难乎其难。况且"艺术"这件东西，在一切精神事业中为最高深的一种，要它普及于万众，是犹勉强一切人举百钧，显然是不合理又不可能的事体。这种艺术，我称它为严格的、狭义的。

泛格地、广义地说，艺术就是技巧的东西。中国某种古书中曾把医卜、星相、盆栽、着棋、茶道、酒道、幻术、戏法等统统归之于艺术。这"艺术"的定义显然与前者不同了。艺术家听见了这话，也许会气杀几个。他们都认定艺术是前述的一种，是神圣不可侵犯的事业——"人生短，艺术长"，艺术比人生还可贵。然而征之事实，真可使艺术家气杀。现今我国的民间生来不曾听见过"艺术"这个名词的人恐不止一大半。把"艺术"照某种古书认识着的人恐不止一小半（这样算起来，懂得艺术家的所谓"艺术"的人不到一小半，但实际恐怕还没有）。只要听一般人谈"艺术""艺术"，就可测知其对艺术的认识了。他们看见了漂亮的东西就说"艺术的"，看见了时髦的东西也说"艺术的"，看见了稀奇的东西又说"艺术的"，看见了摩登的东西更说"艺术的"。浅学无知的人以滥用"艺术"二字为时髦，商店广告以滥用"艺术"二字为新颖。在香艳的、爱情的、性欲的物品广告上，常常冠着"艺术的"这个形容词。

我还遇见一桩发笑的事：一位初面的青年绅士，看见我口上养着胡须，身上穿着旧衣，惊奇地说道："照你的样子，实在不像一位艺术家呢！"我没有话可以答他。但从他这句话里，明白地测知了他所见的"艺术"的意义。大概他看见我有许多关于艺术的著作，听见人们说我是艺术家，心目中以为我是何等"艺术的"人物。而他所谓"艺术的"，大概是漂亮、美貌、摩登之类的性状。因此看了我这般模样，觉得大失所望。我既不自命为艺术家，也不认定我这模样是"艺术的"，所以他这句话对我实在全无关系，只是向我表白了他自己对"艺术"的见解。这见解虽然可笑，但也不能说它完全错误。因为如上所述，在泛格的、广义的意义上，漂亮、美貌、摩登也被视为"艺术"

的性状，不过这"艺术"是此不是彼而已。故照目前实情观察，多数肤浅的人所称为"艺术""艺术"的，是指漂亮、时髦、稀奇、摩登、美貌、新颖，甚至香艳、爱情、性欲的东西。总之，凡是足以惹他们的注意，悦他们的耳目感觉的，都被称为"艺术的"。这定义与前面所述的严格的艺术相去甚远。不但少有共通的部分，有时竟然相反。譬如盲从流行，在严格的艺术的意义上看来是无独创性的、不美的，而在一般人就肯定它为艺术的。反之，文学绘画上的高深的杰作，在一般人就看不懂，不相信它是艺术。故现代盛倡"大众艺术"，倘使要实行的话，只有两条路可走：不是提高大众的理解力，就是降低艺术的程度。要提高大众的艺术理解力，倘从单方面着手，如前所喻，犹之勉强一切人举百钧，显然是不可能之事。要降低艺术的程度，倘也从单方面下手，势必使艺术成为上述的那种浅薄的东西，也不是关心文化的人所愿意的。倡折中说者曰：从双方着手，大众的理解力相当地提高些，同时艺术的程度也相当地降低些，互相将就，庶几产生普通人群的大众艺术。这话在理论上是很可听的，但在事实上如何提高，如何降低，实在是一大问题。而关于这问题的具体的讨论也难得听见，所听得见的，只是"大众艺术""大众艺术"的呼声甚嚣尘上而已。

我现在也不能在这里做具体的讨论。因为我自己的艺术趣味是倾向严格的一种的，而对于一般群众少有接近的机会，所见的不过表面的情形，未能深解群众的心理。纸上谈兵，无补于事实。故关于这问题的具体讨论，应让与理解艺术而又理解群众的人。我现在所要谈的，只是从表面观察，讨论现在的民众所能理解的是什么样的一种艺术，现在的民众所最接近的是哪几种艺术，以供提倡民众艺术者的参考而已。

第一，现在的民众所能理解的是什么样的一种艺术？可用比喻说起。高深纯正的艺术好比是食物中的米麦，这里面有丰富的滋养料，又有深长的美味。然而多数的人难能感觉得到这种深长的美味。他们所认为美味的，是河豚。河豚的美味浅显而剧烈，腥臭而异样，正好像现在一般人所认为美的"艺术"。这种美味含有危险性，于人生是无益而有害的。然而它有一种强大的引诱力，能使多数人异口同声地赞它味美。倘要劝他们舍去这种美味而细辨米麦中的深长的滋味，是不可能的。奖励他们多吃这种美味，又是不应该的。于是想出补救的办法来，从米麦中提取精华，制成一种味精。把味精和入别的各种食物里，使各种食物都增加美味。这样，求美味者不必一定要找河豚，各种有益的食物都可借此味精之引导而容易下咽了。在目前，易受大众理解的艺术就好比这种味精。在各种生活中加些从纯正的美中摄取出来的美的元素，生活就利于展进了。有一个值得告诉群众的思想必须加了美的形式（言词），然后可成为文学作品，使群众乐于阅读。有一种值得教群众看的现象必须加了美的形式（形状、色彩），然后可成为美术作品，使群众乐于鉴赏。群众所要求的美不是纯粹的美，而是美的加味。群众所能接受的不是纯文学、纯美术，而是含有实用性质的艺术。陶情适性的美文大家不易看懂，应用这种美文的技法来写一篇宣传人道的小说，大家就乐于阅读。笔情墨趣的竹石画大家也不易看出它的好处，应用这种绘画技法的原理来作一幅提倡爱国的传单画（Poster），大家也就易于注目。总之，现在所谓群众的艺术，极少有独立的艺术品，而大多数是利用艺术为别种目的的手段，即以艺术为加味的。民间并非绝对不容独立艺术品的存在，但在物质生活不安定的环境里，独立的艺术品没有其存在的余地是彰明的事实。语云："衣食足然后知礼仪。"①现在不妨把这句话改换两字，说："衣食足然后知艺术。"独立的艺术在根本上含有富贵性质、太平气象，是幸福的象征，根本不是衣食不足的、不幸的环境中所能存在的。衣食不足的环境中倘使要有艺术，只能有当作别种目的的、手段的艺术，当作别物的加味的艺术。现在的民众所能理解的，也只有这种艺术。

第二，民众所最接近的是哪几种艺术？据我观察，最深入民间的只有两种艺术，一是新年里到处市镇上贩卖着的"花纸儿"，一是春间到处乡村开演着的"戏文"。一切艺术之中，没有比这两种风行得更普遍的了。所谓"花纸儿"，原是一种复制的绘画，大小近乎半张报纸，用五彩印刷，鲜艳夺目。其内容，老式的有三百六十行、马浪荡②、二十四孝、十稀奇以及各种戏文的某一幕的光景等，新出的有淞沪战争、新生活运动等。卖价甚廉，每张不过数铜圆。每逢阴历新年，无论哪个穷乡僻壤，

---

①原文出自《管子·牧民》："仓廪实而知礼节，衣食足而知荣辱。"——编者注。

②苏剧中指无固定职业又不善办事的流浪汉。——编者注。

总有这种花纸儿伴着了脸具、大刀等玩具而陈列在杂货店里或
耍货摊上。无论哪个农工人家，只要过年不挨冻饿，年初一出
街总要买一二张回去，贴在壁上，作为新年的装饰。在黄泥、
枯草、茅檐、败壁、褐衣、黄脸的环境中，这几张五彩鲜艳夺
目的花纸儿真可使蓬荜生辉，喜气盈门呢！他们郑重其事地把
这几张花纸儿贴在壁上欣赏，老幼人人笑口皆开。又不只看了
一新年就罢，这样贴着，一直要看到一年。每逢休日、工毕或
饭余酒后，几个老者会对着某张花纸儿手指口讲，把其中的故
事讲给少年们听，叙述中还夹着议论，借此表示他们的人生观。
每逢新年，壁上新添一两张花纸儿，家庭的闲说中新添一两种
题材。这些花纸儿一年四季贴在壁上，其形象、色彩、意义，
在农家人的脑际打着极深的印象。农家子的教育、修养、娱乐
的工具都包括在这几张花纸儿里头了。

　　其次，戏文也是最深入民间的一种艺术。无论哪一处小村落
的人民，都有看戏文的机会。他们的戏文当然不及都会里的戏馆
里所演的讲究，大都很草率。戏台附在庙里，或者临时借了木头
和板，在空场上搭起来。看客没得座位，大家站在台前草地上观
看。即使有几个座位，是自己家里带来的凳子，用碎砖头填平了
脚而摆在草地上的。他们的戏班子远不及都会戏馆里的那么出色，
称为"江湖班"。大都是一队演员坐了一只船摇来摇去，在各码
头、各乡村兜揽生意的。他们的行头远不及都会戏馆里那么讲究，
大都是几件旧衣，几幅旧背景，甚或没有背景。他们的演员远不
及都会戏馆里那么漂亮，都颜色憔悴，面目可憎。假如你搭在台

边上"看吊台戏",可以看见花旦的嘴上长着一两分长的胡须呢。然而乡下人对于这样的戏文很满足了。一年之中,难得开演几回。像我们乡下,每年只有新年和清明两时节有开演的机会。倘遇荒年,新年和清明也得寂寞地送过。每次开演,看客不止一村,邻近二三十里内的人大家来看。老人、女人坐了船来看,少年人跑来看。"看戏文去!""看戏文去!"他们的兴趣很高,真是"千日辛勤一日欢!"他们的态度很堂皇,大家认为这是正当的娱乐。在他们的心目中,似乎戏文是世间应有的东西,而人生必须看戏文。故乡间即使有极顽固的老人,也从来不反对戏文为赘余;即使有极勤俭的好人,也从来不反对戏文为奢侈①。不,村中若有不要看戏文的人,将反被老人视为顽固,反被好人视为暴弃呢。戏文的深入民间于此可知。

故花纸儿与戏文是我们民间最普遍流行的两种艺术。一切艺术之中,无如此两者之深入民间的了。都会里有戏馆,有公园,有影戏场,有博物馆,有教育馆,有讲演会,有展览会,有音乐会,有博览会,有收音机,还有种种出版物,但这些建设都只限于都会里的少数人享用,小市镇里的人就难得享受,农村里的人完全享受不到。中国之大,农村占有大半,小市镇占有小半,都市只有有数的几个。故都市里的种种艺术建设仅为极小部分人的福利,与绝大多数人没有关系。都市里出版物

---

①此句中的"不反对戏文为赘余"和"不反对戏文为奢侈"与今用法不同,意为"不以戏文为赘余"和"不以戏文为奢侈"。——编者注。

里热心地讨论民众艺术（本文亦是其一），亦只是都会里的少数人的闭门造车，与多数的民众全然没有关系，他们也全然没有得知。他们所关系的、所得知的艺术仍还是历代传沿下来的花纸儿和戏文两种。关心文化的人、注意农村教育的人，热诚地在那里希望把文化灌输到农村去。但是，各种阻碍挡住在前，他们的希望何时可以实行，遥遥无期。倘能因势利导，借这两种现成的民间艺术为宣传文化的进路，把目前中国民众所应有的精神由此灌输进去，或者能收速效亦未可知。例如，改革旧有的花纸儿的内容题材，删除马浪荡、卜稀奇之类的无聊的东西，易以输灌时事知识、鼓励民族精神的题材。检点旧有的戏文，删除或修改《火烧红莲寺》《狸猫换太子》等神怪荒唐的东西，奖励或新编含有教化性质的戏剧。倘能实行，一张花纸儿或一出戏文的效果，可比一册出版物伟大得多呢。

慣于欣赏纯正艺术的人看见农民们爱看花纸儿，以为他们的欢乐在于欣赏"花纸儿"这种绘画。其实完全不然。他们何尝是在欣赏绘画的形状、线条、色彩的美味？他们所欣赏的主要物是花纸儿所表出的内容意味——忠、孝、节、义等情节。花纸儿的灿烂的形象和色彩，只是使这种情节容易被欣赏的一种助力，换言之，即一种美的加味而已。农民哪里有鉴赏纯正美术的眼光？他们的欢喜看花纸儿，不过因为那种形象、色彩牵惹他们的眼睛，使他们的视觉发生快感，因而被骗地理解了花纸儿的故事内容。同理，他们的爱看戏文，其趣味的中心也不在于戏文的形式，而在于戏文的内容。这只要听他们看戏后的谈论就可明白。大团圆的戏剧最能大快人心，是他们所感兴味最浓的题材。忠、孝、节、义的葛藤也是传统思想极牢固的农民们所最关心的题材。怪力乱神以及迷信的故事，又是无知的农民们所爱谈的话儿。他们不看旧小说，也不看戏考，但他们都懂得戏情。他们的戏剧知识都是由老者讲给少者听，历代传授下来的。夏日，冬夜，岁时伏腊的时节，农家闲话的题材，大部分是戏情。虽三尺童子，也会知道《天水关》是诸葛亮收姜维，《文昭关》是伍子胥过昭关。倘使戏剧没有了内容故事，只是唱工与做工，像现在都会里的舞蹈一般，我想农民们兴味一定大减。由此可知戏剧的唱工、做工与行头，在农民们看来只是一种附饰，即前面所说的美的加味。可知现在的民间，尚不能有唯美的纯艺术的存在。民间所能存在的艺术，只是以美为别的目的的手段的一种艺术，即以美为加味的一种艺术。在这种艺术中，美虽然是一种附饰，一种手段，一种加味，但其效用很大。设想除去了这种加味，花纸儿缺了绘画的表现，戏文缺了唱工、做工的表现，就都变成枯燥的故事，不足以惹起人们的注意与兴味了。

　　故深入民间的艺术不是严格的，是泛格的；不是狭义的，是广义的；不是纯正的，是附饰的；不是超然的，是带实用性的。灌输知识，宣传教化，改良生活，鼓励民族精神，皆可利用艺术为推进的助力。

二十五年三月二十六日作

（《艺术漫谈》）

朱应鹏（1895—?），近代画家，擅长油画和艺术理论。曾任上海艺术大学、中华艺术大学、新华艺术专科学校等校西画系教授，后入中国公学任秘书长、总务长、文学系主任，旋又任复旦大学教授、上海商学院训育主任兼教授。先后任《申报》《时报》编辑，《时事新报》《大美晚报》总编辑，《神州日报》总主笔，《光华日报》社社长。西洋美术团体晨光美术会的发起人之一，也是1928年上海艺术协会的发起人之一。

平民艺术

朱应鹏

中国近几年来，渐渐有人道艺术的重要了，但是国中的艺术界依旧是一种枯寂之象，简直连生气也没有！我们希望艺术的发达还是回复历代相传的提倡方法，如国家设立一种美术院，请一班老前辈来引导青年，或者社会上拥戴几个稍有时望的美术家来鼓励风气吗？在时代潮流中，绝不容有这种举动了！现在的艺术是注重于天才的创造和普遍的发展，所以要发达艺术，唯一的工夫就是提倡"平民艺术"。

平民艺术的起源是十八世纪法兰西美术界的新运动。法国本来是世界革命发祥地，革命的思潮不仅在政治方面发展，法国的美术革命是以打破从前文艺仅供少数贵族娱乐的习惯，而以个人自由发挥天才，供多数平民鉴赏为目的的。西洋十六世纪以前，艺术不过是一种宗教传布教义的工具，教会中财产富足，可以役使天才做他们的奴隶；同时艺术又供给帝皇和贵族的赏玩，描写历史的事实、贵族的图像，做深宫复壁的装饰品。艺术家往往埋没自己的人格去就他们的范围。法国美术革命的第一声，就是展览公开。美术也和其他各种事业一样，不是供少数人选择而是为人民全体享受的呼声弥漫一时。最初的美术院，名 Musee Nationale des Arts，是群众的美术机关。第一次展览会在 1673 年开设。从 1737 年后，才每年有展览会，最著名的砂龙①，就是 Socles des Arnistes Iraocnis，同时竞争的美术会，名 Soclele Nationale des Beauxart。这种平民艺术运动自然全欧响应。英国的美术展览会在 1760 年开始举行。德国的美术展览会在1786 年开始举行。这是平民艺术的先锋。

平民艺术不是仅在展览会的形式罢了，艺术的内容有极大的变化。各种新运动前兴后继，绘画上比较建筑、雕刻更为发达。有力的运动以近来"未来派"为最著。据 1912 年未来派的宣言，说：排斥一切的模仿，尊重一切的独创。我们对于"调和"或"趣味"等暴虐名词，不得不有所反抗。像古根（Paul Gauguin）②，后期印象派画家等那种太软弱的作品，是容易被破坏的。艺术的批评是无益的。已用过一次的主题，是不得不抛却的，这是因为要表现我们钢铁一般的自尊和旋涡于"热"及"速度"的生命的缘故。用来压制言论革新者的"狂人"名称，我们应该

---

①今译沙龙，为 salon 的音译。——编者注。
②今译高更。——编者注。

把它当作尊称看待。天赋的补充性的绘画上所不可少的东西，恰如诗上的"破韵"和音乐上的"杂音"。普通的动力，应该当作绘画上的运动感觉。描写自然时，所必描出的是"真"和"纯"，"运动"和"光"是破坏形体的完全的物质性的东西。我们不得不和现代绘画上所谓带古色的古沥青争战。我们不得不和没有变化的着色，所谓平均着色那种浅薄简索的古风交战。像埃及人模仿线的技术，是退化的，是幼稚、奇怪综合的无势绘画，我们不得不和独立派及分离派那种虚伪的未来要求开战，他们不过是制作模仿和因袭的新古典派罢了。

这种运动好像一种宗教或传染病一样，不多几时，传遍世界。俄国自革命之后，未来派大为盛行，德国革命后的表现主义（Expressionism）也是同一的趋向，都是由平民手中产生的新创作。

要明白新派艺术的意义，必须先知艺术是作者人格的表现，绝不能受一种范围所束缚，这种范围，如历代相传的方法、意义等。艺术是要根本于感情和觉性，不是死守沿袭的技巧的。即如未来派初起时，有人加上一个"野蛮"的徽号，以为美术观念的高下根据于知识，所以文艺的创造应该在知识阶级手中，这完全是误解。他们以为这种艺术是粗糙的、幼稚的，缺少技巧，不知技巧不过是一种助人表面的工具，现代艺术是正要打破沿袭的修饰技巧，回复到自然的、原始的、赤裸裸的表现。因为各人有各人的思想、感情，绝不能使形式去限制他们，要让他们自由发展。即使儿童，表现他们的感情在图画上，也和成人的作品有同等的价值。平民自由发展的艺术，当然是赤裸裸的。我想中国文学上有极好的例，什么"兔罝野人""江汉游女"我们姑且不谈，清袁枚《随园诗话》引起一首歌，是一个不读书人哭母的呼声："哭一声！叫一声！儿的声音娘惯听，如何娘不应？"正是赤裸裸的感情表现。中国的山歌童谣都在文艺上有重大的价值，可惜现在已随着时代过去了！

总之，打破习惯，发挥个性，是平民艺术的精神。有这种精神才能使人人有发挥天才的机会，同时可以提高群众的人格。那些中国古代的院体画、应制诗，英国皇家美术院的作品一类和作者全没有干系的艺术，在今日再没有存留的价值。

提倡平民艺术，不是空言所能了事的，在现时中国社会制度之下，一般平民受经济的迫压，没有机会和艺术接触，更没有机会来发挥，无足讳言。如果说平民艺术的发展必定要等到社会主义——除了资本的国家社会主义实行之后，这也是谬误的见解。艺术是痛苦的安慰者，世界愈痛苦，愈见艺术的需要。要使农人、工人、商店的伙计、居住穷乡僻壤的兄弟姐妹都有接触"美"的机会，了解"美"的意义，这种运动，我们能寄希望于一般资本家、慈善家、半官式的教育家、地方的绅士、戴假面具的人物吗？爱罗先珂①先生在上海时，我曾去探问他俄国文艺界的情形，他提起一件事，是他很受感触的，也是我很受感触的。他说："从前在哈尔滨时有许多俄国的画

---

①爱罗先珂（1889—1952），俄国诗人，童话作家。——编者注。

家、文学家、戏剧家、音乐家，在该处设了一种组织，是工人的会所，叫作 Dorm Rbee hih。这班艺术家专去教导工人，从事研究音乐、绘画、雕刻等。他们都说：'我们的时代已经过去了，知识阶级中，绝不能产生新的文艺，也不能再在文艺界上占据位置了！美术及文学的创造，在平民自由的创作。旧文艺家不过领导到一个地步为止，文学艺术新势力的发生，完全在劳工手中。'因为他们相信在劳工中能够找出艺术创造的天才。"这真是知识阶级的新使命啊！我们中国的美术家必须有这种觉悟，肯埋头去做这种功夫，那么平民艺术才有一线的光明呵！

"到民间去"一句话差不多人人都能说了，到底哪一个能够舍弃他们城市热闹的生活，跑到冷静的乡村里去，和一班可怜的、肮脏的兄弟们度同等的生活？现在中国的旧艺术家，不必论了，所谓新进的、有新知识的艺术家，他们办什么美术学校，开什么展览会，口口声声提倡"民众艺术"，但是查考他们的举动，不知一般平民空间受了他们多少影响？而很令人看到他们是羡慕中产阶级或贵族的生活。对于学术上，全是"推奉一尊""宰制一切"的态度。他们不过是想做一个国立美术院的院长，或者是大学的美术教授，或者是国际美术会的高等审查员，这种观念，对于平民艺术的精神，相去万里了！不要闹错吧！艺术的生活，是艰苦的、冷静的。没有足够的经济，没有足够的报酬，没有物质的应用，都不是艺术家的恐慌，什么社会上的批评——赞美或讥讽，都没有放在心上的理由。我们自己要度平民的生活，发挥独有的天性，同时牺牲自己的精神去引导四周围的兄弟，这种奋斗精神是现代艺术家所不可少的。将来的结果，我也不必说了。总之，使世界人类心里脱离了一切的黑暗、污秽、恐怖，开遍了庄严好丽的花，是现在艺术家最大的责任呵！